DREAMBOOKS

DREAMBOOKS★

DREAMBOOKS

두 번 사는 랭커

ORIGINAL FANTASY STORY & ADVENTURE

사도연 판타지 장편소설

dream books
드림북스

두 번 사는 랭커 4 올림포스의 보고

초판 1쇄 인쇄 2019년 7월 5일
초판 2쇄 발행 2020년 11월 30일

지은이 사도연
발행인 오영배
편집 편집부
일러스트 우문
표지 · 본문 디자인 오정인
제작 조하늬

펴낸 곳 (주)삼양출판사 · 드림북스
주소 서울시 강북구 도봉로 173
대표 전화 02-980-2112 **팩스** 02-983-0660
편집부 전화 02-987-9393 **팩스** 02-980-2115
블로그 blog.naver.com/dreambookss
출판등록 1999년 3월 11일 제9-00046호.

ISBN 979-11-283-9663-2 (04810) / 979-11-283-9659-5 (세트)

+ 이 도서의 국립중앙도서관 출판시도서목록(CIP)은 서지정보유통지원시스템홈페이지(http://seoji.nl.go.kr)와 국가자료공동목록시스템(http://www.nl.go.kr/kolisnet)에서 이용하실 수 있습니다. (CIP제어번호: CIP2019024589)

사도연 판타지 장편소설
ORIGINAL FANTASY STORY & ADVENTURE
4
두 번 사는 랭커
| 올림포스의 보고 |
dream books
드림북스

목차

Stage 11.
올림포스의 보고

보고 안쪽은 그야말로 수많은 재화와 보물로 동산을 이루고 있었다.

눈이 부실 정도로 아름답게 반짝이는 것들.

보석 하나만 하더라도 건너편이 비칠 정도로 속이 투명했다. 그런데 그 속에 담긴 마력이 장난이 아니었다.

최소 A++랭크 이상은 될 보석들.

아마 저것을 세공해 아티팩트를 만들거나, 마법을 완성한다면 천고의 가치를 지니게 되겠지.

하나하나가 천금을 줘도 바꿀 수 없을 천상의 보물이었고, 사람의 탐욕을 자꾸 자극했다.

연우가 그쪽으로 발길을 들이려는데.

"아, 참. 그리고."

헤르메스의 웃음기 섞인 목소리에 연우가 시선을 돌렸다.

"혹시 이것들을 갖고 싶은 생각은 없느냐?"

헤르메스는 장난스럽게 웃으면서 자신이 갖고 있는 무구들을 가리켰다.

하늘의 뜻을 읽는다는 모자, 페타소스.

날개 달린 신발, 탈라리아.

두 마리 뱀이 얽힌 지팡이, 헤럴드.

전부 신 헤르메스를 상징하는 것들이었다.

"스스로 얼굴에다 금칠을 하는 격이긴 하다만, 이것들도 제법 좋은 것이라서 말이지. 만약 네가 이 중 하나를 가지겠다고 하면 사도로 인정할 용의도 있다. 어떠냐?"

외부로 알려진다면 모두가 놀랄 일이었다.

지구에서 신은 개념적인 의미가 강했다. 하지만 탑에서 신은 물리적인 영향력을 일부 행사할 수 있는 '실체'였으니.

당연히 신의 힘은 막강할 수밖에 없었고, 그런 신을 추종하는 종교나 신전도 무수히 많았다.

8대 클랜 중 하나인 '마군'이 그런 신을 추종하는 대표적인 종교 집단에 해당했다.

그리고 그런 종교 집단의 정점에 서 있는 자가 바로 사도였다.

사도(Apostle).

그들은 신의 첫 번째 신도이며, 신의 뜻을 행사하는 대행자였다. 또한, 신의 영육을 나눠 받은 화신(化神, Avatar)이기도 했다.

당연히 몇 안 되는 사도라는 존재들은 탑 내에서도 항상 독보적인 활약을 보였다.

여러 추종자들을 거느리면서 막대한 영향력을 행사하는 군주(Lord)나, 스스로 깨달음을 얻어 인간의 한계를 벗어던지고 일인 군단이 된다는 초인(超人)과 어깨를 나란히 할 정도였다.

그런 사도가 되라고 제안한다?

특히 헤르메스는 올림포스의 12주신 중 하나.

당연히 신 중에서도 이름값이 높은 편이었다.

그런 신의 사도가 된다는 건, 어마어마한 혜택일 수밖에 없다. 그만큼 뛰어난 권능과 힘을 얻는다는 뜻이었으니까.

게다가 연우를 바라보는 헤르메스의 눈빛은 따스했다.

순수한 호기심.

여행객이자 수행자인 플레이어들을 가호하는 신이기도 한 그는 연우가 어디까지 올라가는지를 바로 옆에서 지켜보고 싶어 했다.

페타소스, 탈라리아, 헤럴드도 사용하기에 따라서는 아이기스에 못지않을 만큼 좋은 것들이었다.

사도의 좌와 에픽 아티팩트까지 더해진다면.

'제우스의 아스트라페를 꺾는 것에도 부족하지 않겠지.'

하지만 연우는 이번에도 담담하게 고개를 가로저었다.

"죄송합니다."

연우의 생각은 한결같았다.

'어딘가에 얽매여서는 안 된다.'

피식.

"그래. 그대에게는 그대가 걸을 길이 있겠지."

헤르메스는 한낱 인간이 신의 제안을 거절한 것인데도 불구하고 자존심 상해하기보다는 마치 그럴 줄 알았다는 듯이 웃었다.

그대에게는 그대가 걸을 길이 있다?

연우는 순간 그게 무슨 뜻이냐고 묻고 싶었지만, 헤르메스는 어서 들어가 보라는 듯이 손짓을 했다.

결국 연우는 보고의 안쪽으로 걸음을 내디뎠다.

순간, 곳곳에서 목소리가 들리는 것 같았다.

「날, 데려가 줘.」

「나, 어때? 내가 탐나지 않아?」

「너에게 필요한 건 나일 것 같은데.」

「나를 놓치면 평생 후회하게 될 거야.」

아티팩트 속에 담긴 에고(Ego)가 보내는 사념이었다.

신의 이름을 딴 만큼 자아를 깨닫게 되었으나, 그렇기에 시간의 흐름도 알 수 없는 공간에서 제 능력을 썩혀야 한다는 사실에 울분을 토하는 것들.

녀석들의 목소리는 마치 악마처럼 달콤하면서도 처절한 울분이 담겨 있었다.

하지만 연우는 잠자코 용마안을 활짝 열고 안쪽으로 걸었다.

[감정에 실패했습니다.]

[감정에 실패했습니다.]

……

[감정에 성공했습니다.]

['용마안'의 스킬 숙련도가 올랐습니다.]

['용마안'이 강화됩니다. 세상의 더 많은 이면과 진실들을 엿보는 것이 가능해졌습니다.]

수많은 정보들이 쏟아졌다. 각 아티팩트들이 품고 있는 사연이나 비밀이 엿보였다.

대부분 '감정 불가'라고 떴지만, 이런 것들을 보고 있으니 숙련도도 제법 빠른 속도로 올랐다.

그렇게 한참을 들어가다, 연우는 몇 번씩이고 문을 열었다.

안쪽으로 깊숙하게 들어갈수록 더 좋은 아티팩트들이 있는 방이 나타났다.

그러다 어느덧 가장 끝 방에 도착했다.

12주신의 무구들이 잠들어 있는 방.

끼익!

가볍게 문을 열고 들어가자, 순간 웅혼한 기운이 연우를 감싸다 사라졌다.

벽면을 따라 갑옷이며 무기들이 걸려 있었고, 그 아래로 각 신들이 벌인 활약상들을 재현한 성화가 아름답게 그려져 있었다.

보는 것만으로도 숨이 턱 하고 막히는 것들.

밖에서 봤던 재화들을 전부 한순간에 삼류 저질 물품으로 만드는 것들이었다.

연우는 감정을 시도했다.

이곳으로 오는 내내 용마안의 숙련도를 대거 상승시킨 덕분인지, 몇 번 실패를 거치고 나자 바로 정보를 읽는 것에 성공했다.

[아폴론의 태양궁]

분류: ???

등급: ???

설명: 음악과 점성의 신, 아폴론이 사용한 활. 태양의 불길을 실어 만악(萬惡)을 불사른다.

[헤파이스토스의 불꽃망치]

분류: ???

등급: ???

설명: 불꽃과 대장장이의 신, 헤파이스토스가 사용한 망치. 내려칠 때마다 화염이 치솟으며 이것으로 제작한 아티팩트는 뛰어난 성능을 자랑한다.

[포세이돈의 트라이던트]

분류: ???

등급: ???

설명: 바다의 신, 포세이돈이 사용한 삼지창. 해일을 일으키는 권능이 담겨 있다.

신의 이름이 담긴 아티팩트라서 그럴까.

분류와 등급은 모두 물음표로 표시되어 있었고, 설명창

의 내용도 조금밖에 엿볼 수 없었다.

그래도 본능적으로 알 수 있었다.

하나하나가 전부 절대적인 무구라는 사실을. 모두 눈이 저절로 커질 만큼 대단한 권능을 가진 것들이었다.

특히 야금술을 갓 익히기 시작한 연우로서는 불꽃망치에 살짝 관심이 갔다.

하지만 다음 물건을 보고는 주었던 관심을 바로 지웠다.

[아테네의 아이기스]

분류: ???

등급: ???

설명: 9개의 꽃잎 방패로 이뤄진 절대 방어구. 대부분의 공격에서 사용자를 보호해 주며, 중앙에 박힌 고르곤의 머리로 상대를 마비 및 석화(石化)시킨다.

'찾았다.'

연우는 아이기스를 손으로 조심스럽게 쓰다듬었다.

우웅, 웅—

아이기스가 반갑다는 듯이 잘게 떨렸다.

방패라는 이름과 다르게 겉으로 보기에는 아주 얇은 판막 형태로 보였다.

하지만 자세히 살펴보면 판막이 총 9겹으로 이뤄져 있으며 중앙에 독특한 문양이 그려져 있는 걸 알 수 있었다.

아마 이게 시선이 마주친 사람을 석화시킨다는 고르곤의 머리인 모양이었다.

[아이기스를 선택하셨습니다. 이것을 보상으로 얻으시겠습니까?]

작게 떠오르는 메시지.

연우는 예정대로 승낙을 할까 싶다가 잠깐 주변을 둘러봤다.

'그런데 제우스의 무구는 어디에 있는 거지?'

주신들의 방인데도 불구하고 유일하게 제우스의 무구들만 없었다.

'랭커들 중에 올림포스 12주신의 무구를 가진 놈들도 있긴 하지만, 그래도 제우스의 무기를 가졌다는 녀석은 없었어.'

사실 연우는 내심 아이기스보다는 아스트라페를 더 선호했다.

빠른 기동력과 민첩성을 주로 해서 히트 앤 런의 전략을 구사하는 그에게 있어 들기도 버거울 것 같은 9겹의 방패보다는, 벼락을 일으켜 단번에 적을 격살할 수 있는 아스트라페가 훨씬 편하기 때문이었다.

물론 아스트라페도 크기에 따라서 들고 다니기 버겁다면 다시 생각해 봐야겠지만, 그래도 한 번쯤 확인해 보고 결정을 짓고 싶었다.

바로 그 순간.

웅, 우웅—

연우는 안쪽 주머니가 잘게 떨리는 걸 느끼고 회중시계를 꺼냈다.

팽그르르, 시침이 빠르게 회전하고 있었다.

그러다 탁 하고 어느 지점에서 멈췄다.

11시 방향.

무구실 내 가장 깊숙한 곳.

연우는 살짝 눈을 크게 뜨다가 곧 시침이 가리키는 대로 벽 쪽에 다가갔다.

거기에는 성화가 그려져 있었다.

제우스로 보이는 신이 황금색 벼락을 온몸에 두른 채 저 높이 까만 먹구름 속에 가려진 어떤 존재에게로 위엄 있게 창을 던지는 모습.

얼마나 역동적이던지 금방이라도 성화 속 사람들이 튀어나올 것만 같았다.

하지만 연우는 그런 것은 눈에 들어오지 않았다. 성화에 미세하게 난 금을 발견했기 때문이다.

문이란 뜻이었다.

'여기다.'

연우는 성화를 힘껏 밀었다.

그그긍—

보고의 철문이 열렸을 때처럼 석문도 잘게 울리면서 옆으로 열렸다.

안쪽은 10여 평 남짓할 정도로 좁았다.

하지만 바닥, 좌우 벽면, 천장까지 위대한 제우스의 신화를 다룬 성화로 가득했다.

또한, 다른 주신들의 아티팩트보다 더 위엄 가득한 무구들로 가득했다.

연우는 여기가 어딘지 알 것 같았다.

'제우스의 방!'

연우는 무언가에 홀린 사람처럼 방을 가로질러 중앙에 놓인 재단을 오르기 시작했다.

좌우에 놓인 청동화로에서 노란 불꽃이 화려하게 타오르고, 가운데에는 가만히 의자에 눈을 감고 앉아 있는 제우스 석상이 있었다.

그리고 그의 무릎 위.

족히 3미터는 될 법한 길이에 마치 황금을 부어 만든 것처럼 온통 샛노란 창이 있었다.

표면을 따라 파직, 파지직, 하고 뇌기가 튀어 오르면서 장엄한 광경을 연출했다.

이게 무엇인지는 감정할 필요도 없었다.

'아스트라페.'

신화 속에서 제우스가 아버지 크로노스와 티탄 신족들을 정벌할 때에 뿌렸다던 벼락이 여기에 있었다.

'이거다. 다른 건 필요 없어.'

본능적인 감각이 말했다.

반드시 이것이어야만 한다고.

아이기스? 탈라리아? 불꽃망치?

다 필요 없었다.

저 밖에 있는 12주신의 무구들을 전부 갖다 놓는다고 한들, 올림포스의 모든 재화들을 통째로 준다고 한들 여기에 비할 바는 아니었다.

그만큼 아스트라페는 대단했다.

그리고 이렇게 위대한 아티팩트인데도 불구하고 여태껏 수천 년 동안 한 번도 탑에 등장하지 않은 이유도 알 것 같았다.

이렇게 꽁꽁 숨겨진 곳에 있었으니 어떻게 찾을까.

연우도 회중시계의 도움이 아니었다면 절대 찾지 못했을

것을.

'그런데 이 시계는 어떻게 제우스의 방을 찾아낸 거지?'

연우는 회중시계를 보면서 묘한 생각에 잠겼다.

애초 동생이 일기장을 비롯한 여러 기능을 담아 놨고, 그것을 파악하면서 시계도 고칠 생각으로 야금술을 익히긴 했지만.

연우는 여전히 회중시계에 어떤 비밀이 담겨 있는지 알 수가 없었다.

하지만 곧 생각을 거뒀다.

회중시계의 비밀은 용마안의 숙련도가 높아질수록 풀릴 테니까.

그리고 지금은 회중시계가 가져다 준 행운을 가지는 게 더 중요했다.

'가진다.'

연우는 아스트라페로 오른손을 뻗었다.

그때.

지이이잉—

손가락 끝이 아스트라페에 닿자마자 오른쪽 손목에 차고 있던 검은 팔찌가 갑자기 떨리기 시작하더니.

파스스—

아스트라페가 잘게 부서졌다.

올림포스의 보고 문을 열었을 때 사라진 제우스의 열쇠처럼.

고운 입자가 되어 허공에 흩날렸다.

"……!"

전혀 생각지도 못한 상황.

연우는 안색이 굳어 버렸다.

'아스트라페가 부서졌다고?'

제우스의 무구가?

'그럼 이제 어떻게 되는 거지?'

여러 생각이 교차하는 순간.

촤촤촤!

흩날렸던 아스트라페의 노란 입자들이 돌개바람을 그리면서 검은 팔찌 쪽으로 모였다.

화아아—

검은 팔찌는 다른 어느 때보다 화려하게 빛났다.

마치 세상 전부를 어둠 속에 담을 것처럼.

그리고.

촤르륵! 촤륵!

철컹— 철컹—

흩어졌던 아스트라페의 입자들이 한데 모이면서 검은 팔찌에 연결되고, 기다랗게 이어지면서 마치 똬리를 튼 뱀처럼 팔뚝을 따라 올라갔다.

그것은 시커먼 검은 쇠사슬의 형태를 띠면서 손목에서부터 어깨까지, 연우의 오른팔 전체를 휘감았다.

쩌어어어엉—

그리고 또 한 번 공명하면서 맑은 종소리를 냈다.

검은 쇠사슬이라는 새로운 형태로 변한 아스트라페는 검은 팔찌와 마치 처음부터 한 몸이었던 것처럼 단단히 연결되어 있었다.

그 순간.

연우는 헤르메스가 했던 말이 떠올랐다.

'그대에게는 그대가 걸을 길이 있겠지.'

연우는 순간 눈앞이 캄캄해지는 것 같았다.

아스트라페가 부서지다니!

아스트라페는 올림포스의 수많은 보물들 중에서도 단연 최강으로 손꼽히던 무기였다.

드디어 그걸 손에 넣었다고 생각했는데.

기쁨을 누릴 새도 없이 눈앞에서 사라져 버릴 줄이야.

게다가 검은 팔찌에 연결될 거라고는 전혀 예상치도 못했다.

'이게 대체 뭐기에?'

아카샤의 뱀을 잡고 나서 얻었던 아티팩트. 망령 귀속과 흑의 칼날은 연우도 자주 애용하는 옵션일 만큼 뛰어난 편이었다.

하지만 이게 비그리드처럼 굉장히 특별하다거나 하는 느낌은 따로 받지 못했었는데…….

연우는 이를 꽉 깨물었다.

일단은 전후 사정을 파악해야만 했다.

'감정.'

용마안을 활짝 열었다.

[칠흑왕의 절망]

분류: 손목 방어구

등급: ???

설명: 과거 ???들은 위대하며 지고한 존재인 칠흑왕을 당해 낼 재간이 없어 늘 두려움에 잠겨야만 했다.

그래서 그들은 결국 그를 배신하고 어둠 속에 유폐시켰다.

칠흑왕은 헤아릴 수도 없을 만큼 오랜 세월 동안 배신감에 치를 떨며 격노를 터뜨렸다. 덕분에 그를 구속하던 3개의 형틀은 변질되어 그의 수족이 되었다.

형틀 속에 담긴 원한은 음험하기 때문에 호시탐탐 소유자를 시험하려 들 것이다.

힘에 잡아먹히지 않도록 주의하자.

★ 망자 수집가

소유자가 죽인 대상자의 영혼을 거둘 수 있다. 이때, 영혼은 망령으로 타락해 생전의 힘을 모두 잃고, 짙은 원한만 남는다.

수집된 망령들은 컬렉션에 속박되어 절대 벗어날 수 없다. 소유자의 숙련도에 따라 컬렉션의 크기도 대폭 늘어날 수 있다.

★ 사귀 사역

컬렉션에 포함된 망령은 언제나 자신을 죽인 소유자를 원망한다. 하지만 그런 원망마저 모두 꺾일 시, 소유자는 일정분의 마력을 소비해 망령을 사귀(邪鬼)로 진화시킬 수 있다.

사귀는 소유자의 충실한 충복이 되어 어떤 명령이든지 기쁘게 수행할 것이다.

★ 흑기(黑氣)

흑의 칼날이 강화된 형태. 귀속된 망령을 소모해 마력을 암흑 속성으로 변환시킬 수 있다. 소모된 망령의 수만큼 속성력도 강화된다.

소유자는 변환된 마력이 소진될 때까지 자유자재로 다룰 수 있다.

* ???

비활성화 상태입니다. (봉인)

* ???

비활성화 상태입니다. (봉인)

**이 아티팩트는 '유니크'입니다. 탑에서도 오로지 단 한 개밖에 존재하지 않으며, 주인에게 완전히 귀속됩니다. 타인으로의 거래나 양도가 불가능합니다.

**기능 중 일부가 봉인되어 있습니다. 일정한 자격이나 조건을 갖춰야만 해제할 수 있습니다.

**정보를 일부 열람할 수 없습니다. 일정한 자격이나 조건을 갖춰야만 권한을 얻을 수 있습니다.

'칠흑왕?'

연우는 난생처음 보는 이름에 미간을 잔뜩 찌푸렸다.

뒤에 '왕'이라는 호칭이 붙은 걸 보면 군주인 게 분명할 텐데.

게다가 신의 무구인 아스트라페를 부숴서 재료로 삼는 아티팩트를 남길 정도라면, 신의 반열에 다다른 초월자일

게 분명했다.

하지만 연우는 아무리 머리를 굴려 봐도 도무지 칠흑왕이 누군지 갈피를 잡을 수가 없었다.

동생의 일기장을 빠르게 훑어도 마찬가지.

칠흑왕이라는 단어는 전혀 언급되는 바가 없었다.

원 소유자가 누군지 알 수 있으면 아티팩트를 다룰 수 있는 방법도 무궁무진해질 텐데.

아스트라페를 잃은 이상, 검은 팔찌라도 어떻게든 제대로 다뤄야 하는 연우의 입장으로서는 갑갑해질 노릇이었다.

그나마 남아 있는 단서라면 설명창에 적혀 있는 의미심장한 글귀 한 줄이 있긴 있었다.

'유폐?'

검은 팔찌의 설명창에는 분명히 이런 대목이 있었다.

아카샤의 뱀이 돌아오지 않은 주인을 그리워한다는 말. 그래서 주인이 남긴 유품을 소중하게 생각한다고 했었다.

아카샤 뱀의 주인이 칠흑왕이고, 그런 그가 돌아오지 못했던 이유가 수하들의 배신 때문이었다면.

'아카샤의 뱀을 수족으로 삼을 만큼 뛰어난 존재라.'

이렇게 된 이상, 연우는 긍정적으로 생각하기로 했다.

이미 잃어버린 물건을 두고 전전긍긍해 봤자 나아질 건 없었다. 차라리 지금 얻은 것을 어떻게든 잘 효율적으로 다루는 게 더 이득이었다.

'정보가 가려진 저 부분을 알 수 있으면 정체를 유추하기 더 좋을 텐데.'

연우는 머릿속이 복잡해졌다.

'욕심을 부리지 말고 아이기스를 선택해야 했을까?'

잠깐 그런 생각도 들었지만.

'아니. 아이기스를 선택했어도 똑같은 꼴이 되었을지 모르지.'

곧 고개를 저었다.

검은 팔찌가 변한 정확한 이유는 알 수 없다.

단순히 아스트라페가 원래 분리해 나갔던 부품이었는지, 아니면 봉인을 해제하기 위해 에픽 아이템을 먹잇감으로 삼았는지는.

만약 이유가 후자였다면, 무엇을 선택했든지 간에 이 꼴이 났을 거란 뜻이었으니까.

'일단은 여기서 나가는 대로 칠흑왕이라는 존재가 누군지 더 자세히 알아봐야겠어.'

연우는 그렇게 머릿속을 정리했다.

그는 이미 잃어버린 물건에 대해 미련을 가지는 성격이 아니었다.

잃어버린 건 잃어버린 것.

차라리 그런 걸 안타까워할 시간에 당장 주어진 것을 확인하고, 그것을 어떻게 해야 더 잘 다룰 수 있을지 고민하는 게 훨씬 이득이었다.

그래서 연우는 설명창을 새롭게 확인했다.

내용이 확 바뀌어 있었다.

'기존 두 옵션은 이름이 바뀌면서 기능도 훨씬 더 많이 추가되었어. 그리고 활성화된 조건도 있고.'

망자 수집가는 망령 귀속이, 흑기는 흑의 칼날이 강화된 형태였다.

내용도 더 다양해졌다.

망자 수집가의 경우, '컬렉션'이라는 것이 만들어지면서 한 번에 수용할 수 있는 망령의 숫자가 대폭 늘어났다.

크기도 숙련도에 따라서 계속 늘어난다고 했으니 수용 가능한 양도 자꾸 불어나겠지.

'귀속시킬 수 있는 망령이 많으면 많을수록 나에게는 훨씬 유리해. 어떻게든 쓸 곳은 많으니까.'

이미 연우는 튜토리얼에서부터 10층을 통과할 때까지, 망령을 이용한 다양한 전략을 구사했다.

그런데 이참에 범위가 대폭 늘어난다고 한다.

나쁠 게 없었다.

아니, 오히려 좋았다.

그런 뜻에서 연우는 흑의 칼날이 강화된 흑기도 마음에 들었다.

여태껏 흑의 칼날은 무기에만 실어서 공격 일변도로만 사용이 가능했을 뿐, 다양한 범위에 적용하기가 어려웠다.

하지만 흑기는 그런 범위 제약을 없앴다.

무기에 싣는 것뿐만 아니라, 마력을 몸에 둘러 방어 용도로도 쓸 수 있다. 때에 따라서는 신체 강화 용도로도 가능할 것 같았다.

그리고 마지막으로 추가된 사귀 사역.

사귀는 이미 연우도 접해 본 적이 있었다.

튜토리얼에서 아랑단의 본거지를 습격했을 때. 희생된 유령들이 자신이 준 마력을 양분 삼아 강화되지 않았던가.

자신이 누군지 잊고 막연하게 음기만 쏟아 대는 망령과 다르게, 사귀는 스스로 의지를 갖고 행동할 수 있었다.

물리적인 행사도 어느 정도 가능하기 때문에 다양한 용도로 쓰일 수 있었다.

무엇보다.

'사귀는 생전의 기억 중 일부를 가지고 있으니까. 생전에 뛰어났던 망령만 가질 수만 있으면 얼마든지 큰 전력이 될 수 있어.'

연우는 이 부분을 잘만 이용한다면 앞으로 탑을 오르는

데 있어 아주 큰 도움이 될지도 모르겠다는 생각이 들었다.

물론, 그만한 실력자의 망령을 얻기가 쉽지는 않을 테지만.

그렇게 모든 보상 확인이 끝났다.

[아스트라페를 보상으로 선택하셨습니다.]

[올림포스 보고의 문이 닫힙니다.]

철컹, 철컹—

연우를 둘러싼 공간을 따라 새카만 암전이 내려앉더니 마치 경첩이 닫히듯이 공간이 안쪽으로 서서히 좁아졌다. 그리고 연우까지 같이 어둠에 잠겼다.

그리고 다시 눈을 떴을 때.

연우 앞에는 익숙한 얼굴이 있었다.

정갈한 턱시도를 입고, 한쪽 눈에 외눈 안경을 쓴 고블린.

튜토리얼의 관리자이자, 초심자 구역의 총관리자 이블케가 웃으면서 그를 맞이했다.

"오효효효! 축하드립니다. 아무리 초심자 구역이라고는 하나, 이렇게 압도적인 성적으로 통과하실 줄이야. 튜토리얼 때도 대단하시다고 느꼈지만, 지금은 그때와 비교도 할 수 없을 정도로군요. 저희 모두가 감탄을 했습니다. 이렇게 오시게 된 것, 다시 축하드립니다."

정성스러운 이블케의 태도.

그는 정말 연우의 성적에 칭찬과 감탄을 같이 보내고 있었다.

하지만 연우는 여전히 무덤덤했다.

헤르메스라는 위대한 존재를 만났기 때문일까, 아니면 아스트라페가 사라지는 걸 눈앞에서 봤기 때문일까.

아주 조금이라도 고양심이나 자긍심이 들어야 할 텐데도 불구하고.

문득 '원래 그렇게 되는 게 맞았다' 는 생각이 들었다.

마치 원래 있어야 할 곳에 왔을 뿐이라는 느낌.

이렇게 생각하는 걸 남들이 알면 아마도 오만하다고 손가락질을 하겠지.

하지만 연우는 정말 그런 기분이 들었다.

어쩌면 오랫동안 전장을 전전하면서, 기쁨이라는 감정이 심하게 마모된 건지도 몰랐다.

게다가.

연우는 이블케에게 묻고 싶은 게 많았다.

"아스트라페가 사라진 이유가 뭐지?"

"오효효. 영업 비밀이랍니다."

"그럼 칠흑왕이란 사람은 누구고?"

"역시나 영업 비밀이랍니다."

"내게 이 팔찌가 주어진 이유는?"

"탑은 플레이어의 업적에 맞춰서 보상을 내어 드릴 뿐입니다. 그 외에 다른 이유는 없지요."

이블케가 외눈 안경을 고쳐 쓰면서 빙긋 웃었다.

그 모습이 무언가를 단단히 숨기고 있는 능구렁이처럼 비쳤다.

"저흰 어디까지나 탑이 결정하고 내린 의지를 집행하는 대변자들일 뿐. 이것은 전부 도전자께서 이룬 업을 바탕으로 이뤄진 결과이며, 탑이 내린 보상입니다. 전부 도전자께서 개척하시고, 개척하실 길이니 저희에게 따지셔도 대답해 드릴 수 있는 건 극히 한정될 수밖에 없습니다."

외눈 안경 너머로, 이지적인 눈동자가 반짝였다.

"저희 관리자들이 도전자님을 주시하는 것은 사실이나, 도전자님은 어디까지나 저희가 관리하는 수천만, 수억에 달하는 플레이어 중 한 분에 지나지 않습니다. 그것만은 기억해 주십시오."

"그러지."

연우는 고개를 끄덕였다.

그의 말마따나 관리자 입장에서 자신은 당장 치워져도 별 감흥이 가지 않을 존재에 불과할 테니까.

다만, 그가 한 이야기 중 개척할 길이라는 말이 자꾸 걸렸다.

"그대에게는 그대가 걸을 길이 있겠지."

사도의 좌를 거부했을 때, 헤르메스가 했던 말이 생각났다.

그 말은 대체 무슨 뜻이었을까?

'내가 걸을 길이라니.'

연우는 눈살을 좁혔다.

신은 만물을 관장하고, 만물을 관조하는 존재.

절대적 존재인 만큼 허언을 하지 않는다.

아마 헤르메스도 연우를 둘러싼 어떤 것을 엿보고 나서 말해 준 것이겠지.

하지만 그게 무슨 뜻인지 도무지 알 수가 없었다.

앞으로 갈 길이, 칠흑왕과 어떤 연관이 있다는 뜻일까.

연우는 머리를 털었다.

더 이상 깊게 고민해 봤자 나오는 대답은 없었다.

헤르메스의 말마따나 이것이 그가 걸을 길이라면, 계속 걷다 보면 언젠가는 무언가에 부딪칠 것이다.

그렇다면 지금은 지금 일에 집중하면 되겠지.

"생각을 정리하신 모양이시군요. 그럼 이제 다음 보상으로 넘어가겠습니다."

이블케가 쾌활하게 웃으면서 크게 박수를 쳤다.

짜악!

[누계 공적치: 1,420,119Point]

"정말이지, 이번에도 이렇게 터무니없는 공적치라니. 대단하십니다. 이 외에도 각 층계 간 보상 아티팩트 9점과 신기록 달성 보상, 모든 초심자 구역까지의 누계 공적에 해당하는 보상까지. 총 12개의 보상을 받으실 수 있으십니다. 지금, 보시겠습니까?"

연우는 고개를 가로저었다.

"보상 전부에 쌓은 공적치를 합쳐서 하나로 받고 싶은데."

이블케가 그럴 줄 알았다는 듯 화사하게 웃었다.

"따로 받고 싶은 것이 있으신가요?"

"아스트라페."

"이미 끝났다는 걸 아시면서도 짓궂은 말씀을 하시는군요."

"농담이 아닌데."

연우는 가볍게 혀를 찼지만, 이블케는 못 들은 척을 하고 말했다.

"따로 찾는 게 없으시다면 저희가 산정해서 드리도록 하겠습니다."

140만 점에 달하던 공적치가 한순간에 '0'으로 줄어들고, 이블케를 따라 감돌던 12개의 빛무리도 같이 합쳐져서 사라졌다.

그리고 이블케가 손바닥을 활짝 펼치는 순간.

"이건?"

연우의 눈이 살짝 커졌다.

이블케의 손바닥 위에 떠오른 아티팩트는 그에게도 낯이 익은 보구였다.

9겹의 꽃잎 모양으로 이뤄진 방패.

아이기스였다.

"이미 도전자님의 공적은 여태 누구도 이루지 못한 업입니다. 그렇다면 이것이 주어져도 결코 이상하지 않지요."

연우는 그제야 깨달았다.

자신이 쌓은 업적이 탑에서 무슨 의미를 갖는지.

최고 공적치를 한데 모아 한꺼번에 받을 때에 어떤 보상을 받을까 하고 의문을 던진 적은 있지만 결과가 이렇게 돌아올 줄은.

생각도 하지 못했다.

"받으시겠습니까?"

연우는 고개를 끄덕였다.

[보상 '아테나의 아이기스'를 획득했습니다.]

아이기스가 연우의 손바닥으로 떨어졌다.

연우는 연분홍빛이 감돌면서도 바깥쪽이 살짝 투명한 아이기스를 매만졌다.

9겹이나 되어 무거울 줄 알았는데, 상당히 가벼웠다. 마치 깃털처럼.

"그럼 저는 모든 보상도 끝났으니 이만 물러나도록 하겠습니다."

인사를 올리는 이블케의 머리 위로 창이 떠올랐다.

[모든 시련이 끝났습니다. 11층으로 올라가시겠습니까?]

연우는 고개를 끄덕였다.

발밑으로 푸른 포탈이 열렸다. 연우는 그 속으로 빨려 들어갔다.

빛무리가 공간을 환하게 밝혔다.

*　　*　　*

연우가 초심자 구역의 마지막 구간을 벗어난 순간.

탑의 모든 층계를 따라 거대한 창이 내려앉았다.

하나의 층계에 기록된 공적이 갱신될 때마다 모든 층계에 전달되는 공지 사항이었다.

내용은 간단했다.

정체를 비공개로 설정한 어떤 플레이어가 초심자 구역 내 모든 층계의 기록을 갱신하고, 명예의 전당에 오른다는 내용.

그리고 그 플레이어가 튜토리얼을 압도적인 점수로 갱신했던 독식자라는 사실이 전해졌을 때, 플레이어들의 이목은 더욱 집중되었다.

그중에는 새로운 강자의 출현을 기뻐하는 사람도 있었다.

그들이 그토록 지우고자 애썼으나, 도저히 지울 수가 없었던 이름, 아르티야. 하위 층계에 영원히 전설로 남을 줄만 알았던 그 이름이 어느덧 사라지고 없었으니까.

사람들의 뇌리에 '독식자'라는 별칭이 깊게 아로새겨졌다.

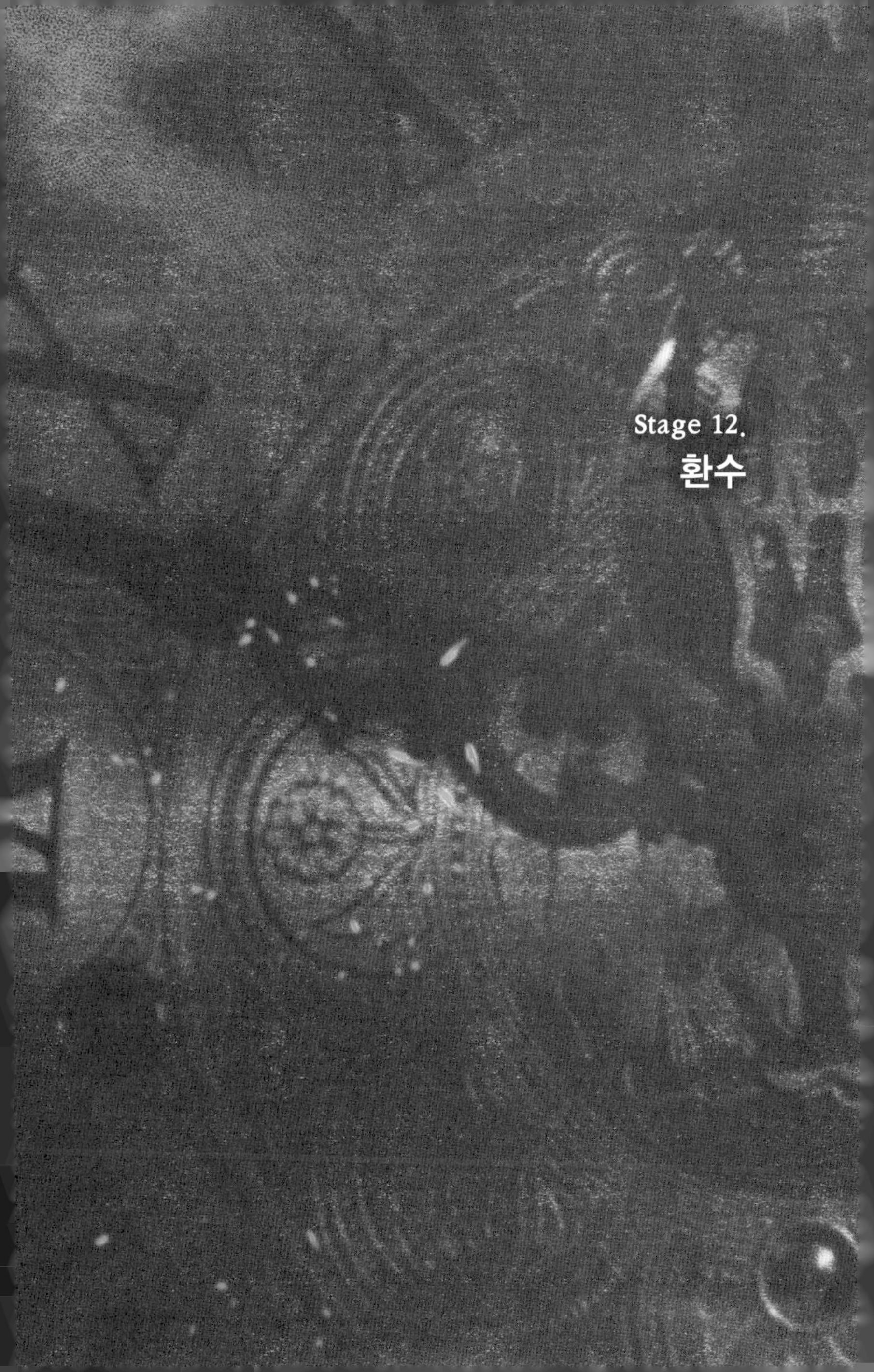

Stage 12. 환수

"오효효효. 결국 칠흑왕의 절망을 깨울 뿐만 아니라, 아이기스까지. 참 재미난 플레이어에요."

이블케는 포탈을 타고 사라지는 연우를 보면서 기분 좋게 웃었다.

튜토리얼에서부터 초심자 구간까지, 모든 걸 홀로 돌파하다시피 하는 연우의 기행은 언제나 그를 즐겁게 했다.

내기로 벌어들인 수익도 꽤 쏠쏠했고.

"탑의 시스템도 그만큼 차연우 님을 집중해서 보기 시작했다는 뜻일 테지만요."

그렇게 이블케는 알 수 없는 말을 중얼거리다, 문득 11

층에서부터의 관리자들이 누군지를 되짚어 보았다.

"이후부터는 총관리자가 라플라스일 텐데."

이블케가 씩 웃었다. 두꺼운 입술을 따라 송곳니가 삐죽 나왔다.

"이 친구도 어떤 반응을 보일지 궁금하긴 하군요. 꽤 호기심이 많은 친구라 짓궂은 짓을 할 때가 많긴 한데 말이지요."

그의 시선은 점점 사그라지는 포탈에 고정되어 있었다.

*　　*　　*

"독식자?"

바할은 플레임 비스트를 이끌고 이동을 하다 말고, 단장이 불쑥 꺼낸 말에 고개를 옆으로 돌렸다.

"예. 1층부터 10층까지, 모든 초심자 구역의 기록들이 전부 갱신되었다더군요."

바할은 재빨리 손으로 허공을 짚었다.

그러자 눈앞으로 창이 하나 불쑥 떠올랐다.

[1층 랭킹]

1위 비공개 (9,345Point)

공동 2위 차정우, 에도라 (6,566Point)

4위 판트 (2,210Point)

……

[2층 랭킹]

1위 비공개 (31,008Point)

2위 판트 (7,299Point)

3위 차정우 (6,900Point)

……

[3층 랭킹]

1위 비공개 (18,115Point)

2위 차정우(11,331Point)

……

"오?"

바할은 비공개로 설정된 사람이 연우라는 사실을 알 수 있었다.

현재 두각을 드러낸 사람들 중에 이만큼이나 활약을 보일 사람은 그밖에 없었으니까.

"재미난 친구로군."

바할은 가볍게 웃음을 터뜨렸다.

처음 마주쳤을 때부터 느끼긴 했다지만, 예상했던 것보다 훨씬 난놈이었다.

그동안 초심자 구간에 새겨졌던 차정우의 기록은 팀 아르티야의 보조가 있었기 때문에 가능했던 것들.

하지만 지금 연우가 기록한 건 전혀 달랐다.

녀석이 혼자서, 자신만의 힘으로 이룬 것이니까.

앞으로 연우에 대한 이목이 더더욱 집중될 수밖에 없을 터. 미리 침을 발라 놓기를 잘했다는 생각이 들었다.

"안타깝지 않으십니까?"

그때 단장이 물끄러미 그를 보면서 물었다.

바할이 고개를 갸웃거렸다.

"음? 뭐가 말인가?"

"기록 말입니다. 그 기록은 바할 님의 기록이기도 하니까요."

바할은 무슨 말뜻인지 알아채고 피식 웃고 말았다.

차정우의 기록은 곧 아르티야의 기록. 바할이 걸었던 길이기도 했다.

"사상 검증은 이미 끝났다고 생각했는데. 아닌가?"

"개인적인 궁금증일 뿐입니다."

바할은 가볍게 코웃음을 쳤다.

"우리 여왕 폐하께서 아끼는 손가락이 사적인 질문을 던진다고? 믿을 걸 믿으라고 하게. 차라리 개가 야옹 하고 운다는 말을 믿겠어.”

단장은 고개를 살짝 숙이는 것으로 대답을 대신했다.

바할은 기록창을 종료시키고, 손으로 턱을 쓰다듬으면서 대답했다.

“뭐, 아예 아무 생각이 없다고 하면 거짓말이겠지. 어쨌든 아르티야 역시 내가 걸었던 흔적이었으니까. 그 흔적이 사라진다는데 누가 좋아할까.”

“…….”

순간, 단장의 눈빛이 날카롭게 빛났지만, 곧 이어지는 바할의 말에 눈빛을 가라앉혔다.

“하지만 옛날 일은 옛날 일일 뿐이야. 과거는 흘려보내야지. 거기에 얽매일 이유는 전혀 없어. 지금 내게 중요한 건 단 하나뿐이야.”

바할이 활짝 웃으면서 말꼬리를 달았다.

“이 루키를 어떻게 하면 우리의 손에 넣을 수 있냐는 것.”

“…….”

“언젠가 우리 손에 들어올 거라는 생각은 하지만…… 그렇다고 해서 너무 길어져서는 안 되겠지? 그럴 기미조차 보이지 않는다면 부술 생각도 해야 할 테고.”

바할은 뒷말은 마저 붙이지 않았다. 하지만 단장은 바할이 무슨 말을 하려 했는지를 알 것 같았다.

'옛 아르티야처럼.'

아르티야는 원래 여러 클랜들에 있어 애증의 대상이었다.

어떻게든 손에 넣고 싶었지만, 굴러들어 오지 않았던 이레귤러.

그러다 내친김에 탑까지 집어삼키려고 했던 곳이었다.

8대 클랜은 이제 다시는 그런 꼴을 보고 싶지 않아 했다. 아르티야 같은 놈들은 아르티야 하나로 족했다.

싹이 보이면 애초 짓밟거나, 아니면 가지거나.

반드시 둘 중에 하나여야 했다.

"……이 정도면, 대답은 됐겠지?"

바할이 씩 웃으면서 단장을 돌아봤다.

단장은 담담하게 고개를 끄덕였다.

"다행히 통과점은 넘었나 봐."

"하지만 굳이 하지 않아도 될 말을 하셨습니다. 다음부터 주의해 주십시오."

"하하! 그 정도는 봐줄 때도 되었다고 생각했었는데. 아직도 우리 여왕 폐하께서는 날 의심하시나 본데. 그나저나."

바할은 갑자기 달리다 말고 걸음을 뚝 멈췄다. 뒤따라오던 플레임 비스트도 일제히 정지했다.

그들이 멈춘 곳은 어느 낭떠러지의 끄트머리였다.

"여기였지?"

"좌표로는 그렇습니다."

"청화도의 개구멍이라. 그렇게 품위를 찾아 대더니. 결국 사람 사는 건 똑같은 것 같아? 하하!"

바할은 낭떠러지 끝으로 천천히 걸음을 옮겼다.

발아래로 나무가 잔뜩 우거진 숲 지대가 한눈에 내려다보였다. 절벽이 얼마나 높은지 단지 보는 것만으로도 아찔해질 정도였다.

탑 외 지역의 가장 외곽에 위치한 곳이라 인적은 눈을 씻고 봐도 찾아볼 수가 없었다.

하지만 바할은 마력을 한껏 눈가에 실어 한쪽을 주시했다.

그러자 시력이 강화되면서 숲 지대 한쪽 구석이 선명하게 망막에 잡혔다.

교묘하게 위장한 나무 틈 사이로, 다섯 명의 플레이어들이 주변을 경계하고 있었다.

중앙에 마련된 제단에는 푸른색 포탈이 열려 있었다.

"아랑단으로 연결되는 포탈이라."

바할은 가볍게 웃음을 터뜨렸다.

"대체 뭘 숨기려고 이런 외진 곳에 포탈을 열어 둔 건지. 리언트, 너는 예나 지금이나 달라진 게 정말이지 하나도 없구나."

바할은 고개를 절레절레 흔들면서 단장을 돌아봤다.

"얼마 남지 않은 것 같으니 준비하자."

"예."

단장은 높이 손을 들었다. 그러자 플레임 비스트는 절벽 곳곳으로 흩어져 자세를 바짝 낮췄다.

리언트가 나타날 타이밍을 노려서 습격할 생각이었던 것이다. 그들이 파악한 정보에 따르면, 리언트의 복귀까지는 몇 시간이 남지 않았다.

그리고 두 시간가량이 지났을 때쯤.

잔잔하게 일렁이던 포탈이 갑자기 크게 출렁이기 시작했다. 공간 이동이 개시된다는 뜻이었다.

플레임 비스트는 일제히 품속에 있던 무기를 꺼냈다. 팔뚝만 한 길이만큼 자른 대나무 통이었다.

통 안쪽에는 쇠 화살 수십 개와 마법 화약이 내장되어 있어, 격발 장치를 잡아당기면 즉시 일대 주변을 초토화시키는 일회용 아티팩트였다.

그리고 곧 포탈에서 게이트가 활짝 열리면서 플레이어들

이 무더기로 쏟아졌다.

하나같이 청화도의 복장을 입고 있는 자들. 그 속에 리언트도 섞여 있었다.

플레임 비스트는 일제히 낭떠러지 아래쪽으로 격발 장치를 잡아당겼다.

콰콰쾅—

마치 천둥 수십 개가 한 번에 치는 것처럼 어마어마한 굉음이 울렸다.

폭발은 포탈을 비롯한 숲 지대를 깡그리 밀었다.

경계를 서고 있던 플레이어들이며 갓 포탈을 빠져나오던 자들까지, 그들 대다수가 이렇다 할 반응도 하지 못하고 쓸려 나갔다.

어떻게 살아남은 자들마저도 하늘에서부터 소낙비처럼 무더기로 쏟아지는 쇠 화살 세례에 누더기가 되고 말았다.

리언트는 폭발과 굉음, 빛이 산란하는 세상 속에서 겨우겨우 살아남을 수 있었다. 상위 랭커라 할 만한 뛰어난 실력이었다.

하지만 그런 그조차 피해를 완전히 피할 수는 없었다.

리언트는 상처를 잔뜩 입은 맹수가 되어 크게 포효했다. 전신은 시커먼 그을음과 붉은 핏물을 흠뻑 뒤집어쓰고 있었다.

가뜩이나 오랫동안 공을 들여 세웠던 아랑단이 무너지고, '돌' 마저 사라져 짜증이 극에 달한 지금.

빌드와 함께 자신을 지탱하던 수하 네 명까지 어이없게 유명을 달리해 버리자, 분노가 머리끝까지 치밀어 올랐다.

그러다 리언트는 매연과 불기둥 사이로 낭떠러지 끝에서 있는 자들을 발견할 수 있었다.

그중에서도 유독 한 사람이 눈에 띄었다.

한때, 같은 팀에 있으면서 가장 친한 친구였지만, 지금은 원수만도 못한 사이가 되어 버린 놈!

"바할—!"

"리언트, 오랜만에 보는구나."

바할은 상당한 거리가 있어도 리언트가 어떤 표정을 짓는지 확실하게 알 수 있었다. 반갑다는 듯이 환하게 웃으면서 힘차게 땅을 박찼다.

콰앙—

바할은 커다란 포물선을 그리며 리언트에게로 떨어졌다. 플레임 비스트는 절벽을 타고 내려가면서 여전히 숨이 붙어 있는 플레이어들을 척살하기 위해 움직였다.

리언트는 아예 두 눈이 회까닥 뒤집힌 채로 허공에 솟구쳐 바할에게 와락 달려들었다.

어마어마한 두 개의 기류가 나선 모양으로 빙글빙글 꼬

이면서 꼬리처럼 따라오다가, 곧 폭풍이 되어 앞으로 쏟아졌다.

리언트의 별칭은 스톰 브링거.

폭풍을 가져오는 자라는 뜻이었다.

쿠쿠쿵!

태풍과 불벼락이 하늘 한가운데서 부딪쳤다. 공간이 터져 나가는 소리와 함께 다시 한번 열풍이 대지에 작렬해 모래 기둥이 높이 솟구쳤다.

마치 신화 속에서나 그려질 것 같은 초인들의 충돌.

바할과 리언트, 두 사람은 이미 재앙을 몰고 다니는 자들이었다.

플레임 비스트도 두 사람의 충돌 여파에 휩쓸리지 않도록 멀찍이 떨어져야만 했다. 미처 피하지 못했던 리언트의 수하들은 이제 시체조차 남기지 못했다.

"감히! 감히 나를 건드려? 이게 무슨 짓인지 알고나 저지르는 것이냐!"

리언트는 잔뜩 일그러진 얼굴로 으르렁거렸다. 상처를 잔뜩 입은 맹수는 다른 어느 때보다 날이 서 있었다.

"알고말고."

하지만 바할은 가볍게 웃었다. 어차피 리언트가 이런 반응을 보일 거란 건 짐작하고 있었으니까.

제 딴에는 책략을 짠답시고 머리를 굴리지만, 실속이라고는 전혀 찾아볼 수 없을 만큼 엉성하기 짝이 없는 녀석이니까.

"전쟁을 치른다는 뜻이잖아?"

리언트의 낯빛이 딱딱하게 굳었다.

방금 전, 바할이 내뱉은 말에 담긴 뜻은 절대 가벼운 게 아니었으니까.

선전 포고.

레드 드래곤이 청화도를 상대로 전쟁을 선포한 것이다!

"청화도를 다스린다는 다섯 무신 중 한 사람의 머리라면…… 간만에 벌어질 이벤트의 시작치고는 그럴싸하지 않겠어?"

"……!"

"그래도 한때 친구였는데. 다른 사람의 손에 맡기기는 뭣해서 말이지. 그래서 내가 대신 나선 거야."

바할은 환하게 웃으면서 손을 아래로 세게 내리쳤다.

스킬 〈불벼락〉. 바할이 자랑하는 시그니처 스킬이 가동되면서 하늘에서부터 붉은 불꽃이 신이 휘두른 망치처럼 내려쳐지면서 폭풍을 발기발기 찢었다.

리언트는 그 순간 깨달았다. 바할은 자신이 알던 것보다 훨씬 강해진 상태라는 것을.

"그러니 줬으면 한다."

"무엇을 말이냐!"

"네가 갖고 있다는 마력 기관. 그것만 준다면 고통스럽지 않게 보내 주지."

설마 '돌'의 행방을 물을지는 생각지도 못했기에 리언트의 표정이 딱딱하게 굳었다.

하지만 그걸 거절로 받아들인 바할은 가볍게 혀를 찼다.

"하여간, 그깟 자존심은. 안되겠군. 일단 자네부터 제압하고 나서 이야기를 마저 해야겠어."

계속 위기로 내몰다 보면 어쩔 수 없이 마력 기관을 내놓겠지.

바할은 그렇게 생각하면서 리언트에게로 다시 와락 달려들었다. 하늘에서부터 수십 개의 불벼락이 잇달아 내려와 아래로 작렬했다.

콰콰쾅—

어차피 이곳에서 리언트가 도망칠 곳 따위는 없었다.

퇴로는 플레임 비스트들이 모두 차단했고, 주변은 온통 불바다가 되어 틈이라곤 없었으니까.

바할의 별칭은 화권.

불바다라는 지형 위에서 그를 당해 낼 수 있는 자는 아무도 없었다.

설사 그가 모시는 레드 드래곤의 수장, 여름여왕이라 할지라도!

콰아아앙—

수십 개의 불벼락이 응축된 불꽃이 리언트를 후려쳤다. 폭풍이 갈기갈기 찢기면서 일대를 몇 번이고 쑥대밭으로 만들었다.

*　　*　　*

[이곳은 11층, 꿈속 세계의 관입니다.]

연우는 이제는 익숙하게 여겨지는 알림 소리와 함께 눈을 떴다.

새로운 세상이 눈앞에 나타나 있었다.

탁 트인 평원 위로 갖가지 언덕이 야트막하게 여러 개 올라와 있는 세계.

바람이 살랑살랑 불고, 꽃과 잎사귀가 파르르 떨렸다. 햇살도 따사로워서 서 있는 것만으로도 기분이 저절로 편안해졌다.

여태껏 경험했던 삭막한 층계와는 전혀 다른 인상을 주는 곳이었다.

연우는 주변을 둘러보았다.

그 외에 다른 사람은 보이지 않았다.

'아직 올라오지 못했나?'

아무래도 판트와 에도라는 조금 더 시간이 걸릴 것 같았다.

연우도 기에스의 눈이 없었더라면 이렇게 쉽게 10층을 통과하지 못했을 테니, 당연하다면 당연한 일이었다.

'조금 기다려야겠군.'

연우는 차라리 잘되었다 싶었다.

그렇지 않아도 10개나 되는 층계를 단번에 통과한다고 정신적으로도 육체적으로 상당히 피곤한 상태였으니까.

게다가 검은 팔찌도 크게 바뀌었고, 뜻하지 않게 아이기스도 얻었다. 둘 다 쓰임새를 제대로 확인해야만 했다.

'능력치나 스킬도 여러모로 많이 달라졌고.'

개인적으로 여러 점검을 할 필요가 있었다.

그때였다.

우웅—

하늘을 따라 푸른색 포탈이 크게 맺히더니 누군가가 아래로 툭 떨어졌다.

토끼 얼굴에 늘씬한 턱시도 차림을 한 관리자. 〈이상한 나라의 앨리스〉에 나오는 흰 토끼를 연상케 하는 모습이었다.

"이렇게 만나 뵙게 되어 반갑습니다. 저는 앞으로 11층의 안내를 맡게 된 관리자, 라플라스라고 합니다."

연우를 바라보는 라플라스의 붉은 눈은 호기심으로 반짝이고 있었다.

라플라스는 최근에 이블케의 사랑과 관심을 독차지하고 있다는 연우를 신기한 눈으로 바라봤다.

이 사람 때문에 시끄러운 건 탑뿐만이 아니었다. 관리자 커뮤니티도 간만에 잔뜩 들뜬 상태였다.

팀 아르티야 이후 최고의 루키.

당연히 탑을 보존하고 관리하는 그들의 입장에서는 눈길이 쏠릴 수밖에 없었다.

특히 이블케가 연우를 두고 밑에 있는 관리자들과 내기를 해서 승승장구를 했다는 소식은 소소하게 퍼져 있었다.

그래서 관리자들은 연우가 하루라도 빨리 자신이 관장하는 층계에 올라오기를 기다리는 중이었다.

그가 이번에는 또 어떤 일들을 해낼지, 바로 옆에서 지켜볼 수 있을 테니.

까마득한 세월을 살아온 그들에게 이런 소소한 재미는 절대 놓칠 수 없는 사안이었다.

라플라스가 나선 것도 바로 그런 이유 때문이었다.

사실 원래 11층의 관리자는 따로 있었다. 하지만 라플라스는 루키를 특별 관리하겠다는 되도 않는 명분을 들먹여 직권으로 11층 관리자를 찍어 누르고 나타난 거였다.

관리자들의 최고 우두머리를 자처한다는 12지신 중 '묘(卯)' 에 해당하는 자.

그게 바로 라플라스였으니까.

라플라스는 지금쯤 잔뜩 우울해져 있을 11층 관리자에게 따로 맛있는 당근이나 사 줘야겠다고 생각하면서 입을 열었다.

"도전자님께서는 11층에서부터 규칙이 어떻게 바뀌는지 알고 계시는지요?"

연우는 라플라스의 말을 들으면서 얼핏 일기장의 내용을 떠올렸다.

11층에서부터는 초심자 구간 때와는 난이도가 확연하게 달라지는 편이었다.

여태껏 주어지던 대기실이 폐쇄되고, 대신에 반드시 각 층계에서만 머물면서 장기적으로 주어지는 시련을 수행해내야만 했다.

"더 이상 대기실이 주어지지 않고, 장기 미션이 주어진다는 것 정도만."

"그렇다면 거의 대부분 알고 계시다고 봐야 할 테니, 이야기하기가 훨씬 순조롭겠군요."

라플라스는 잘되었다는 듯이 빙긋 웃으면서 말을 이어나갔다.

"여태껏 7개의 구획으로 이뤄진 튜토리얼이 플레이어의 자격을 '시험'하고, 10개의 층계로 구성된 초심자 구간이 플레이어의 실력을 '점검'한다면, 이 모든 과정을 통과한 후부터는 진짜 '시련'을 겪어야만 한답니다."

진짜 시련.

연우는 이 단어에 집중했다.

"플레이어란, 신이 되고자 도전하는 자들을 가리키는 말이지요. 스스로의 한계를 극복하고, 인간의 범주를 탈피해야만 합니다. 그리고 그러기 위해서는 당연히 그만큼 위험천만한 시련을 경험해야 하고, 그것을 능가하는 업적을 써내려가야만 가능하고요."

연우는 말을 자유롭게 하는 토끼 머리가 조금 신기하다는 생각도 얼핏 들었다.

"그러니 진짜 시련이 시작된다고 할 수 있을 11층에서부터는 감당해야 하는 것들이 이전과는 전혀 궤를 달리할 수밖에 없습니다."

라플라스의 설명은 그 뒤로도 계속 이어졌다.

내용은 대략 이러했다.

초심자 구간의 시련은 실패를 하더라도 몇 번의 재도전 끝에 극복해 낼 수 있었다.

대기실이 따로 존재해 부상을 입더라도 대기실로 이동, 상처와 피로를 회복하고 최상의 컨디션으로 도전할 수 있기 때문이다.

하지만 대기실이 폐쇄되는 11층에서부터는 이야기가 전혀 달라졌다.

시련에 실패를 하더라도, 층계에 계속 체류를 해야만 했다.

부상을 입더라도 층계 내에서 알아서 치료법을 찾아야 하고, 난관에 부딪치더라도 층계 내에서 해결법을 터득해야 했다.

시련을 극복할 때까지, 층계의 거주민이 되는 것이다.

게다가 주어지는 시련의 내용들도 대부분 한 번에 해낼 수 없는 장기적인 것들.

초인적인 인내심으로 끈기와 열성을 갖고 붙들고 있어야만 겨우 해낼 수 있었다.

말 그대로 시련이자 수행이었다.

"그래서 여기서부터는 별도로 회차라는 것이 존재하질 않으니 유의해 주시길."

입관자와 체류자. 이렇게 둘로 나뉘었다.

연우가 11층으로 들어왔을 때에 대기실이 보이지 않고, 다짜고짜 스테이지가 나타난 것도 바로 이런 이유 때문이었다.

"혹시 이 외에 궁금하신 내용이 있으신지?"

연우는 담담하게 고개를 가로저었다.

어차피 일기장을 통해 대부분 알고 있는 내용이었고, 지금은 빨리 이것저것 확인하고 싶은 게 많았다.

'11층은 시련 내용도 크게 어렵지 않은 편이고.'

조금 귀찮을 뿐이지.

연우가 속으로 작게 중얼거릴 때, 라플라스가 말했다.

"없으시다면 그럼 지금부터 시련을 시작하겠습니다."

라플라스의 토끼 얼굴이 살짝 미소를 지으면서 가볍게 박수를 쳤다.

짜악!

[11층의 시련을 시작합니다.]

[시련: 구전으로만 전해지는 환계는 사실 여러 차원에 걸쳐 헤아릴 수도 없이 많은 사람들의 꿈이 한데 뭉친 세계입니다.

그래서 이곳에 거주하는 환수(幻獸)들은 사람들의 꿈을 먹고 자랍니다.

악몽을 먹고 자란 환수는 마수가 되어 자연재해를 일으키고, 길몽을 삼킨 환수는 영물이 되어 따사로운 햇살을 가져다줍니다.

시련자여, 지금부터 당신만의 환수를 부화시키세요.

당신의 꿈과 정성을 먹여 자라난 환수는 앞으로 기나긴 고난과 역경을 걸으려 하는 당신의 진정한 파트너가 되어 줄 것입니다.]

그 순간, 연우의 손바닥 위로 둥근 알이 하나 툭 떨어졌다.

달걀만 한 작은 크기였다. 눈밭처럼 새하얀 껍질이 인상적이었다.

"지금 주어진 알은 바로 환수의 알입니다. 하지만 거기서 무엇이 태어날지는 아무도 알 수 없습니다. 환수는 주인이 먹인 꿈을 바탕으로 얼마든지 모습이 바뀔 수 있으니까요."

라플라스의 붉은 눈이 묘한 빛을 발했다.

"다만, 한 가지 유의하실 점은 주인의 꿈을 먹고 자란다고 해도 알 속에 있는 환수는 아직 새끼입니다. 주인이 열과 성을 다해 돌보지 않으면 절대 깨어나지 않는답니다. 좋은 음식, 좋은 태교, 좋은 것들…… 많이 주십시오. 정성을 기울일수록 당신의 환수도 강해질 테니까요."

연우는 알겠다는 듯 가만히 고개를 끄덕였다.

"그렇다면 시련이 끝날 때 다시 찾아뵙겠습니다."

라플라스는 고개를 꾸벅 숙이면서 자취를 감췄다.

포탈을 타고 사라진 건 아니니, 아무래도 층계 어딘가에서 계속 머물 것 같았다.

연우는 스타트 존에 덩그러니 남아 뒷머리를 벅벅 긁었다.

"환수의 알이라. 조금 골치긴 해. 돌보는 것과는 거리가 머니까."

동생은 11층을 아주 재미있어 했었다.

여태껏 삭막하기만 하던 시련들과 다르게 이 시련은 즐거운 마음으로 참여할 수 있었으니까.

햇살은 따사롭고 바람은 훈훈하다.

이런 좋은 환경은 탑의 다른 여러 층계 중에서도 찾아보기 힘들었다.

게다가 동생의 특성은 만통. 하루도 거르지 않고 환수의 알과 동조 상태를 이루고, 좋은 꿈을 많이 먹이면서 다른 영초 같은 것도 흡수시켰다.

'그리고 거기서 태어났던 게 환룡(幻龍)이라고 했었지?'

환룡은 환수 중에서도 발록이나 기린, 봉황과 같이 최상위로 손꼽히는 종이었다.

동생은 환룡을 부리면서 전체적으로 무력을 향상시킬 수 있었고, 또한 이 일을 계기로 고룡 칼라투스와 인연을 맺어 용마안을 비롯한 용체의 권능을 얻었다.

여러모로 11층이 그에게는 중요한 터닝 포인트가 된 셈이었다.

반면에.

'나는 이런 쪽과는 거리가 멀지.'

정성스러운 성격의 동생과 다르게 그는 뭔가 돌보는 걸 어려워하는 편이었다.

부화를 시키는 건 걱정하지 않았다.

일기장에도 여러 부화 방법이 적혀 있었으니까.

그중에는 특정 속성의 상위종을 탄생시키기 위한 히든피스도 적혀 있었다.

'피닉스. 남쪽에 있는 신수(神獸)의 힘을 빌릴 수 있다면.'

11층은 여러모로 평화로운 분위기 대신에 보스 몬스터가 상대하기 아주 까다로운 편이었다. 심지어 랭커들조차 상대하기를 꺼려 할 정도로.

환수로서 최고의 경지에 오르면 탄생한다는 신수. 그런 신수가 동서남북에 걸쳐 총 4마리가 존재했다.

북쪽의 어비스 터틀, 동쪽의 허무룡, 서쪽의 샤벨 타이거.

그리고, 남쪽의 피닉스.

피닉스는 흔히 알려진 대로 푸른 불꽃에서 태어났다가 죽어서 재가 되고, 다시 그 속에서 부활을 이룬다는 불사조다.

불과 바람을 다루면서 펼치는 그 무한한 힘은, 보는 사람으로 하여금 경외감을 느끼게 만드는 뭔가가 있었다.

연우는 오랜 고민 끝에 지금 주어진 환수에다 불과 바람 속성을 부여할 생각이었다.

벌써 숙련도를 50%나 넘긴 열화 스킬은 여러 방면으로 쓰임새가 다양했다.

원거리 타격부터 방어 용도까지. 그래서 연우는 더 강한 화력을 얻고 싶었다.

그러기 위해서는 화 속성이나 풍 속성의 환수를 필요로 했다.

그리고 그러기 위해서는 바람과 불을 다스린다는 피닉스의 도움을 빌리는 게 가장 좋았다.

'생명의 불꽃. 그것만 얻을 수 있다면.'

연우의 눈빛이 묘하게 빛났다.

그는 스타트 존에서 판트와 에도라가 올라오기를 조금 더 기다렸다.

하지만 아무래도 시간이 많이 걸리는 것 같았다.

어쩔 수 없다는 듯, 연우는 마장대검을 들어 스타트 존 인근에 있는 바위에다가 작은 표식을 남겼다.

10층 시련을 시작하기 전에, 만약 길이 엇갈리게 되면 서로가 향할 위치를 적어 두기로 미리 입을 맞췄던 것이다.

그들 세 사람만 알고 있는 표식이니 다른 사람들의 눈에 띌 걱정도 할 필요 없었다.

남쪽. 대수림.

'이렇게만 해 두면 금방 찾아오겠지.'

연우는 환수의 알을 끌어안으면서 남쪽으로 고개를 돌리고는.

'일단 자리부터 옮기자.'

순보를 펼쳤다.

팟!

*　　*　　*

연우는 판트와 에도라에게 표식을 남겨 놨듯이, 곧장 남쪽으로 이동했다.

일기장에는 각 층계의 시련 내용과 공략법, 그리고 히든 피스의 위치뿐만 아니라, 간략한 지도도 첨부되어 있었다.

연우는 스테이지를 크게 가로지르면서 일기장의 지도와 현실의 지형을 대조해 보았다.

시간이 지난 만큼 많은 부분이 변해 있을지 모르니, 앞으로 11층을 공략하는 데 있어 미리미리 수정 작업을 해 둬야만 했다.

'11층은 알의 부화가 시련의 주 내용이니만큼, 초심자 구간처럼 빠른 통과가 불가능해. 최소한 보름. 길면 1년, 2년이 걸릴지도 몰라. 다른 히든 피스들도 스테이지 곳곳에 숨겨져 있고. 그러니 지형지물을 우선적으로 파악하는 게 급선무다.'

알의 부화 기간은 따로 정해져 있지 않다. 태어날 환수의 종류에 따라, 주인의 정성 여부에 따라, 성장 속도가 천차만별이기 때문이었다.

어떤 플레이어는 3년이 넘도록 11층에 묶여 있는 경우도 있다고 일기장에 적혀 있었으니.

11층의 시련은 여러모로 공략 난이도가 크게 어렵지 않은 만큼, 불확실성이 강했다.

'그러다 실수로 알이 부서지거나 다른 환수에게 잡아먹히기라도 하면…… 그냥 끝이지.'

알을 잃으면 시련은 실패로 끝난다. 그리고 더 이상 층계를 올라갈 자격조차 박탈당하게 되어 있었다.

대체할 만한 다른 알을 구할 방법이 있다는 말도 있었지만, 정확하게 알려진 건 없었다.

어떤 외부 환경에서도 알을 소중하게 지킬 것. 그리고 뛰어난 환수를 부화시킬 것.

이게 이번 시련의 가장 중요한 포인트였다.

'쉬우면서도 쉽지 않아. 자신이 실패했다고 다른 플레이어들도 실패하게끔 해코지하려는 놈들도 분명히 있을 테고.'

그러니 더더욱 피닉스를 찾아갈 필요가 있었다. 바보가 아닌 이상에야, 신수의 영역에 함부로 발을 들이지는 않을 테니까.

'이제 슬슬 나타날 때가 되었는데.'

연우가 머릿속으로 11층의 시련 내용 정리를 마쳐 갈 때쯤.

그는 어느덧 스테이지를 크게 가로질러 남쪽에 우거진

밀림에 들어서고 있었다.

['피닉스의 영역' 에 입장했습니다.]

[피닉스의 영향에 따라 불과 바람의 속성 방어도 가 대폭 하락합니다.]

[피닉스의 영향에 따라 마력이 짓눌려 전체적인 스탯이 하향 조정됩니다.]

[피닉스가 어딘가에서 당신을 지켜보기 시작합니다.]

연우는 순간 물먹은 솜처럼 몸이 축 늘어지는 걸 느낄 수 있었다. 피닉스가 영역에 걸쳐 뿌린 기운이 육체를 속박하고 있다는 증거였다.

불편한 기분이었지만, 연우는 만족에 찬 미소를 흘렸다.

피닉스가 자신을 예의 주시하기 시작했다는 메시지가 떴으니까. 어떻게 그의 주의를 끌까 싶었는데 일차적인 성공은 한 셈이다.

다만, 한 가지 걸리는 점이 있다면.

'원래 이렇게 경계심이 많은 성격이었나? 일기장에는 그런 말이 없었는데?'

연우는 대수림의 공기를 타고 흐르는 미약한 감정을 느낄 수 있었다.

살의. 무언가를 죽이고 싶어 하는 충동이 물씬 담겨 있었다.

무슨 일이라도 있는 걸까? 연우는 의문을 가지면서 어느새 영역의 가장 중심에 위치한 거대한 암벽에 도착할 수 있었다.

병풍처럼 높게 선 암벽. 그 끄트머리에는 굴이 있었다. 사람은 자그마한 점처럼 보일 것 같은 거대한 굴.

'피닉스의 둥지.'

그리고 연우가 둥지에 가까워질수록 공기에 섞인 살의도 점점 뚜렷해졌다.

연우가 암벽 등반을 위해 다시 위로 몸을 던지려던 그때.

『멈춰라.』

연우는 갑자기 머릿속을 비집고 들어오는 목소리에 걸음을 멈추고 고개를 들었다.

그건 정확하게 목소리가 아니었다. 의사 전달. 의념을 실어 보내는 고위 기술이었다.

'피닉스.'

연우의 두 눈이 깊어질 무렵, 의념이 다시 전달되었다. 살의와 경계심이 가득 묻어 있었다.

『이 이상 다가온다면. 죽일 것이다, 인간.』

연우는 눈을 가늘게 좁혔다.

'왜 이러는 거지?'

연우가 아는 피닉스는 오만하기는 해도 이렇게 경계심이 많은 성격은 아니었다.

오히려 미물들이 설치면 어떻게 설치나 궁금해하는 경우가 많았지.

하지만 지금은 그렇지를 않으니.

연우는 우선 대화를 시도해 봤다.

"저는 당신이 갖고 있다는 '생명의 불꽃'을 얻고자 먼 길을 왔습니다. 시험을 내어 주십시오."

『인간에게 내어 줄 시험 따윈 없다. 돌아가라.』

연우는 몇 번씩 설득을 해 봤지만, 그때마다 돌아오는 대답은 돌아가라는 말뿐. 그리고 더 접근을 해 온다면 죽일 거란 말도 섞여 있었다.

정말 뭔가 이상했다.

'마치 한창 예민해진 고슴도치 같은데.'

고슴도치는 겁이 많은 동물이다. 하지만 겁이 많은 걸 들키지 않기 위해서 적이 나타나면 뾰족한 가시를 잔뜩 드러낸다.

지금 피닉스가 그런 것 같았다.

신수인 그를 고슴도치에 비교하자니 조금 그랬지만, 외부의 상황을 너무 심하게 경계하고 있었다.

게다가 피닉스 정도라면 당장 자신을 죽일 수 있을 텐데도.

협박만 그럴듯하게 할 뿐이지, 아직까지 이렇다 할 물리적인 제약은 주지 않고 있었다.

'무슨 문제라도 있나?'

그러다 연우는 문득 한 가지 사실을 떠올렸다.

사람, 짐승, 환수까지, 모든 종을 막론하고 생물이라면 가질 수밖에 없는 약점.

가장 극도로 예민해질 수밖에 없는 시기.

팟!

연우는 몸을 날려 암벽을 오르기 시작했다. 피닉스가 꺼지라며 더 큰 으름장을 놓았지만, 연우는 걸음을 멈추지 않았다.

타닥.

동굴 안쪽으로 발길을 들였다.

"실례하겠습니다."

『인간. 감히 여기가 어디라고……!』

짙은 어둠이 깔렸던 동굴 사이로 샛노란 뭔가가 번쩍였다.

그것은 눈이었다.

연우를 몇 명이나 세울 정도로 거대한 눈. 신수 피닉스는 어둠 속에서 오롯이 노란 안광을 번뜩인 채, 짙은 살의를 풍겼다.

그래도 여전히 녀석은 허락받지 않은 침입자를 쫓아내려는 적극적인 행동은 하지 않았다.

그 모습에서 연우는 어떤 확신을 가졌다. 용마안을 활짝 열어 동굴 내부를 재빨리 살폈다.

어둠 너머로, 엄청 넓은 공동을 따라, 어마어마한 크기를 가진 붉은 새 한 마리가 잔뜩 웅크리고 있는 게 보였다.

불꽃을 휘감고 있는 새.

얼마나 큰지 연우는 문득 자신이 상대에게 개미처럼 보이는 게 아닐까 하는 생각이 들었다. 웅크린 정도가 이 정도라면, 날개를 활짝 펼치면 얼마나 큰 걸까?

그리고 붉은 새, 피닉스는 뭔가를 잔뜩 품고 있었다. 두툼한 배 아래에 두 개의 알이 놓여 있는 것도 보였다.

역시.

자신의 생각이 맞았다.

"새끼를 품고 있으셨군요."

『그게 무슨 문제라도 되는가? 꺼져라. 더 이상 네 녀석의 장난에 어울려 줄 시간 없으니.』

여전히 피닉스는 으르렁거리기만 했다. 하지만 의념 속

에는 적잖게 당황하는 기색이 묻어났다.

그리고 경계심은 극도로 올라갔다.

알이 다칠까 봐 최대한 자제하고 있지만, 이글거리는 불꽃은 금방이라도 연우를 태워 버릴 것 같았다.

'하지만 쉽게 움직이지는 못할 거야. 지금이 가장 중요한 시기니까. 부화가 얼마 남지 않았어.'

피닉스가 예민해진 것도 이해가 되었다.

그리고.

연우는 용마안으로 상황을 더 살피다가, 피닉스의 눈을 마주보면서 말했다.

"알을 잃어버리셨습니까?"

『…….』

순간 묻어나는 당혹감.

"맞나 보군요."

『……그래서? 뭘 어쩌자는 것이냐. 알았으면 썩 꺼져라.』

환수를 뛰어넘은 신수. 그런 종의 알은 비싸게 거래될 수밖에 없다.

그래서 꽤 많은 클랜이나 플레이어들이 위험을 무릅쓰고도 신수의 알을 구하고자 했다.

연우는 피닉스가 조금 안타깝게 느껴졌다. 자식을 향한 부모의 사랑은 누구보다 잘 알고 있었으니까.

마지막까지 동생을 그리워하시던, 그러면서도 원망은커녕 밥은 제대로 먹고 다닐까 걱정하시던 어머니의 모습이 떠올랐다.

"만약 알을 구해 온다면."

『뭐?』

그래서 연우는 도와주고 싶다는 생각이 들었다.

그리고 조금 이기적이긴 해도, 이건 그에게 기회이기도 했다.

"시험을 주시겠습니까?"

피닉스가 당혹해하는 기색이 느껴졌다. 그러다 녀석은 연우의 생각을 읽으려는 듯 눈을 가늘게 좁혔다.

혹시나 뭔가 다른 꿍꿍이가 있지 않나 싶어서.

신수는 꿈을 먹고 사는 생물. 완전히는 아니더라도, 표면 의식을 읽는 정도는 가능했다.

그리고 피닉스는 연우가 진심이라는 걸 알았다. 꿍꿍이는 없었다. 오로지 생명의 불꽃을 얻기 위해 노력하고자 하는 인상을 심어 주고 싶다는 사념만 전해졌다.

『……마음대로 하도록.』

피닉스는 샛노란 눈을 감으면서 머리를 뒤로 물렸다.

허락이다.

그 순간.

띠링.

[서든 퀘스트 / 피닉스의 알]

내용: 남쪽 대수림을 지배하는 신수 피닉스는 곧 태어날 새끼들에게 줄 먹이를 구하기 위해 잠시 자리를 비운 사이, 알을 도난당하는 아픔을 겪고 말았습니다.

피닉스의 알을 되찾아 그의 염려와 걱정을 덜어주십시오. 피닉스는 당신의 도움과 은혜를 절대 잊지 않을 것입니다.

제한 시간: 부화 시간까지.

보상:

1. 피닉스의 환심
2. '생명의 불꽃'의 시험 자격

연우는 퀘스트 내용을 확인하고, 조용히 물러섰다.

*　　*　　*

'자, 그럼 이제 어떻게 해야 알을 가진 녀석들을 따라잡을 수 있을까?'

연우는 암벽 아래로 내려오면서 생각을 정리하기 시작했다.

원래대로라면 피닉스의 시험을 받고 난 뒤, 근방 적당한 곳에 베이스캠프를 설치하고 보상으로 받은 칠흑왕의 절망과 아이기스를 확인할 참이었는데.

조금 늦어질 것 같았다.

'그래도 최대한 빨리 끝내야겠지.'

보아하니 알이 부화할 시기는 얼마 남지 않은 것 같았다. 그렇다면 최대한 빠르게 범인들을 찾아야만 했다.

'정확한 시간이 표기되지 않은 타임 어택이라. 그래도 24시간은 넘지 않을 거야.'

다행히 뒤를 쫓는 건 어렵지 않을 것 같았다.

알을 훔친 게 얼마 되지 않았던지, 피닉스의 둥지로부터 암벽, 그리고 대수림을 따라 곳곳에 묘한 흔적들이 남아 있었다. 결도 잔뜩 헝클어져 있다.

아프리카에서는 곳곳으로 도망치는 게릴라 부대를 쫓는 것도 중요했다.

이런 건 너무 익숙했다.

팟—

연우는 흔적을 쫓아 빠르게 움직였다.

*　　*　　*

"으하하! 이게 웬 떡이냐!"

"히히. 하필 그때 딱 타이밍 좋게 피닉스가 자리를 비울 줄 누가 짐작이나 했을까?"

비안과 람은 대수림을 벗어나면서 크게 웃음을 터뜨렸다.

그들의 품에는 사람 상체만 한 크기의 알이 들려 있었다.

신수 피닉스의 알. 그것도 부화가 얼마 남지 않은 알이었다. 자신들을 떼부자로 만들어 줄 행운의 상징이기도 했다.

사실 비안과 람은 피닉스의 영역에 발을 들였을 때까지만 해도 크게 기대는 하지 않았다.

의뢰를 받아 움직이긴 했어도, 피닉스는 워낙에 대단한 신수였고, 서식지에 대한 경계심이 네 마리의 신수 중에서도 가장 강하다고 알려져 있기 때문이었다.

그들이 트레저 헌터 중에서도 손꼽히는 실력자라지만, 그렇다고 해도 난이도가 너무 어려웠던 것이다.

하지만 하늘이 도왔던 건지. 기회만을 엿보던 중에 갑자기 피닉스가 자리를 비워 버렸으니.

덕분에 두 사람은 그때를 틈타 알을 훔칠 수 있었다.

비록 뒤늦게 피닉스가 눈치채 전부 훔칠 수는 없었지만, 하나만 해도 쾌거였다.

"으흐흐. 이참에 이거 눈 딱 감고 가격 확 더 높게 불러 봐? 이런 거 어디서도 못 구할 텐데 말이지. 사실 부르는 게 값이잖아?"

"아니면 더 좋은 방법도 있지."

"뭐?"

"우리가 이대로 그냥 갖고 나르는 거."

람의 말에 비안이 눈을 동그랗게 떴다.

"야! 그러다가 놈들한테 잘못 걸리면……!"

"그러니까 잘 잠적해야지. 그리고 생각해 봐. 피닉스라고, 피닉스. 이놈이 제대로 크고 나면? 그때는 그놈들이 뭐라고 할 건데?"

순간, 비안의 눈가에 탐욕이 일렁거렸다.

여태 알을 훔치는 데에만 정신이 팔려서 그렇지, 사실 람의 말이 옳았다.

그들에게 의뢰를 맡긴 놈들은 분명 대단한 자들이었다. 강하고, 상위 층계의 플레이어들이고, 독하기로 유명했다.

무엇보다 자신들의 자존심을 건드리는 걸 극도로 싫어했다.

하지만 그래서?

이 알을 그대로 가진다면. 눈 딱 감고 몇 년을 잠적하고 나면 자신들은 피닉스의 주인이 된다.

수천만 명의 플레이어들이 살아간다는 탑에서도, 몇 안 되는 신수의 주인이 된다는 뜻이었다.

과연 그놈들이 신수의 주인을 당해 낼 수나 있을까?

오히려 설설 기기에 바쁘다.

어쩌면 꿈에나 그리던 랭커가 될 기회가 열릴지도 몰랐다.

'그렇게만 된다면……!'

비안은 장밋빛 미래를 그리다가, 문득 다른 생각에 미쳤다.

'잠깐만. 그렇게 되면 피닉스의 주인은 누가 되는 거지? 굳이 두 명일 필요가 있나?'

비안은 슬쩍 람을 돌아봤다.

손발이 아주 잘 맞아 3년을 넘게 같이 해 왔던 파트너.

하지만 대부분의 트레저 헌터가 그렇듯이, 그들은 단순히 이익을 위해 뭉쳤지 따로 이렇다 할 의리는 없었다.

'그렇다면.'

순간, 비안의 눈가에 스산한 살기가 감돌았다.

그때, 갑자기 람이 이쪽으로 고개를 돌리더니 씩 웃었다. 비안은 재빨리 살의를 감추며 따라서 빙긋 웃었다.

"왜 그러나?"

"자네도 결국 나랑 같은 생각을 하는 것 같아서 말이지."

"뭔…… 컥!"

비안은 잘 달리다 말고 갑자기 울컥 피를 토했다. 시야가 빙글빙글 돌았다. 몸이 무거워졌다.

람이 어느새 알을 끌어안으며 쓰러진 그를 내려다보고 있었다. 미소가 차갑게 빛났다.

"뭐, 우리 업계가 다 이렇지 않나. 억울해하지 말라고. 내가 안 이랬으면 자네가 먼저 했을 테니까. 그렇지?"

"언…… 제?"

"아까 전에 건네줬던 물. 만드라고라의 진액을 잔뜩 넣어 뒀는데도 모르더군. 많이 지쳤었나 봐. 평소에는 그렇게 의심을 하더니."

서둘러 도망치느라 너무 목이 말라 아무 생각 없이 람이 건넨 물을 마셨었던 게 떠올랐다.

"젠…… 장……."

비안은 그 말을 마지막으로 절명했다.

람은 회까닥 뒤집힌 녀석의 눈을 보면서 실실 웃었다.

"피닉스의 알이라. 횡재했군. 언젠가 이런 날이 오기를 기다리기는 했지만, 진짜로 올 줄이야."

람은 이 알을 두고 어디로 잠적할까 고민했다.

의뢰자의 눈은 층계 곳곳에 닿아 있다. 그걸 피해 숨으려면 정말 철저하게 숨어야 했다.

최소 3년. 피닉스가 성체가 되기 위해 필요한 시간이었다.

어떻게 보면 긴 시간 같지만, 또 어떻게 보면 아주 짧은 시간이기도 했다.

그 정도만 꾹 참고 기다리면 랭커의 삶이 기다리고 있으니까. 강하고, 호화롭고, 모든 걸 즐길 수 있는 삶이.

웅, 우웅—

품에 안은 알이 놓으라면서 꼼지락대는 게 느껴졌지만 그냥 무시했다.

아니, 무시하고 움직이려 했다.

갑자기 몸에서 힘이 쭉 빠지지만 않았다면.

가슴팍. 칼날이 심장을 뚫고 나와 있었다.

"어떻게 된……?"

그 말을 끝으로 람은 앞으로 고꾸라졌다.

곧 뒤에 연우가 튀어나오며 떨어지는 알을 조심스럽게 낚아챘다.

"멍청한 놈들."

연우는 죽은 두 시체를 보면서 어이가 없어 혀를 찼다.

흔적을 따라 쫓던 중에 대수림을 벗어난 지 얼마 되지 않은 녀석들을 금세 발견할 수 있었다.

바로 기습해서 알을 빼앗을까 싶었지만, 싸우는 중에 혹시 알을 떨어뜨릴까 봐 그러지 못하고 조용히 뒤만 따르고 있던 중이었다.

그런데 자기들끼리 알을 두고 다투더니 훤히 뒤만 내줬다. 당연한 말이지만, 그런 기회를 놓칠 연우가 아니었다.

운이 좋아 얻은 보물은 사람의 욕망과 이기심을 더 크게 부채질할 뿐이다. 녀석들은 그래서 죽은 거였다.

연우는 허공에 손을 흔들어 열화 스킬로 두 시체를 모두 불살랐다.

그리고 금방이라도 깨어날 것 같은 알을 꼭 끌어안으면서 왔던 길을 되돌아갔다.

'앞으로도 이런 퀘스트만 있으면 좋겠어.'

솔직히 쉬워도 너무 쉬웠다.

*　　*　　*

『아, 아. 정말 찾아올 줄이야. 내 아이야.』

[퀘스트를 달성했습니다.]

연우는 기쁨에 찬 눈물을 흘리는 피닉스를 보면서 옅은 미소를 띠었다.

'다행이군.'

왠지 모르게 오늘따라 어머니가 생각이 났다.

『고맙다, 인간.』

"별말씀을."

『그런데 내 아이를 데리고 갔던 그놈들은?』

"죽었습니다. 혹시 다른 배후가 있을까 싶어 시체도 모두 소각시켰고요."

『아쉽군. 그런 놈들은 내가 벌을 내려야 하는데.』

뒤늦게 안 사실이었지만, 피닉스는 부화가 끝나면 곧바로 트레저 헌터들을 뒤쫓을 생각이었다고 했다.

하지만 그래서는 제대로 어미를 인식하지 못하는 데다가, 층계를 벗어나면 뒤쫓는 데 한계가 있기도 했다.

부화 전에 되찾아 온 게 천만다행인 셈이었다.

『뭐, 아무래도 상관없겠지. 넌 내 대신 내 아이를 구해 준 은인이다. 은인이 한 일이 곧 내가 한 일과 뭐가 다를까? 여하튼.』

피닉스는 살짝 말을 끊으면서 동공을 굴렸다. 커다란 노란 동공 속에 연우의 모습이 비쳤다.

『너는 나의 아이를 구해 주었다. 약속은 약속. 약속했던 대로 시험을 내어 주겠다. 정확히 말하라. 무엇을 원하느냐?』

"당신이 품고 있다는 생명의 불꽃을 원합니다."

『그게 무엇인지, 잘 알고 있겠지?』

"예. 당신을 있게 하는 힘이라고 알고 있습니다."

피닉스는 불에서 태어나 불 속에서 죽는 존재다. 그리고 불에서 새로 태어나 하늘로 날아오른다.

부활과 재생을 상징하는 불꽃.

그것이 바로 생명의 불꽃, 흔히 '성화(聖火)'라 부르는 것이었다.

그리고.

『또한, 따로 따르는 신이나 악마가 있다면 말해야 할 것이다. 속였다가 받게 되면 자칫 안 맞을 수 있으니.』

"없습니다."

연우가 헤르메스가 제안한 사도의 좌를 거절한 이유이기도 했다.

성화는 원초적인 생명력을 타고난 불꽃. 하지만 이미 '완성'되어 있는 신성과는 맞지 않았다. 완성된 신들은 따로 추구하는 불꽃이 있기 마련이었다.

『다행이군. 하면 너의 환수에게로 줄 생각인가?』

"그렇습니다."

『좋다. 원래대로라면 따로 시험을 내리겠으나, 은혜가 있으니 생략하도록 하겠다. 어차피 너의 실력이라면 시험

역시 별반 어렵지도 않을 것 같고.』

'잘되었군.'

[보상으로 '피닉스의 환심'을 획득했습니다.]

[피닉스와의 친화도가 200만큼 상승했습니다. 피닉스가 당신에 대한 경계심을 낮춥니다.]

[보상으로 '생명의 불꽃'의 시험 자격을 획득했습니다.]

[피닉스의 인정을 받아, 히든 퀘스트 '피닉스의 시험'을 달성했습니다.]

[누구도 쉽게 이루지 못할 업적을 달성했습니다. 추가 공적치가 제공됩니다.]

[공적치를 1,500만큼 획득했습니다.]

[추가 공적치를 1,000만큼 획득했습니다.]

……

생명의 불꽃을 얻기 위해서는 상당히 까다로운 시험을 통과해야 한다.

피닉스의 말마따나 지금의 연우에게 크게 어렵지는 않겠

지만, 그래도 상당한 시간을 필요로 했다.

그런 시간을 건너뛸 수 있다면 대환영이었다.

『하지만 나의 불꽃을 옮겨 담기 위해서는 그만한 그릇을 필요로 한다. 그 정도는 만들어 오너라.』

[새로운 퀘스트가 주어졌습니다.]

[히든 퀘스트 / 생명의 불꽃]

내용: 피닉스가 가진 힘의 원천인 '생명의 불꽃'은 쉽게 사그라지지 않지만, 그만큼 옮겨 담기도 아주 까다로운 성질을 자랑합니다. 11층 곳곳에 흩어진 재료들을 모아, 생명의 불꽃을 옮겨 담을 그릇을 완성하십시오.

*필요 목록

1. 알바트로스의 알 (0/5)

2. 그림자 뱀의 사과 (0/80)

3. 래서 드라군의 심장 (0/1)

……

제한 시간: 없음.

보상:

1. 피닉스의 환심

2. 생명의 불꽃

연우는 레시피(Recipe) 목록을 보면서 가볍게 혀를 찼다.

'불꽃을 얻기 위한 시험보다 그릇을 만들 재료 구하는 게 더 힘들 거라더니. 정말이군.'

퀘스트에 필요한 재료 아이템은 전부 50여 가지.

전부 11층에서 충분히 구할 수 있지만, 몇 가지는 난이도가 있어서 꽤 고생을 해야만 하는 것들이었다.

그래도 생명의 불꽃을 얻을 수 있다면 이 정도는 충분히 감내할 만했다.

11층을 돌아다니면서 틈틈이 수련도 가능할 테고.

『그럼 볼일 다 끝났으면 이만 나가 보아라. 나중에 필요하면 따로 부를 것이니.』

이제 부화 시간이 다 된 모양이었다.

연우는 고개를 끄덕이면서 조용히 물러섰다.

*　　　*　　　*

연우는 피닉스의 둥지에서 얼마 떨어지지 않은 곳에 베이스캠프를 차렸다.

그리고 환수의 알을 위한 '둥지'를 빠르게 만들었다.

알 속에 있고, 환수라고 해도 새끼는 새끼. 본능적으로 바깥 상황에 민감할 수밖에 없었다.

가장 먼저 필요한 건 스트레스를 받지 않는 조용하고 안락한 환경이었다.

사실, 따지고 보면 지금도 많이 늦은 거였다.

하지만 알은 피닉스가 내뿜는 따스한 기운이 좋았던지 별다른 반응을 보이지 않았다.

덕분에 마음 편하게 둥지를 만들 수 있었다.

연우는 일기장에 적혀 있는 대로 스테이지에서 구할 수 있는 최고의 재료들만 다 가져와 둥지를 꾸몄다.

알카스의 나뭇가지로 둥지 틀을 촘촘하게 짜고, 기화초의 풀잎을 왕창 뜯어와 둥지 안쪽에다 부드럽게 깐다.

그리고 다른 환수들이 몰리지 않도록 식인목의 수액을 주변에다 촘촘히 바르며, 인근 샘물에서 물을 길어와 알을 꼼꼼하게 씻기기도 했다.

알을 정성스럽게 다루면 다룰수록 뛰어난 환수가 태어난다. 이런 건 필수였다.

'별짓을 다 하는군.'

연우는 졸지에 팔자에 없던 보모 노릇을 하게 되자 살짝 한숨이 나왔다.

하지만.

우웅— 웅—

그때, 기분 좋다는 듯 알이 살짝 흔들리는 게 느껴졌다.

연우는 살짝 놀랐지만, 어쩔 수 없다는 듯 고개를 절레절레 흔들면서 둥지 제조에 박차를 가했다.

*　　*　　*

둥지는 '바람'을 잘 느낄 수 있도록 가장 높은 거목의 끄트머리에다 놓았다.

다행히 환수의 알도 좋아하는 것 같았다.

어떻게 메시지 창이나 소리로 알 수 있는 건 아니었지만, 그래도 '느낌'이 그렇게 다가왔다.

'그럼 이쪽은 이만하면 되었고.'

연우는 둥지 작업이 끝나자, 가볍게 손을 털고 자리에서 일어났다.

그리고.

이제 슬슬 보상으로 받은 것들을 확인할 차례였다. 레시피는 확인이 끝난 뒤에 찾을 생각이었다.

'현재 보상으로 받은 게 총 여덟 가지인가?'

보상 목록은 아주 많았다.

얼음 반지, 해골 문장, 크라투가의 죽창 등등.

연우는 용마안을 열어 아티팩트를 전부 확인했고, 가볍게 혀를 찼다.

'건질 건 이것밖에 없나?'

연우는 자그마한 해골이 걸린 귀걸이를 다시 살폈다.

손톱만 한 작은 크기에, 자그마한 보석을 물고 있는 게 인상적이었다.

[해골 문장]

분류: 보조 장비

등급: D

설명: 생전 부두술사였던 플레이어의 두개골로 만든 귀걸이. 처음 만들어졌을 때에는 꽤 좋은 성능을 자랑했지만, 지금은 세월이 너무 많이 흘러 보조적인 역할밖에 하지 못한다.

가능하다면 손재주가 뛰어난 대장장이를 찾아가도록 하자. 수리를 하거나, 다른 아티팩트를 만드는데 좋은 재료가 되어 줄지도 모른다.

* 부두술사의 악다구니

부두술사의 영혼은 두개골에 계속 남아 소리 없는 절규를 질러 댄다. 그때마다 풍기는 저주는 암흑 속성의 마력을 소량으로 증폭시킨다.

해골 문장은 단순하게 옵션만 본다면 갖고 있는 보상 목록 중에서도 가장 안 좋은 편이었다.

암흑 속성을 다룰 수 있는 연우에게도 단순한 보조적인 장치 외에는 큰 의미가 없었다.

아니, 무엇보다 이제 연우에게 D등급의 아티팩트는 거추장스럽기만 했다.

하지만 연우는 다른 점에 집중했다.

'부두술사의 영혼이 맺혀 있다.'

검은 팔찌의 바뀐 옵션을 시험해 볼 수 있는 좋은 기회였다.

'이제는 더 이상 팔찌라고 할 수 있나 싶긴 하지만.'

연우는 검은 팔찌와 팔을 칭칭 감고 있는 쇠사슬을 보면서 피식 웃으면서 용마안을 활짝 열었다.

검은 동공을 따라 세로로 또 다른 동공이 열리면서 해골 문장을 직시했다.

「끼아아!」

예상대로 해골 문장에는 흉측하게 일그러진 유령이 하나

맺혀 있었다.

너무 오랫동안 아티팩트에 묶여 있어 이제는 짙은 원한만 남은 망령.

힘도 마력도 전부 잃어 이제는 진짜 소리를 질러 대는 것 말고는 할 줄 아는 게 없는 전혀 불필요한 녀석이었다.

연우는 귀걸이를 꽉 쥐었다.

그리고 마력회로를 가동, 컬렉션에 담겨 있던 150마리의 망령 중 30마리 정도를 암흑 속성으로 치환시켜 마력과 함께 귀걸이에다 불어 넣었다.

칠흑왕 절망의 옵션, 〈흑기〉.

거무스름한 기운이 꾸역꾸역 해골 문장으로 스며들었다.

낡아 빠졌던 해골이 검게 물들기 시작하고, 입에 문 보석이 화려한 빛을 틔웠다.

그리고 부두술사의 영혼이 내뱉는 기괴한 절규도 점차 커져 갔다.

「끼아아아아!」

또 다른 옵션, 〈사귀 사역〉. 인위적으로 사귀를 만들어 보고자, 부두술사의 영혼을 실험체로 삼은 것이다.

그리고.

번쩍!

갑자기 보석이 시린 빛을 토해 내더니.

파스스—

두개골과 보석이 함께 잘게 부서졌다. 가루가 흩날리면서 자그마한 돌개바람을 그렸다.

그것은 곧 사람 상체만 한 크기의 유령으로 조금씩 커져 갔으니.

그렇게 사귀로 거듭난 부두술사의 영혼이 천천히 고개를 들었다. 여전히 흉측하게 일그러진 얼굴이 흐릿하게 빛났다.

「아아아…….」

부두술사의 영혼은 사귀가 되고서도 여전히 기괴한 귀곡성을 자꾸 토해 냈다.

「아아…… 아아아아아!」

사귀로 거듭났어도 이지가 완전히 망가져 정신이 되돌아오지 않는 것이다.

덜덜 떠는 모습이 뭔가를 아주 두려워하는 기색이 역력했다.

플레이어의 영혼이라더니. 어떤 몬스터한테 잡아먹히기라도 한 걸까?

연우는 과연 제대로 된 실험이 될까 싶어 이맛살을 찌푸렸지만, 가볍게 혀를 찼다.

"어쩔 수 없지."

그래도 자신이 현재 가진 망령 중에 당장 실험체로 쓸 만한 게 이것밖에 없으니.

일단은 해 봐야 했다.

연우는 손을 뻗어 부두술사 영혼의 머리통을 꽉 쥐었다.

아직 녀석은 사귀로만 만들어졌을 뿐, 종속시킨 건 아니었다.

우선은 사역부터.

연우는 그의 손아귀에서 벗어나려고 발버둥 치는 녀석의 머리를 단단히 고정시켰다.

두 눈을 강제로 마주치면서 말했다.

"사역되어라."

「아아아아아!」

"사역되어라."

「아아아!」

연우는 같은 말을 계속 되뇌면서 영혼에다 계속 마력을 불어넣었다.

자신의 마력을 강제로 인식시키기 위해서였다.

그럴수록 부두술사의 영혼은 마치 간질 환자처럼 더 크게 부들거렸다.

이렇게 해서 제대로 된 사역이 될까 싶었지만.

「죽기 싫어. 죽기 싫어. 죽기 싫어!」

언제부턴가 영혼이 내뱉는 절규는 이지를 띠기 시작했다.

“사역되어라.”

그렇게 연우가 내뱉은 말은 부두술사의 영혼에 단단히 각인이 되었다.

탁한 색깔이 감돌던 영혼의 색도 한 차례 부르르 떨리다, 곧 검은색으로 확 하고 물들었다.

부두술사의 영혼은 더 이상 비명을 지르지 않았다.

또렷해진 눈은 연우를 응시했고, 연우는 그 눈빛에서 녀석과 자신 사이에 보이지 않는 선이 연결되어 있는 듯한 느낌을 받았다.

‘이런 느낌이로군.’

연우는 ‘사역한다’는 느낌이 이제야 정확하게 무엇인지 알 것 같았다. 여전히 그에게 초능의 영역은 낯선 구석이 남아 있었다.

연우가 부두술사의 영혼을 보면서 말했다.

“앉아.”

츠츠츠.

영혼은 멀뚱하게 연우를 바라보다가 살짝 자세를 낮췄다.

연우는 눈을 살짝 빛내면서 몇 가지 명령을 더 내렸다.

"일어서."

"뛰어."

간단한 명령에서부터.

"제자리에서 한 바퀴 돌아."

"저쪽에 보이는 나무까지. 전력으로 뛰어갔다 와."

움직이는 명령과.

"저기 있는 과일 보이나? 저걸 따다 줄 수 있나?"

구체적인 명령까지.

부두술사의 영혼은 연우가 내리는 명령을 군말 없이 잘 수행했다.

특히 높은 곳에 있는 과일을 따 달라고 했을 때는 직접 자그마한 마법을 부리기도 했으니.

비록 영혼의 격이 낮아 큰 마법은 구사할 수 없었지만, 자잘한 마법 정도는 언제든지 가능한 것 같았다.

반항하는 기색도 전혀 없었고, 이렇다 할 자신의 의견을 드러내지도 않았다.

정말 충실한 권속이 된 것이다.

그 뒤로도 몇 가지 실험을 더 해 보았다.

먼저 최대 속력.

순보에 조금 못 치는 정도였다. 이만하면 데리고 다니는 데 크게 문제는 없을 것 같았다. 사귀 특성상 은밀하기도 해서 기습도 가능해 보였다.

그 다음에는 범위.

대략 100미터 내외 정도로 그리 멀지 않았다.

가까이 있을 때는 잘 몰랐지만, 사귀와의 거리가 멀어질수록 둘 사이에 있는 보이지 않는 선도 점차 얇아지는 게 느껴졌다.

그리고 그 선이 희미해지는 기점부터 사귀는 더 이상 말을 듣지 않았다.

물론, 그렇다고 해서 사역 관계가 해제된다거나 하는 건 아니었지만, 강제로 통제할 수가 없었다.

그래도 보이지 않는 선이 얇아져도 사라지는 건 아니라, 다행히 간간이 어떤 메시지는 던질 수 있었다.

'아무래도 이 선을 강화시키는 게 중요할 것 같은데.'

연우는 사귀와의 연결 고리에 감응선(感應線)이라는 이름을 붙였다.

그리고 여기에 집중했다.

감응선을 좀 더 또렷하게 만들 수 있다면 통제 범위도 더 많이 늘어날 것 같은데.

이 부분에 대해서는 조금 더 고민을 해 봐야 할 것 같았다.

그 외에 마법적 능력은 뛰어난 편이 아니었고, 물리적 한계는 생각했던 것보다 괜찮았다.

퍼억!

부두술사의 영혼이 몇 번 주먹을 내지르자, 나무가 그대로 옆으로 기울어졌으니까.

그러면서 슬쩍 연우를 쳐다보는 게, 영혼이라 표정은 읽을 수 없어도 마치 칭찬을 바라는 강아지를 보는 것 같았다.

연우가 수고했다는 뜻으로 고개를 끄덕이자, 영혼을 따라 감도는 칙칙한 검은 안개가 크게 출렁거렸다.

제 딴에는 주인의 칭찬에 기뻐하는 것 같았다.

연우는 그 모습을 보면서 작게 피식 웃다가, 생각을 정리하기 시작했다.

'결국 사귀의 능력은 망령에서 조금 나아진 정도밖에는 되지 않아. 하지만 물리적 타격은 어느 정도 가능하니 숫자만 적당히 갖출 수 있다면 쓸 만해지겠어.'

연우는 빌드에게 달려들던 사귀 무리를 떠올렸다.

하나하나만 따지자면 보잘것없지만, 많은 머릿수를 가져다 놓으니까 자신도 흠칫거릴 정도였다.

게다가 유령의 특성상, 생전의 원한이 깊으면 깊을수록 격도 저절로 높아지고, 무리를 이룰수록 서로 기운의 동조도 가능해지기 때문에 강해지는 것도 있었다.

'사귀에 대해서 어느 정도 알아내긴 했지만, 그래도 좀 더 알아봐야겠지. 한 개의 표본으로는 한계가 있으니까. 조직적인 움직임의 한계나, 사귀의 최대 수용 범위에 대해서도 파악해 봐야 하고.'

무엇보다.

연우는 사귀를 이용해서, 차후에 더 큰 것을 노릴 수 있지 않을까 하는 기대를 갖고 있었다.

'언데드는 강화되면 강화될수록 더 상위 종으로 진화할 자격을 얻게 된다. 어쩌면 이 녀석도…… 리치 같은 걸로 부화시킬 수 있을지 몰라.'

언데드 군단.

죽지 않는 불사의 군대를 얻을 수 있다면, 더더욱 깊게 알아볼 필요가 있었다.

연우는 좀 더 구체적인 실험을 위해서 컬렉션에 있는 망령 목록을 뒤지기 시작했다.

그렇게 해서 눈에 띄는 게 두 녀석 있었다.

'자이언트 놀과 불카 정도인가?'

자이언트 놀은 6층에서 아르테미스의 월계관을 만들 때에 월계수 잎을 지키던 수호자였고, 불카는 9층에서 판트 남매와 함께 잡았던 강적이었다.

초심자 구간에서 잡을 수 있는 최고의 놈들.

혹시 어디 쓸 데가 있을지 몰라 영혼을 잡아 뒀던 게, 이렇게 쓰일 줄이야.

연우는 내친김에 두 녀석을 뽑아 흑기를 불어 넣었다.

덕분에 컬렉션에 남아 있던 망령들을 전부 소진해야 했지만, 결과는 꽤 만족스러웠다.

「크헝. 크허헝.」

「꾸우우!」

부두술사의 영혼과 다르게 자이언트 놀과 불카는 사귀가 되자마자 포효부터 질러 댔다.

자이언트 놀은 족히 3미터는 될 만큼 길쭉한 길이를 자랑했고, 불카는 몇 사람을 한꺼번에 안을 수 있을 만큼 큰 덩치를 가졌다.

서로 다른 특징 때문인지 구분하기는 수월했다.

연우는 둘과 연결된 감응선을 짚으면서 별도로 명령을 내리기 시작했다.

*　　*　　*

연우는 부두술사의 영혼은 '부', 자이언트 놀에는 '놀', 불카에게는 '카' 라는 이름을 붙였다.

명령을 내릴 때 일일이 지적하기가 어려운 탓이었다.

성의 없게 지은 이름이었지만, 녀석들은 오히려 좋다면서 제자리에서 방방 뛰기까지 했다.

[사귀의 이름을 지정하였습니다.]

[사귀들의 정체성이 확립됩니다. 사귀들의 사기가 오릅니다.]

['권속 친화도' 항목이 개설되었습니다.]

[권속 친화도]

* 사귀

부(부두술사의 영혼): 15/30

놀(자이언트 놀): 8/41

카(불카): 10/55

[권속들과의 친화도를 향상시키십시오. 친화도가 높을수록 유대감과 연대감이 향상하여 사귀의 능력도 강화될 것입니다. 또한, 더더욱 충실한 마음으로 당신의 명령을 따를 것입니다.]

연우는 헛웃음을 흘렸다.

이름을 짓는 것만으로 이렇게 좋아한다고?

게다가 친화도라는 항목까지 덩달아 생겼다.

'정체성의 확립이라.'

유령은 자아가 흐트러진 존재. 사귀가 망령보다 한 단계 격이 높다지만 여전히 자신이 누군지는 자각하질 못한다. 여기에다 이름을 준다는 게 어떤 의미를 부여하는 것 같았다.

결과가 나쁘지는 않았다.

사귀들과의 감응이 좀 더 또렷해지는 게 느껴졌으니까.

항목에 나와 있는 대로 친화도의 수치가 높을수록 감응선도 뚜렷해지는 것 같았다.

덕분에 연우는 추가로 몇 가지 흥미로운 실험을 해 볼 수 있었다.

다행히 예상했던 건 대부분 맞았다.

사귀의 능력은 생전에 가졌던 능력이나 격을 어느 정도 따라가는 것 같았다.

민첩했던 놀은 빠른 속도를 자랑했고, 맷집이 강했던 카는 느린 대신에 힘이 대단했다.

부의 힘, 민첩, 체력을 각각 1로 둔다면, 놀은 1, 3, 2, 카는 5, 1, 3쯤 되는 것 같았다.

'결국 질 좋은 유령을 꾸준히 수집해야 한다는 뜻이군.'

그 뒤에는 세 사귀를 풀어 보기도 했다.

다행히 사냥에 있어서는 본능이 남아 있었던지 별도로 명령을 내리지 않아도 괜찮았다.

그냥 간단하게 '저 녀석을 사냥하라'는 명령만 내렸을 뿐.

그것만으로도 세 사귀는 역할 분담을 하며 알아서 포메이션을 구축했다.

카가 정면에 서서 맷집을 자처하고, 놀이 치고 빠지면서 딜러 역할을 했다. 부는 뒤쪽에서 두 사귀가 지치지 않도록 버프를 자꾸 불어 넣었다.

처음에는 손발이 잘 맞지 않았지만, 열댓 번 정도 계속 진행하다 보니 얼추 그럴듯한 모양새가 갖춰졌다.

'학습 능력도 있다는 뜻이야.'

연우는 흥미로운 시선으로 사귀들의 움직임을 관찰했다.

이지도 없어서 내버려 두면 소리를 지르는 것 외에 아무것도 할 수 있는 게 없었던 망령과는 천지 차이였으니까.

그렇게 날이 저물 즈음에는 컬렉션도 꽉 찼다.

[수집한 망령의 수: 500]

'일단 컬렉션의 크기는 이전보다 3배 정도 늘어났어.'

이전의 수용 범위는 150마리. 지금은 500마리였으니 세 배는 더 늘어난 셈이었다.

연우는 이번에도 망령을 전부 소진시켜 되도록 많은 사귀를 만들어 보고자 했다. 사귀의 수용 범위도 체크하기 위해서였다.

그렇게 해서 추가로 만들어진 숫자가 총 7마리.

도합 10마리가 한계였다.

'생각보다 적은데.'

연우는 부, 놀, 카와 함께 서 있는 녀석들을 보면서 살짝 미간을 찌푸렸다.

망령은 아무리 숫자가 많아도 흑기를 제외하면 이렇다 할 쓰임새가 없다.

그나마 사귀가 쓸 만한데 고작 열 마리라니.

게다가 추가로 만들어진 녀석들은 급히 만든 녀석들이다 보니 격도 많이 낮아서, 크게 쓸모도 없었다.

연우는 칠흑왕의 검은 팔찌를 손으로 훑었다.

팔뚝까지 감긴 검은 쇠사슬.

차갑고 이질적인 감촉이 느껴졌다.

[망자 수집가]

소유자가 죽인 대상자의 영혼을 거둘 수 있다. 이

때, 영혼은 망령으로 타락해 생전의 힘을 모두 잃고, 짙은 원한만 남는다.

수집된 망령들은 컬렉션에 속박되어 절대 벗어날 수 없다. 소유자의 숙련도에 따라 컬렉션의 크기도 대폭 늘어날 수 있다.

'숙련도가 높아질수록 컬렉션의 크기도 늘어난다는 대목…… 당장은 여기에 기대를 거는 수밖에는 없겠는데.'

당장 검은 팔찌가 주는 기능들은 대단한 것 같지만, 실상 깊게 따지고 보면 제약이 많았다.

특히 군주의 유품이라고 하기에는.

당장 바토리의 흡혈검만 보더라도, 군주의 유품이자 스킬답게 상대의 모든 능력을 갈취하고 나아가 스킬까지 강탈하는 사기적인 능력을 가지고 있었다.

하지만 검은 팔찌는 아직까지 거기에 미친다는 생각이 들지 않았다.

설명창에 나와 있는 대로 아직까지 숙련도가 부족해서 그런 건지, 아직 개방되지 않은 두 옵션들이 대단한 건지.

아니면 아직 숨겨진 비밀이 많은 건지.

'아스트라페를 먹은 만큼, 그만한 가치를 보여 줬으면 좋겠는데.'

연우는 눈살을 가느다랗게 좁히다가 문득 뭔가를 떠올렸다.

'일단은 이 유품이 뭔지를 정확하게 파악해야 할 것 같은데. 그러려면 에도라에게 부탁하는 수밖에 없나.'

에도라가 가진 스킬, 혜안은 사물의 현상을 직관하여 이면에 숨겨진 진실을 꿰뚫는다.

연우의 용마안이 진리를 꿰뚫기 때문에 두 가지는 비슷하면서도 조금 다른 특징을 자랑한다.

어쩌면 연우가 보지 못하는 다른 정보를 가져다줄지도 몰랐다.

연우는 일단 검은 팔찌에 대한 궁금증은 에도라가 올라올 때까지 미뤄 두기로 했다.

게다가.

그에게는 아직 아스트라페 대신에 갖게 된 다른 무구가 있었다.

『재미난 걸 갖고 있군.』

연우가 등에 걸쳤던 9겹의 꽃잎 방패 쪽으로 손을 가져가려는데, 갑자기 머릿속에서 목소리가 울렸다.

익숙한 피닉스의 목소리.

'스킬이나 권능 같은 걸로 보고 있는 건가?'

어디에서도 기척을 느낄 수 없는데. 피닉스는 자신이 하는 일을 똑똑히 지켜보고 있는 것 같았다.

“쉬신다고 하시지 않으셨습니까?”

『아까 전에는 요동치던 것들이, 지금은 조금 잠잠해졌다. 그리고 가만히 있기도 심심해서 말이지. 네가 갖고 있는 것들이 내 호기심을 자극하고 있기도 하고.』

연우는 피닉스가 자신이 가진 검은 팔찌와 아이기스에 관심을 가진다는 사실을 깨달았다. 신수라 그런지 ‘신의 물건’에 대한 감각이 뛰어난 것 같았다.

특히 피닉스의 보이지 않는 시선은 검은 팔찌에 단단히 고정되어 있었다.

『네가 감고 있는 팔찌. 대체 정체가 무엇이냐?』

*　　*　　*

“제기랄, 제기랄……!”

절뚝. 절뚝.

나무가 우거진 밀림 사이로, 리언트는 욕지거리를 내뱉으면서 절름발이 신세로 천천히 걸었다.

그의 전신은 온통 화상으로 뒤덮여 있었다. 얼굴은 반쯤 녹아 흉측하게 일그러져 목소리도 칙칙해져 있었으니.

하지만 눈빛만큼은 어느 때보다 살벌했다.

바할과 레드 드래곤의 습격은 그에게서 너무 많은 것을 앗아가 버렸다.

갖고 있던 아티팩트와 스킬들을 전부 사용해 어떻게든 몸을 내빼는 데는 성공했지만, 청화도 안에 구축했던 기반과 수하들이 대부분 날아가고 말았으니.

'돌' 만 남아 있었다면. 심장만 그에게 있었더라면 이런 수모는 겪지 않아도 되었을 텐데.

으드득.

리언트는 돌을 훔쳐 간 작자와 바할에 대한 분노를 담아 으스러져라 이를 갈았다.

"어떻게든 되돌려 줄 것이다. 어떻게든……."

* * *

레드 드래곤이 청화도를 상대로 선전 포고를 했다는 소식이 탑을 강타했다.

바할과 플레임 비스트가 리언트를 습격, 리언트가 겨우 몸만 내뺀 채로 도망을 쳤다는 내용이었다.

그리고 각 층계의 주요 도시에 레드 드래곤의 성명이 담긴 포고문이 개시되었다.

수많은 클랜과 랭커, 플레이어들이 사태의 정확한 내용

을 파악하기 위해 움직였다.

그들은 다가올 전운에 대비했다.

레드 드래곤과 청화도는 탑을 상징하는 거대 클랜. 두 곳이 부딪친다는 건 그만큼 커다란 지각 변동을 낳을 수밖에 없었다.

그리고.

바쁘게 움직이는 건, 외뿔부족도 마찬가지였다.

"어딜 가도 저 소리밖에는 없네. 대체 우리가 시련을 거치는 동안 무슨 일이 벌어진 건지."

사람들이 바쁘게 뛰어다니는 길목 사이로, 판트와 에도라가 휘적휘적 길을 걸었다.

판트는 잔뜩 골이 난 상태였다.

미로처럼 복잡해서 조금 힘겨웠던 10층의 시련을 겨우 끝내고, 이제 마음 편하게 11층으로 넘어가나 싶었는데.

관리자 이블케와 만난 자리에서 두 사람 앞으로 한 마리 새가 조용히 내려앉았다.

붉은 까마귀. 제약 없이 층계를 맘껏 돌아다닐 수 있어 일족에서 주로 전령 역할로 부리는 영물이었다.

녀석이 가져온 전갈의 내용은 간단했다.

'서찰을 받는 즉시 부족으로 돌아올 것.'

소집령이었다.

이유는 적혀 있지 않았다. 하지만 붉은 까마귀를 통해 전해진 만큼 급한 일이다 싶어 다급하게 탑을 벗어났다.

그리고 소란스러운 도시를 보고 뒤늦게 알 수 있었다. 전쟁이 발발했다는 사실을.

판트는 시련을 방해받았다는 사실이 짜증 나 연신 툴툴거렸고, 에도라는 신마도를 세게 끌어안기만 하고 여태 아무 말도 하지 않았다.

그렇게 도시를 빠져나온 두 사람이 도착한 곳은 외곽에 위치한 어느 자그마한 마을이었다.

겉보기에는 평범한 촌락으로 보이는 곳. 하지만 전체적으로 풍기는 분위기가 탑의 여러 도시와는 이질적이었다.

어귀에 들어서자 밭을 갈던 사람들이 판트 남매를 발견했다.

"오?"

"판트 님과 에도라 님? 두 분이 갑자기 여기는 웬일로?"

"요즘 탑이 꽤 시끄럽다잖은가. 아무래도 그 일 때문에 오신 모양인데? 아가씨! 요즘 신랑감 찾기는 잘 되십니까?"

판트와 에도라가 나타났다는 소식에 마을 사람들이 하나둘씩 나타나 곧 어귀가 시끌벅적해졌다.

두 사람은 간만에 만난 마을 사람들과 이런저런 이야기를 나누었다.

말만 왕족일 뿐이지, 부족원들은 아무도 그런 걸 신경 쓰지 않는 눈치였다.

그때.

"오오! 아들, 딸! 왔냐?"

마을 안쪽에서 한 남자가 성큼성큼 걸어왔다.

판트보다도 훨씬 우락부락한 덩치에 챙이 넓은 밀짚모자를 쓰고, 한쪽 어깨에는 곡괭이를 짊어진 중년인이었다.

겉보기에는 힘 좋은 농부로만 보이는 모습.

에도라는 그런 모습이 보기 싫은지 고운 눈살을 살짝 찌푸렸다.

"서찰에는 엄청 다급한 일이라고 하셨으면서. 텃밭을 일구실 시간은 있으신가 보네요."

"다 먹고 살자고 하는 짓인데. 그래도 사람이 이 정도 여유는 있어야 하지 않겠냐? 그런데 우리 딸, 왜 이렇게 오늘따라 더 뾰족하실까? 혹시 그 날이기라도 한……!"

"뒷말 더 하시면 칼 뽑을 거예요."

에도라의 차가운 말투에 중년인은 눈을 동그랗게 떴다. 그리고 옆에 있던 판트를 돌아보며 왜 저러냐는 눈빛을 보냈다.

판트가 피식 웃었다.

"왜 그러긴. 그야 낭군이랑 시시덕대면서 다시 돌아다닐 기대감에 부풀어 있다가, 아버지가 산통 다 깨 놨으니 짜증이 날 만 하…… 쿠에엑!"

"좀 닥쳐!"

판트는 말을 하다 말고 에도라의 날아 차기에 옆구리를 세게 얻어맞고 저만치 나뒹굴었다.

에도라는 쓸데없는 말을 봉쇄하려고 했지만, 이미 중년인과 다른 마을 사람들이 다 들은 뒤였다.

"뭐? 신랑감?"

"오오! 우리 아가씨께서 드디어!"

"이야. 그럼 우리 조만간에 다 같이 국수 먹을 수 있는 건가? 오랜만에 잔치라도 열어? 어?"

주변이 떠들썩해졌다.

에도라는 손으로 얼굴을 뒤덮었다.

이래서 마을에 돌아오기 싫었던 건데.

일족은 다른 건 다 좋은데, 이 오지랖 넓은 성격이 문제였다.

중년인은 실실 웃으면서 턱 하고 딸의 어깨에다 팔을 걸쳤다.

"으흐흐. 우리 도도하신 따님의 마음을 빼앗으신 분이 과연 누구실까? 엄청 궁금한데?"

"……팔 내려요."

“뭐 하는 놈이냐? 우리 같은 아인? 아니면 인간? 지금은 어디에서 뭘 하고 계실까?”

중년인은 에도라가 뭐라고 하건 간에 놀리기에 여념이 없었다.

그럴 때마다 에도라는 지끈거리는 관자놀이를 꾹꾹 눌러야 했다. 그러다 나중에는 신마도에 손까지 가져갔다.

“알았다, 알았어. 하여간 저 뾰족한 성격은 대체 누굴 닮은 건지. 어째 농도 못 하게 하누.”

중년인이 과장되게 떨어지면서 호들갑을 떨었다.

에도라가 다시 도끼눈으로 째려봤지만, 그의 입가에서는 싱글싱글 웃음기가 떠나질 않았다.

그러다 크게 박수를 치면서 분위기를 환기시켰다.

“뭐, 그럼 장난은 이만하면 되었으니 여기까지 하도록 하고.”

순간, 중년인의 두 눈이 깊게 가라앉았다. 여태껏 보였던 장난기 가득한 것과는 달리 묵직한 눈빛.

거짓말처럼 왕으로서의 위엄이 물씬 풍겨 나왔다.

“서찰에 이유는 적지 못했다만. 그래도 여기까지 오면서 대강 무슨 일이 벌어졌는지는 눈치챘겠지?”

에도라는 묵묵히 고개를 끄덕였다.

판트가 욱신거리는 옆구리를 문지르면서 다가왔다.

"안 그래도 그거 때문에 온 거요, 아버지. 아르티야가 그 난리를 부렸을 때에도 눈 하나 깜빡하지 않으셨던 양반이. 갑자기 무슨 바람이 불어서 이렇게 호들갑을 떠는 겁니까?"

바깥일에는 철저하게 중립을 지킨다.

오랫동안 외뿔부족에 내려오던 철칙이었다.

그리고 또한 그들이 최강의 일족으로 군림할 수 있었던 이유이기도 했다.

"나도 그냥 넘어가려고 했다만…… 아무래도 이번에는 그러기가 힘들 것 같다."

중년인의 말에 판트와 에도라는 얼굴을 잔뜩 굳혔다.

자신들의 아버지는 탑에서 가장 높은 자리에 있다는 '아홉 왕' 중 한 명.

순수하게 무력만 따진다면 다섯 손가락 안에 꼽히는 실력자였다.

그런 사람이 '힘들다'고 말할 정도라면 대체 무슨 일인 걸까?

"우린 용병으로 참여하기로 했다."

"예? 하지만."

"플랑 녀석이 자기 '뿔'을 내놓겠다고 하더구나. 그래서 피할 수가 없었다. 이미 다른 장로들도 어쩔 수 없이 승낙을 하였다."

"……!"

"……!"

판트와 에도라가 두 눈을 크게 떴다.

외뿔부족에게 있어 뿔은 자긍심과도 같은 것. 플랑은 중년인의 동생이며, 부족에서도 손꼽히는 전사였다.

그런 자가 뿔을 내놓겠다고 말한 것은 자신의 모든 것을 바치겠다는 말과 똑같았다.

중년인도 완전히 피할 수는 없었겠지.

"이야기가 길어질 것 같으니 우선 안으로 들어가자꾸나."

*　　*　　*

"저도 잘 모릅니다."

『으음. 그런가.』

연우는 피닉스가 없는 걸 알면서도 고개를 위로 들면서 물었다.

"혹 보이는 게 있으십니까?"

『보이는 것이라? 아니. 보이지 않는다. 웬만한 건 다 볼 줄 알고 느낄 줄 안다지만…… 그건 무엇인지 도통 알 수가 없구나. 마치.』

피닉스는 말꼬리를 살짝 흐리다가 말을 이었다.

『그래. 마치 안개로 싸여 있는 것 같다. 적어도. 내 눈에는.』

'신수의 눈에도 보이지 않는 아티팩트라. 난감한데.'

연우가 눈을 가늘게 좁혔다.

피닉스는 계속 말을 이었다.

『다만, 한 가지만큼은 알 수 있을 것 같구나.』

"무엇입니까?"

『그건 나와 정반대되는, 대척점에 놓인 물건이라는 것. 그러면서도 같은 선상에 놓인, 거울과 같다는 것.』

'대척점? 거울?'

알 수 없는 비유였다.

『나는 생명을 태우고 생명으로 태어난다. 그런데 그 물건은, 죽음으로 태어나 죽음으로 스러지는구나. 생과 사는 종이 한 장 차이이며, 나와 그 물건 모두, 순환과 재생, 부활을 갖고 있으니.』

피닉스의 목소리가 깊게 가라앉았다.

『그래서 거울이고, 양면이며, 대척점이고, 같은 선상이다.』

"……."

연우는 도통 피닉스의 말이 무슨 뜻인지 이해할 수가 없었다.

피닉스도 그런 연우의 생각을 읽었는지 피식 웃었다.

『그래. 많이 혼란스럽겠지. 정작 나만 하더라도 묘하기 짝이 없는 물건인데, 필멸자인 그대에게는 오죽할까?』

그러다 묘한 말을 남겼다.

『그래도 한 가지만은 알아 둬라. 그럼 그 물건에 대해 언젠가는 비밀을 풀 수 있을 것 같으니.』

“무엇입니까?”

『생사(生死)는 다르되, 다르지 않다는 것. 하나라는 것.』

“생사는 하나……?”

『그래.』

피닉스는 생명이면서도 죽었다가 다시 살아난다.

반면에 검은 팔찌는 죽음을 다룬다. 죽은 영혼을 거둬서 망령과 사귀란 형태로 부린다. 이것도 어떻게 보면 부활의 한 형태가 아닐까.

어쩌면 피닉스는 이걸 두고 말하는 것인지도 몰랐다.

선문답 같은 내용이지만, 연우는 이게 어쩌면 칠흑왕이라는 존재를 밝혀내는 열쇠가 될지도 모르겠다는 생각이 강하게 들었다.

『그리고 팔찌와 다르게 그 방패는 확연하게 신성이 느껴져. 음. 전쟁 신의 가호를 받은 물건인가? 아니면 직접 쓰던 것?』

연우는 조금 놀란 눈이 되었다.

피닉스가 살짝 우쭐해하는 어투가 느껴졌다.

『크게 드러내고 싶어 하지는 않은 눈치로구나. 알았다. 거기에 대해서만큼은 언령에 두고 침묵을 약속하지.』

언령에 둔 약속.

존재를 묶어 약속을 어길 경우 영혼이 소멸하게 되는 마법의 계약이었다. 다른 곳에 절대 발설하지 않겠다는 의지를 보인 것이다.

"감사합니다."

『너는 내 아이를 구해 준 은인이 아니냐. 그 정도 배려쯤은 당연한 거지. 다만, 그 방패는 나도 한번 살펴보고 싶으니 옆에서 보는 걸 허락해다오. 간만에 신의 무구를 보니 참 재미나.』

언령의 계약을 맺었으니 보여 줘도 괜찮겠다는 생각이 들었다.

'무엇보다 신의 무구에 대해서 잘 아는 것 같으니. 모르는 게 있으면 묻기 쉽겠어.'

연우는 등에서 아이기스를 꺼내 가만히 쓰다듬었다.

반투명한 연분홍빛의 9겹 방패.

그냥 보고 있으면 장인이 만든 예술 작품처럼 아름다웠다.

하지만 가장 중심이 되는 두터운 방패에는 어울리지 않게, 흉측하게 생긴 몬스터의 머리 하나가 박혀 있었다.

『고르곤이로군.』

눈이 마주친 사람에게 석화의 저주를 내린다는 메두사.

『그래. 들은 적이 있어. 올림포스에 거주하는 한 여신이 있어, 머리가 아주 명석하고 용감하기가 이를 데 없다고. 삿된 기운을 물리치고, 옳은 힘만을 가져온다더니. 이게 그 여신의 물건이었나?』

연우는 피닉스의 감탄을 들으면서 용마안으로 아이기스를 살폈다.

[아테네의 아이기스]

분류: ???

등급: ???

설명: 9개의 꽃잎 방패로 이뤄진 절대 방어구. 전쟁의 여신, 아테네의 신명과 축복이 담겨 대부분의 공격에서 사용자를 보호해 준다.

하지만 신의 무구답게 스스로 주인을 가린다고 알려져 있으며, 사특한 마음이 깃들거나 아테네의 명예를 더럽히는 추악한 행동을 저지를 시, 반대로 주인을 해한다는 특징을 가지고 있다.

* 고르곤의 저주

아테네는 한때 올림포스에 반기를 든 고르곤 세 자매를 징벌하기 위해서 자신의 사도였던 페르세우스를 시켜 그들의 목을 잘라, 방패 정중앙에 붙이도록 지시했다.

벽사(闢邪)의 기능을 자랑해 사특한 기운을 물리치고, 눈이 마주친 적에게 강렬한 석화(石化)의 저주를 내린다.

* 여신의 창칼

소유주에게 강한 여신의 축복을 내린다. 눈먼 화살과 창칼로부터 육체를 보호해 주고, 압도적인 패기를 발산시켜 상대의 의지를 꺾는다.

또한, 아군으로 인식된 자들에게 동시 축복을 내려 일정 범위 내 능력치와 사기가 10%씩 향상되고, 모든 속성 방어도가 15%씩 증가한다.

숙련도가 오를수록 더 넓은 범위와 더 많은 사람들에게 효과가 전가된다.

* ???

비활성화 상태입니다. (봉인)

**이 아티팩트는 '유니크'입니다. 탑에서도 오로

지 단 한 개밖에 존재하지 않으며, 주인에게 완전히 귀속됩니다. 타인으로의 거래나 양도가 불가능합니다.

**기능 중 일부가 봉인되어 있습니다. 일정한 자격이나 조건을 갖춰야만 해제할 수 있습니다.

**정보를 일부 열람할 수 없습니다. 일정한 자격이나 조건을 갖춰야만 권한을 얻을 수 있습니다.

연우의 소유물로 인식되었기 때문인지, 정보창의 내용은 이전보다 훨씬 많아졌다.

『검은 팔찌와는, 많이 다른 모양이지? 하지만 그만큼 좋을 테고.』

"예."

연우는 몸을 부르르 떨면서 고개를 끄덕였다.

신의 무구이기 때문일까?

이건 좋아도 너무 좋았다.

연우는 여태껏 일기장의 내용을 토대로 수많은 히든 피스를 손에 넣었다. 그리고 좋은 아티팩트와 스킬을 독차지하다시피 했다.

하지만 아이기스는 그것들을 전부 내어 주고도 남을 만큼 아주 뛰어났다.

아이기스는 방어구와 무기의 역할을 동시에 겸비한다.

뛰어난 방어도를 바탕으로 벽사 기능과 석화 저주를 가져 아주 넓은 범위의 적들로부터 소유주를 안전하게 지켜준다.

하지만 연우가 가장 주목하는 점은 따로 있었다.

'군중 제어 기술.'

아군에게는 버프를, 적군에는 디버프 효과를 주는 옵션.

보통 이런 건 군주들의 스킬이나 특성으로 자리를 잡는 경우가 많았다.

하지만 거기에는 '자신의 권속'이라는 한계가 명확했고, 그마저도 숫자적인 제약이 있거나 범위적인 한계가 있었다.

그러나 아이기스의 효과는 연우가 인식하고 있는 아군에게 두루 통용될 수 있었으니.

이는 연우가 사귀나 망령 군단을 여럿 두었을 때, 그들의 능력을 동시에 향상시킬 수 있다는 뜻이기도 했다.

단순히 소지하고 있는 것만으로도 아주 큰 전력적인 증강을 가져오는 것이다.

'정우 녀석이 파악했던 것보다 기능이 훨씬 다양해. 이것만 있으면 최소한 눈먼 칼에 당할 걱정은 하지 않아도 되겠어.'

현재 탑 내에서 신의 무구를 지녔다고 알려진 자들은 몇 되질 않는다.

있다고 해도 대부분 사도로서 신의 의지를 대행하는 자들. 연우처럼 아무런 제약 없이 가진 사람은 거의 없었다.

『하지만 마냥 좋아할 수는 없을 것 같군. 원주인의 성격이 깐깐한 만큼 사용 조건도 꽤 까다로운 것 같다만.』

연우는 피닉스의 말을 듣고 고개를 끄덕였다.

사실 그의 말마따나 제약이 아예 없는 건 아니었으니까.

연우는 설명창 내용 중에 두 가지 대목에 집중했다.

'사특한 마음'과 '아테네의 명예'라는 대목.

신화 속 아테네는 정결하며 고귀한 전쟁의 여신이다. 명예와 정의를 중요시하기 때문에 많은 사람들로부터 존경을 받기도 했다.

'삿된 마음이라.'

연우는 언제나 복수를 꿈꾸고 있다. 때문에 아테네가 이것을 어떻게 받아들일지가 관건일 것 같았다.

'벽사의 기능도 조심해야 할 것 같고.'

연우는 아까 전부터 일정 거리 안쪽으로 오지 않으려 하는 사귀들을 바라봤다.

[사귀들이 당신이 소지한 물건을 두려운 눈길로

바라봅니다.]

[친화도가 소폭 하락했습니다.]

사귀들은 혹시 고르곤의 얼굴과 눈이라도 마주칠까 봐 고개를 돌리고 있었다.

약한 녀석들은 오들오들 떨고 있기도 했다.

혹시나 하는 마음에 흑기를 뽑아 봤지만.

쩌엉—

손가에 맺히던 흑기는 뭉치다 말고 유리 깨지는 소리와 함께 흩어졌다.

연우는 가볍게 혀를 찼다.

'검은 팔찌와 아이기스의 상성이 좋질 않아.'

이건 예상 못 했던 결과인데.

검은 팔찌는 저주와 악념을 이용하고, 아이기스는 성스러운 특징을 자랑한다. 당연히 서로 간에 충돌을 벌일 수밖에 없는 것이다.

아무래도 이 두 무구를 사용할 때에는 주의를 해야 할 것 같았다.

하나를 사용할 때에는 다른 하나는 기능을 꺼 놓는 방식으로.

'그럼 비그리드는?'

연우는 등에 고정시켰던 비그리드를 뽑아 오른손에 쥐었다.

한때는 성검이었지만 너무 많은 피를 삼켜 마검으로 변질됐다는 이 보구는 과연 어떨까?

지이이잉—

아이기스의 성스러운 기운과 맞닿뜨린 비그리드가 잘게 몸을 떨었다.

그런데.

['비그리드'에 맺힌 저주가 '아이기스'의 벽사 기능에 의해 조금씩 씻기기 시작합니다.]

[성검으로서의 면모가 드러나기 시작합니다. 하지만 마검의 저주가 너무 강렬하기에 더 많은 신기를 필요로 합니다.]

'이렇단 말이지?'

연우는 작게 감탄을 터뜨렸다.

그렇지 않아도 비그리드의 기능을 제대로 깨우기 위해서는 단단히 맺혀 있는 저주를 씻길 필요가 있었는데.

이건 아이기스로 어느 정도 가능할 것 같았다.

『죽음을 다루는 팔찌는 거부를 하고, 저주를 받은 성검은 환영을 한다라. 재미있군. 참 재미있어!』

피닉스가 즐거워하는 소리가 들렸다.

연우는 피식 웃으면서 머릿속을 빠르게 두들겼다.

'그렇다면 당장 취할 수 있는 무구 조합은 두 가지.'

연우는 머릿속으로 몇 번씩 가상 시뮬레이션을 돌려 봤다.

평소에는 마장대검과 크라슈나의 단검을 주무기로 삼고, 검은 팔찌로 보조 역할을 하는 전투 스타일을 고수해야 한다.

이때에는 탁월한 민첩성이 주를 이루게 되겠지.

여태 연우가 가졌던 싸움 방식이었기 때문에 크게 달라질 건 없었다.

다만, 강한 공격력과 파괴력을 필요로 할 때, 혹은 난전이 벌어질 때에는 비그리드와 아이기스가 유용하게 쓰일 것 같았다.

비그리드는 강한 파괴력을, 아이기스는 단단한 방어력과 넓은 군중 제어 기술을 자랑할 테니.

게임으로 치자면 1번 장비, 2번 장비인 셈이었다.

연우는 크게 웃음을 터뜨렸다.

이로써.

계획했던 대로 장비는 거의 다 갖춘 셈이 되었으니까.

*　　*　　*

불길한 물건과 신성한 물건.

피닉스는 칠흑왕의 절망과 아이기스를 두고 각각 그렇게 평가했다.

그러면서도 칠흑왕의 절망은 자신과 가깝고, 아이기스는 자신과 멀다고 했다.

『말했듯, 팔찌는 나와 한 줌의 차이밖에 나지 않으니까. 하지만 방패는 거리가 아주 멀다. 신이라는 존재는, 그들의 법칙을 어기며 살아가는 우리에게 있어 많이 부담스러울 수밖에 없으니까.』

그러면서 연우에게 말했다.

『다만, 이렇게 서로 특징이 확연하게 다른 무구를 동시에 가진 자는 탑에서도 흔하지 않다. 탑이 왜 이런 선물을 했는지, 아마 차차 알아보는 것도 괜찮을 거다.』

여전히 선문답 같은 말이었지만, 연우는 좋은 말을 많이 들었다는 생각에 감사 인사를 했다.

피닉스의 여러 설명 덕분에 두 무구에 대한 개념을 확실하게 잡을 수 있었으니까.

『그리고 한 가지 부탁이 있다만.』

연우가 고개를 갸웃거렸다. 부탁? 아직 그럴 만한 게 남아 있나?

『덕분에 방금 전에 세 아이가 모두 건강하게 부화했다. 네가 구해 주었던 막내 아이도.』

'벌써?' 라는 생각이 들었다. 정말 알을 구해 오는 게 조금만 늦었으면 큰일 날 뻔했었던 모양이다.

가면 아래로, 연우의 두 눈이 살짝 호선을 그렸다.

"축하드립니다."

『고맙구나. 그래서 말이다만.』

피닉스는 잠시 뜸을 들이다가 불쑥 물었다.

『막내 아이의 이름, 혹 그대가 지어 줄 수 있겠느냐?』

전혀 생각지 못했던 뜻밖의 부탁이었다.

연우의 눈이 살짝 커졌다.

"그래도 되겠습니까? 하지만."

『이름을 지어 줬을 때, 존재가 묶이는 걸 염려하는 것이겠지?』

연우는 가만히 고개를 끄덕였다.

사귀들의 이름을 지어 줬을 때 느꼈지만, 영적인 존재에게 이름을 지어 준다는 건 틀에 얽매이게 한다는 뜻이었다.

환수 역시 사귀와 종류는 달라도 영적인 존재. 연우가 이름을 지어 주면 어떻게 될지 몰랐다.

하지만 피닉스는 걱정 말라는 듯이 가볍게 웃음을 터뜨

렸다.

『그런 건 걱정할 필요가 없다. 이미 그대와 연이 깊게 맺어진 아이이고, 그대를 아주 좋아하는 아이이기도 하니까. 오히려 이름을 지어 준다면 더 좋아할 것이다. 그리고.』

피닉스의 목소리는 온화했다.

『네게도 득이 되면 되었지, 해가 될 건 전혀 없을 것이다. 내 아이에게 금칠을 하는 것일 수도 있다만, 신수와 영적으로 연결된다는 것은, 그대 역시 영혼의 '격'이 그만큼 상승한다는 뜻.』

그리고 그러한 온화함은 연우의 마음을 따스하게 어루만졌다.

『더 높은 층계에 올라 더 높은 존재가 되고자 하는 수행자라면. 앞으로의 걸음에 아주 큰 도움이 될 것이다.』

이렇게까지 말하는데 거절할 수 있을까.

결국 연우는 부탁을 받아들였다.

"알겠습니다."

*　　*　　*

모든 동물이 그렇듯, 갓 태어난 새끼는 아주 귀여웠다.

『내 아이지만, 막내면서도 잠재 능력이 아주 뛰어난 아이다. 앞으로도 크게 자라날 수 있겠지.』

연우는 자신에게 안겨 마구 지저귀는 새끼 피닉스를 보면서 안절부절못했다.

잘못 건드리면 금방이라도 깨져버릴 것 같았다.

그런데도 녀석은 뭐가 그렇게 좋은지, 연우의 품에서 팔짝팔짝 뛰어다녔다. 그럴 때마다 연우는 새끼를 떨어뜨리지 않도록 쩔쩔매야만 했다.

『딱딱해 보이던 그대에게도, 어려운 게 있나 보군.』

피닉스는 뭐가 그리 재미난지 흥미로운 눈길로 연우와 새끼를 바라봤다.

연우는 새끼를 조심스레 껴안으면서 손으로 머리를 쓰다듬었다.

'따뜻해.'

불꽃으로 이뤄진 새인데도 불구하고 뜨겁지 않았다. 너무 따뜻해서 놓고 싶지가 않았다.

새끼가 마구 지저귀었다.

『자, 그럼 이름을 지어다오.』

[피닉스가 자신의 셋째 아이에게 이름을 지어 주기를 요청하고 있습니다. 지어 주시겠습니까?]

연우는 새끼를 보다가 고민 끝에 지은 이름을 붙였다.
“짹짹이.”

[이름을 ‘짹짹이’로 지으시겠습니까?]

연우는 확인을 묻는 메시지를 보면서 고개를 끄덕이려는데, 갑자기 요상한 시선을 느꼈다.
『…….』
고개를 돌리니 피닉스가 떨떠름해하는 눈빛으로 자신을 쳐다보고 있었다.
“무슨 문제라도 있으십니까?”
연우는 고개를 갸웃거렸다. 진지한 눈빛.
『……아니다. 아무것도. 뭐, 그런 것도. 음. 괜. 으음. 찮겠지.』
연우는 헛기침을 하는 피닉스가 왜 그러는지 영문을 몰라 의아스러웠지만, 이미 메시지는 승인되고 있었다.

[피닉스의 셋째 아이에게 ‘짹짹이’라는 이름이 붙었습니다. 짹짹이와의 교감이 생성됩니다. 짹짹이의 영향력을 강하게 받습니다. 친화도가 대폭 상승했습니다.]

[화 속성에 대한 친화도가 50만큼 상승했습니다.]

[풍 속성에 대한 친화도가 50만큼 상승했습니다.]

[신수와 계약을 맺었습니다. 신수의 영향으로, 앞으로 마수(魔獸)를 제외한 모든 환수들의 경계심이 열어집니다.]

[누구도 쉽게 이루지 못할 업적을 달성했습니다. 추가 공적치가 제공됩니다.]

[공적치를 2,000만큼 획득했습니다.]

[추가 공적치를 1,500만큼 획득했습니다.]

……

연우는 체내에서부터 뭔가가 벅차오르는 걸 느낄 수 있었다.

말로 어떻게 표현하기 힘들지만, 피닉스의 말마따나 새끼 피닉스와 영적으로 연결되면서 영혼의 '격'이 상승하면서 생긴 결과인 것 같았다.

그리고.

[영혼의 성장이 확인되었습니다. 중단되었던 계승 작업이 다시 재기됩니다. 99.1%, 99.2%……]

[현재 작업량: 99.5%]

계승 작업에도 영향을 미쳤다. 성장한 영혼에 맞춰 육체라는 그릇이 맞춰지는 게 느껴졌다.

이제 남은 작업량은 0.5%.

계승 작업이 끝날 날도 얼마 남지 않은 것 같았다.

연우는 성장한 육체가 주는 쾌감을 한껏 만끽하면서 짹짹이의 머리를 부드럽게 쓰다듬었다.

짹! 짹!

*　　*　　*

팟—

연우는 육체의 성장을 확인한 후, 완전한 적응을 위해서 본격적인 수련에 들어갔다.

그리고 확인이 전부 끝난 검은 팔찌와 아이기스도 완전히 손에 익게 만들 필요가 있었다.

덕분에 연우는 몇 가지 조합식을 마련할 수 있었다.

예전에 개발했던 흑의 칼날과 열기의 조합식은 흑기와 열기의 조합으로 변해 더 큰 화력을 자랑했고, 전투 의지와 여신의 창칼은 서로 간에 상승효과를 더해 사고 가속이 더 순조로워지는 결과를 낳았다.

사귀들 역시 부, 놀, 카를 중심으로 작은 부대를 편성했다.

학습 효과도 있어서 격이 떨어지던 녀석들도 이제 제 몫은 다하고 있었다.

연우가 따로 지시를 내리지 않아도 자율 행동을 하며 여기저기서 망령을 끌어왔고, 다양한 능력 개발도 이뤄졌다.

물론, 막막한 구석도 있었다.

"이걸 대체 어떻게 다뤄야 하는 거지?"

연우는 아이기스를 살피면서 골똘히 생각에 잠겼다.

9겹의 꽃잎 방패는 단순히 '방패'로서의 기능만 하는 건 아니었다.

신의 무구답게 사용 방식도 일반 방패와는 많이 다를 수밖에 없었다.

연우는 그 사용 방식을 알아보려 했지만, 쉽지가 않았다. 용마안으로 아무리 감정을 시도해도 더 자세한 내용은 나오질 않았다.

그래도 이리저리 만져 보면서 몇 가지 방식은 알 수 있었다.

'무게는 생각보다 가벼워.'

9겹이나 되는 데다가 독특한 소재를 생각하면 말도 안 되는 일이었지만, 거의 무게가 느껴지지 않았다.

'분리도 되는 것 같고.'

9겹의 방패는 하나면서도 또 따로 9개였다.

작은 하나를 중심으로 팔방에 걸쳐 같은 크기의 방패들을 꺼내 거대한 보호막을 이루게 할 수 있었고, 필요에 따라서는 하나씩 따로 떼 내는 것도 가능했다.

연우는 이것이 9겹을 자유자재로 다루면서 사방에서 날아올 공격에 대비하는 용도가 아닐까 하고 추측했다.

'마력을 불어 넣어 볼까?'

연우는 마력회로를 가동시키면서 아이기스에다가 마력을 한껏 불어 넣었다.

지이잉—

아이기스가 가볍게 진동을 하면서 '찌릿' 하고 연우와 보이지 않는 뭔가가 연결되었다.

마치 보이지 않는 실로 연결된 것 같은 기분. 사귀와 연결될 때와 비슷한 느낌이었다.

조금 다른 점이 있다면, 이건 의지만으로 조절을 할 수 있을 것 같다는 것?

'염동(念動)인가?'

원리는 알 수 없지만 잘되었다 싶었다.

연우는 아이기스를 바닥에 놓고, 위에다 손을 뻗어 허공에 붕 떠오도록 의지를 불어넣었다.

그러자 마치 이륙하려는 UFO처럼 아이기스가 가볍게 몸을 떨더니 서서히 허공으로 떠올랐다.

마력을 더 많이 불어 넣으니 연결력이 더 강해져 단숨에 머리 위치까지 도착했다.

'편한데? 생각보다.'

어쩌면 사용하는 게 수월할지도 모르겠다는 생각이 들었다.

단순히 의지만으로 위치를 조절할 수 있다면 이보다 더 좋은 것은 없을 테니까.

유니크는 유니크답게 다루는 것도 아주 힘들 거라고 동생이 누누이 이야기했었는데.

아이기스는 그 범주에서 벗어난 게 아닐까 하는 생각이 들었다.

하지만 연우는 곧 그 생각을 접어야만 했다.

한데 뭉쳤던 아이기스를 각각 9개로 분리시키려는 순간, 연결도 9개로 분산되면서 집중이 단번에 흐트러지고 만 것이다.

쨍그랑, 쨍그랑!

9개의 아이기스가 요란한 쇳소리를 내면서 바닥에 우수수 떨어졌다.

'9개를 전부 다루려면 9개에 전부 따로 집중해야 한다고?'

불현듯 드는 생각에 분리된 아이기스를 다시 움직여 보려 했지만, 미미하게 떨리기만 할 뿐 꿈쩍도 하지 않았다.

그래서 이번에는 가장 가까운 한 개에만 집중해서 의지를 불어 넣으니.

우웅, 우웅, 우웅—

처음에 사용했을 때처럼 아주 수월하게 떠올랐다.

연우는 이를 악물면서 이번에는 왼손을 뻗어 다른 하나에 시선을 돌렸다.

두 개가 동시에 둥둥 떠다녔다.

'생각보다 어려운데.'

연우는 바싹 마른 아랫입술을 혀로 축이면서 두 방패를 자유롭게 다뤄 보고자 했다.

하지만 한 개에 집중하면 다른 한 개의 집중이 흐트러지고, 다른 한 개에 집중하면 또 다른 한 개의 집중이 흐트러져서 움직임이 생각만큼 원활하지 않았다.

이를테면, 이런 식이었다.

따로 오른손으로 동그라미를 그리거나 왼손으로 네모를 그리는 건 쉽지만, 동시에 그리려고 하면 실패하는 것과 같은 원리였다.

그런 것을 총 9개나 다뤄야 하니 쉬울 리가 없었다.

'전부를 사용하려면 의식을 분할해야 해.'

연우는 그제야 아이기스가 얼마나 사용하기 까다로운지를 깨달았다.

웬만한 공격쯤은 쉽게 막아 내고, 역공으로 석화 마법까지 가할 수 있는 신의 무구였지만, 그만큼 능수능란하게 다루려면 뛰어난 집중력과 제어력을 필요로 했다.

'그러면 그렇지. 이번에도 쉽지 않겠어.'

게다가 전투 중이라면 어디 아이기스만 다룰까.

두 팔이며 두 다리, 적을 상대할 방법까지 모색해야 하니 정신이 없어지겠지.

그야말로 전장을 단번에 파악할 수 있는, 뛰어난 안목을 지녀야만 했다.

'역시 전쟁과 지혜의 여신.'

그나마 연우에게 다행인 점이 있다면, 특성이 상황 판단력과 계산력이 빠른 금강체와 냉정을 잃지 않는 냉혈이라는 점이었다.

처음에는 어려워도 어느 정도 익숙해지기만 한다면 서너 개쯤은 뜻대로 다룰 수 있을 것 같았다.

게다가 그는 감각도 뛰어난 편이었으니까.

그렇다면 이걸로 어느 정도 사용법은 터득한 셈이니 연습만 하면 될 것 같았다.

"부, 놀, 카."

크르르—

연우의 부름에, 저 멀리 떨어져 있던 세 사귀가 이쪽으로 고개를 돌렸다.

처음에는 아이기스를 아주 두려워하던 녀석들도, 이제는 어느 정도 익숙해졌는지 경계하는 기색이 많이 옅어진 상태였다.

“지금부터 간단한 훈련을 하려고 한다.”

쿠르?

녀석들이 고개를 갸웃거렸다.

“너희들은 우선 주변에 흩어져 있다가 신호를 보내면 돌아와서 나를 공격하기만 하면 된다. 전략은 철저하게 히트 앤 런으로.”

녀석들이 고개를 절레절레 흔들었다.

어떻게 그럴 수가 있겠냐는 듯.

생김새는 흉측하게 생겼으면서 하는 행동들은 은근히 귀여웠다.

연우는 자기도 모르게 웃음이 나왔다.

“걱정하지 않아도 된다. 나는 오로지 너희들을 막기만 할 생각이니까. 고르곤의 머리가 달린 방패는 따로 빼 둘 테니까 걱정하지 않아도 돼.”

검은 팔찌와 아이기스의 상성은 좋지 않았지만, 그래도

몇 번 연습을 해 보니 기능을 극대화시키지 않는 한 큰 충돌은 없었다.

연습을 할 정도로는 충분히 제어할 수 있었다.

세 몬스터도 그제야 알겠다면서 고개를 숙이고 사방으로 흩어졌다.

연우는 녀석들의 기척이 거의 느껴지지 않을 때가 되어서야 감각 강화 스킬을 발동시켰다.

화아악—

넓은 범위를 따라 수많은 정보가 머릿속으로 쏟아졌다. 여기에 기에스의 눈까지 가동시키면서 영역은 계속 늘어났다.

연우는 지끈거리는 머리를 꾹 누르면서 우선 9개의 아이기스 방패 중 2개만 의식에 연결시켰다.

순간, 살짝 현기증이 핑 하고 돌았다.

가볍게 혀를 찼다.

'인지 영역을 유지하면서 아이기스 제어까지. 생각보다 훨씬 어려워.'

신의 무구를 사용하는 일이니 쉬울 수 있겠냐마는.

그래도 정신을 차리고자 했다.

"와라."

팟! 파밧!

사귀들이 움직이기 시작했다.

녀석들이 달리는 방향으로 2개의 아이기스를 재빨리 이동시켰다.

*　　*　　*

연우는 몬스터들과의 대련을 통해 몇 가지 사실을 더 알아낼 수 있었다.

우선 강도.

당연히 단단하다는 건 알고 있었지만, 충격 흡수율도 아주 좋았다.

불카는 사람쯤은 한 손으로 가볍게 찢어 버릴 수 있을 만큼 강한 힘을 자랑한다.

그런 녀석이 전력을 다해 부딪쳤지만 아이기스는 미미한 떨림조차 느껴지지 않았다.

방어를 하는 것도 용이했다.

의지에 따라 마음대로 허공을 돌아다니기 때문에 사각지대에 배치해서 혹시 있을지 모를 습격에 대비하기에도 아주 편했다.

'결국 컨트롤만 제대로 따라올 수 있으면 최고란 뜻이야.'

그런 면에서 자이언트 놀이 가장 알맞은 상대였다.

녀석은 아주 재빠른 움직임을 자랑했다. 높은 도약력으로 단번에 나무 꼭대기까지 도착하고, 나무 기둥을 박차서 다른 곳으로 빠르게 이동했다.

무게가 없는 게 아닐까 싶을 정도로 자유자재로 숲을 맘껏 쏘아 다니면서 연우를 노려 왔다.

덕분에.

훈련 방식은 간단했다.

먼저 확장된 인지 영역을 따라 아이기스를 한 개만 사용해서 녀석들의 합공을 상대해 보고, 어느 정도 숙달이 된다 싶으면 하나씩 늘려 나가는 방식이었다.

하나를 다루는 건 그렇게 어렵지 않았다. 의식을 쏘아 보내기만 하면 그만이었으니까.

하지만 2개 이상부터는 확실히 힘이 들었다.

'당장 사용할 수 있는 건 억지로 했을 때 최대 3개. 하지만 자유롭게 다루려면 2개가 한계야.'

연우는 굳이 억지로 개수를 늘리려고 하지 않았다.

어차피 익숙해지다 보면 개수는 저절로 늘어날 테니까.

대신에 3개가 어느 정도 익숙해졌을 때, 이번에는 직접 뛰기 시작했다.

'내가 가진 최고의 이점은 기동력과 민첩성. 그렇다면

아이기스를 다루는 것도 그런 식으로 해야 해.'

연우는 자신의 장점을 포기할 생각이 전혀 없었기 때문에 최대한 빠르게 움직였다.

자이언트 놀을 잡기 위해 지면을 박차면서 아이기스를 곳곳으로 날려 보낸다.

그건 마치 '또 다른' 나가 분리되어 곳곳에서 제멋대로 뛰어다니는 것과 같은 느낌이었다.

전장을 전지적 3인칭 시점으로 내려 볼 수 있어야만 하는 것이다.

물론 절대 쉬울 일이 아니었다.

의식이 곳곳에 산재해서 제멋대로 움직이기 때문에 정신이 핑핑 돌았다.

정보가 다양하게 섞이면서 현기증이 돌았고, 멀미가 생겨서 시야가 흐트러졌다.

그래도 연우는 훈련의 강도를 높이면 높였지, 낮추지 않았다.

제멋대로 날아다니는 3개의 아이기스에다 감각을 더 집중시키고, 뇌의 정보 처리 영역을 주체와 부체로 철저하게 분리시켰다.

마력회로가 미친 듯이 회전하면서 과열된 나머지 몸도 덩달아 뜨거워졌지만.

연우는 그래도 달리고 또 달렸다.

파앗—

*　　　*　　　*

연우는 새벽이 되어서야 환수의 알이 있는 곳으로 돌아왔다.

근방에 있는 연못에 들어가니 피로가 탁 풀리는 기분이었다.

튜토리얼에서 만년설삼과 아카샤 뱀의 내단을 먹은 뒤 처음으로 마력회로를 한계치까지 사용해 봤기 때문일까.

마력회로가 텅 빈 느낌이 이런 것이구나 하는 걸 처음으로 느낄 수 있었다.

그리고 휴식을 취하니 빠른 속도로 마력이 차올랐다.

마력 사용이 수월하다는 것.

이게 바로 금강체가 가진 최고의 이점이 아닐까.

'남은 계승 작업도 서둘러 마쳐야 할 텐데.'

이제 몇 퍼센트 남지 않은 계승 작업이었지만, 언제부턴가 연우는 답보 상태에 머무르고 있는 중이었다.

연우는 이것을 깨기 위해서는 어떤 계기가 필요하지 않을까 짐작하고 있었다.

'계속 구르다 보면 어떻게든 방법이 나오겠지.'

연우는 노곤해지는 몸을 눕히면서 상태창을 가만히 들여다봤다.

'생각보다 효과가 좋았어.'

[차연우]
특성: 냉혈, 금강체
칭호: 괴물사냥꾼

* 신체 능력
힘: 235 (+23)
민첩: 245 (+29)
체력: 239 (+14)
마력: 320 (+22)

* 스킬
용마안(25.1%), 감각 강화(43.2%), 시간 예지(1.0%), 물리 내성(30.1%), 전투 의지(25.5%), 바토리의 흡혈검(15.5%), 열화(52.1%) 순보(39.1%), 마력회로(18.2%)

이미 연우는 탑에 처음 들어올 때와는 많이 달라져 있었다.

가파른 성장 속도만 따진다면 기나긴 탑의 역사를 통틀어도 몇 되지 않을 만큼 놀라웠다.

거기다 뛰어난 장비들까지.

도저히 저층 구간의 플레이어라고 할 수 없는 수치들이었다.

그런데도 연우는 수련을 게을리하지 않았고, 오히려 더 혹독하게 자신을 밀어붙였다.

특히 아이기스 사용을 연습하면서는 감각 강화의 숙련도가 놀라울 정도로 높아졌다.

'의식을 분할하는 데 감각을 집중시켰기 때문인가?'

연우는 턱을 손으로 쓰다듬었다.

어차피 아이기스를 다루기 위해서는 몇 번씩이고 해야 할 연습.

그런데 스킬 숙련도까지 같이 올릴 수 있다면?

이것만 한 게 세상에 또 어디에 있을까.

이미 아이기스 사용에 대해서도 어느 정도 가닥이 잡힌 상태.

'한 개라면 자유롭게, 두 개라면 어느 정도 수준으로, 세 개라면 방어까지.'

연우는 앞으로 할 연습 방식에 대해서 정리해 보았다.

당분간은 여기에만 집중할 생각이었다.

환수가 태어날 때까지는 특별히 할 게 없는 11층이었기 때문에 연습할 수 있는 시간은 많았다.

'그나저나.'

연우는 상태창을 끄면서 미간을 살며시 찌푸렸다.

"이 녀석들은 왜 이렇게 안 오는 거지?"

연우가 11층에 들어온 지도 벌써 6일째.

하지만 판트와 에도라는 여전히 코빼기도 비치지 않고 있었다.

10층이 까다롭기는 해도, 강한 정신력을 가진 녀석들이라면 크게 어렵지 않았을 텐데.

아니, 성격이 급한 판트는 그렇다 치더라도, 혜안을 가진 에도라까지 발목이 묶일 스테이지는 아니었다.

무슨 일이라도 생긴 건 아닐까?

연우는 허공에다 손을 뻗어 층계 랭킹창을 허공에다 띄웠다.

[10층 랭킹]

1위. 에도라 (25,000Point)

2위. 비공개 (23,900Point)

3위. 차정우 (20,100Point)

……

'이런 걸 보면 무슨 일이 생긴 건 분명히 아닐 텐데.'

원래 연우가 차지했던 1위 자리를 어느새 에도라가 차지하고 있었던 것이다. 그리고 판트 이름도 5위에 당당히 기록되어 있었다.

결과도 며칠 전에 새겨진 것.

그렇다면 시련을 마무리 지었다는 뜻이다.

그런데도 여태 11층에 모습을 드러내지 않았다는 건.

'옆으로 샜다는 뜻인데. 무슨 일이라도 있나?'

탑 외 지역으로 나갔다는 뜻이었다. 그것도 둘이 함께.

두 사람 다 계속 탑을 오를 거라고 했었기 때문에 의문은 더 커질 수밖에 없었다.

'그래도 시련은 무사히 마쳤으니. 때 되면 돌아오겠지.'

연우는 대수롭지 않게 여기기로 했다. 제 앞가림은 잘하는 녀석들이니 따로 걱정할 필요는 없었다.

다만, 자신과 길이 엇갈리지 않도록 환수의 알이 부화하기 전에만 왔으면 하고 바랄 뿐이었다.

'많이, 변했구나. 나도.'

연우는 연못 깊숙하게 몸을 묻으면서 고개를 들었다. 하늘에 걸린 달은 마침 그믐이라 평소보다 밤이 깊었다.

*　　*　　*

하지만 판트와 에도라는 5일이 더 지나고서도 11층에 올라오지 않았다.

그동안 연우는 맹목적으로 수련에만 집중해서 어느덧 3개의 아이기스를 자유자재로 다룰 수 있었고, 사귀들도 자율 행동 시간이 늘어나면서 아주 조금씩 '생각'을 하기 시작했다.

그리고.

'이 정도면 본격적으로 실전에 투입해도 무방하겠어.'

연우는 본격적으로 움직이기 위해 등에는 아이기스와 비그리드를 매고, 허리춤에는 마장대검과 크라슈나의 단검을 걸었다.

마갑 형태인 기에스의 눈도 잘게 떨렸다.

『이제야 출발하려는 거냐?』

그때, 새끼들을 돌보느라 정신이 없던 피닉스가 말을 걸었다.

연우는 가만히 고개를 끄덕였다.

"예."

『생각보다 늦게 시작하는구나.』

"준비할 게 많았습니다."

『그래도 빨리 출발하는 게 좋을 거다. 네 아이도 이제는 생명의 불꽃을 탐내는 것 같으니. 자리를 비우는 동안에는 내가 잘 돌보고 있겠다.』

"감사합니다."

연우는 감사 인사를 하고 대수림을 벗어났다. '생명의 불꽃'을 담을 그릇을 만들 차례였다.

Stage 13.
생명의 불꽃

환수는 사람의 꿈을 먹고 사는 존재. 하지만 이 말은 다르게 말하자면 주인의 의도에 따라 충분히 원하는 종을 부화시킬 수 있다는 뜻이기도 했다.

물론, 100% 원하는 결과를 이끌어 낼 수는 없었다. 탑이 그렇게 호락호락한 곳은 아니니까.

하지만 최소한 원하는 속성으로, 그리고 상위종으로 유도할 수는 있었다.

물론, 당연한 말이지만.

그 유도 방법이 결코 쉬운 건 아니었다.

필요한 재료들 하나하나가 전부 구하기가 엄청 힘든, 아

주 귀한 것들이었으니까.

그리고 그런 것들은 대개 히든 피스, 정확하게는 히든 퀘스트 아래에 가려져 있었다.

'이쯤 어디일 텐데?'

연우가 가장 먼저 구할 것은 거대 새, 알바트로스의 알.

'새끼일 때는 모르지만, 성체가 된 알바트로스는 웬만한 플레이어쯤은 가볍게 씹어 먹을 정도로 강해. 덩치도 크고.'

알바트로스는 크기만 장장 5미터에 달한다.

부리의 악력은 갑옷쯤은 쉽게 으스러뜨리고, 발톱의 힘도 셌다. 날래기도 엄청 날래서 상대하기가 아주 까다로운 축에 속했다.

하지만 연우는 별다른 걱정을 하지 않았다.

애초 이렇다 할 사냥법이 없었다면 사냥을 시도하려 하지도 않았을 테니까.

그는 지난 열흘 동안 단련한 사귀들을 믿고 있었다.

연우는 일기장에 남겨진 기록을 따라, 11층의 지도를 되짚으면서 알바트로스의 서식지를 찾아 숲속 깊이 들어가다가 도중에 걸음을 멈췄다.

언제부턴가 주변에는 아무런 기척도 느껴지지 않았다.

녀석의 영역에 들어왔다는 뜻.

연우는 고개를 위로 들었다.

15미터 넘게 서 있는 나무 꼭대기에 거대한 그림자가 해를 등지며 서 있었다.

익룡 같은 생김새를 한 괴조.

알바트로스가 연우를 발견하고 날개를 활짝 펼치면서 괴성을 질러 댔다.

키에에엑!

숲자락이 쩌렁쩌렁하게 울렸다.

저주파가 가득해서 평범한 플레이어였다면 지레 겁을 먹고 자지러졌을지도 모르는 일이었지만.

연우는 차갑게 웃고 있었다.

[히든 퀘스트 / 알바트로스 사냥]

내용: 11층의 북쪽에 위치한 알바트로스는 식탐이 많아 먹이가 보이는 대로 먹어치우는 습성이 있습니다. 때문에 알바트로스가 있는 주변에는 언제나 생태계가 망가집니다.

11층의 생태계가 유지될 수 있도록 알바트로스를 사냥하고, 새끼가 부화하지 않도록 알을 수거하십시오.

*이 퀘스트는 '생명의 불꽃' 퀘스트와 연동됩니다.

보상: 전체 스탯 +5, 알바트로스의 벼슬

'11층은 이런 점이 좋지.'

곳곳에 위치한 히든 피스는 원하는 환수를 만들기 위한 좋은 재료도 되지만, 더불어 보상도 한 가득 안겨 주는 보물 창고이기도 했다.

생명의 불꽃을 만들기 위한 재료도 모으고, 보상도 얻고. 일석이조인 셈이었다.

"나와라."

스스스—

연우의 부름에 지면을 따라 검은 아지랑이가 피어오르더니 형상을 갖췄다.

리더 격인 부, 놀, 카를 따라 일어선 10마리의 사귀.

녀석들은 별다른 지시도 없었지만, 곧장 허공으로 거세게 몸을 날렸다.

팟! 파밧!

알바트로스가 재빨리 홰를 치면서 날아오를 준비를 했다.

하지만 비행 중이면 모를까, 그만한 덩치가 비상하기 위해서는 시간이 걸릴 수밖에 없었고, 그사이에 놀이 이미 녀석에게 다다르고 있었다.

콰앙!

놀은 발톱을 곧추 세우면서 알바트로스를 세게 후려쳤다.

알바트로스가 피를 토하면서 뒤로 튕겨 나는 사이, 뒤에서는 이미 다른 사귀들이 나타나 달려들고 있었다.

거기다 밑에서는 부가 손을 뻗어 저주를 걸고 있었다.

체력 저하.

너무 단순한 디버프였지만, 알바트로스는 마치 보이지 않는 사슬에 칭칭 감긴 것처럼 옴짝달싹하지 못했다.

크아앙—

녀석의 구슬픈 괴성만이 쩌렁쩌렁하게 울렸다.

그사이.

연우는 한 손에는 마장대검을, 다른 한 손에는 크라슈나의 단검을 들고 허공으로 몸을 던지고 있었다.

츠팟!

*　　*　　*

"먹어라."

연우는 왼손을 활짝 펼쳐 마지막 숨결을 내뱉고 있던 알바트로스의 목덜미에 갖다 댔다.

톱니 이빨이 살갗을 파고들면서 무서운 속도로 정혈을 빨아들였다.

스킬, 바토리의 흡혈검이었다.

끼아아!

[생기와 정기를 갈취합니다.]

[힘이 1만큼 올랐습니다.]

[민첩이 2만큼 올랐습니다.]

……

['바토리의 흡혈검'의 스킬 숙련도가 올랐습니다. 15.9%]

찢어지는 비명 소리가 울려 퍼진다.

알바트로스가 놓으라면서 마지막 힘을 다해 홰를 쳤지만, 곧 미라가 되어 축 늘어졌다.

용마안이 잡은 시야를 따라 희뿌연 영혼이 입술을 따라 삐져나오는 게 보였다.

연우는 재빨리 알바트로스의 영혼을 컬렉션에 수납했다.

'나에 대한 원한이 깊어서 당장 사귀로 만들지는 못하겠

지만. 그래도 이만한 망령은 어디서 쉽게 못 구하지. 나중에 어떻게든 제압할 수 있을 거야.'

알바트로스는 불카에 버금가는 녀석이다. 어떻게든 요긴하게 쓰일 수 있었다.

[퀘스트를 달성했습니다.]

[누구도 쉽게 이루지 못할 업적을 달성했습니다. 추가 공적치가 제공됩니다.]

[공적치를 1,000만큼 획득했습니다.]

[추가 공적치를 500만큼 획득했습니다.]

……

[보상으로 전체 스탯이 5만큼 상승했습니다. '알바트로스의 벼슬'을 획득했습니다.]

연우는 쭉 떠오르는 메시지를 보면서 흐뭇하게 웃다가, 기세등등하게 선 사귀들을 돌아봤다.

"다들 수고했다."

키아악! 키악!

케에엑—

[사귀들이 첫 집단 전투의 승리에 크게 기뻐합니다.]

[사기가 올랐습니다.]

[친화도가 대폭 상승했습니다.]

주로 본능이 남은 녀석들이라 그런지 더 크게 기뻐하는 것 같았다.

"그리고 이것도 받고."

연우는 흑기를 단단히 압축시킨 구슬을 사귀들에게 던져줬다.

사귀들은 크게 기뻐하면서 구슬을 받아 꿀꺽 삼켰다.

그러자 회색 빛깔의 몸뚱이 위로 불그스름한 광채가 떠올랐다가 사라졌다.

[망령의 구슬을 사용했습니다.]

[부(부두술사의 영혼)이 강화되었습니다. 전체 능력치가 1만큼씩 증가했습니다.]

[놀(자이언트 놀)이 강화되었습니다. 민첩이 3만큼 증가했습니다.]

[카(불카)가 강화되었습니다. 힘과 체력이 2만큼씩 증가했습니다.]

……

망령의 구슬은 사귀를 만드는 재료가 망령이라는 사실에 착안해 연우가 만들어 낸 먹이였다.

연우가 봤을 때, 사귀는 아무리 훈련시키고 친밀도를 꾸준히 올린다고 해도 강해지는 데 한계가 있었다.

이미 죽기 전에 정해진 '격'이 능력치에 한계선을 그어 버리기 때문이었다.

그래서 '격'을 올릴 방법을 따로 강구해야만 했다.

'그래야 하루라도 빨리 리치나, 데스 나이트 정도로 성장시킬 수 있을 테니까.'

다행히 망령의 구슬은 아주 효과가 뛰어났다. 먹을 때마다 전체적인 능력치가 향상하고, 사고 속도도 빨라졌다.

특히 단순한 버프 계통 마법만 쓸 수 있었던 부는 더 다양한 마법을 부릴 수 있게 되었다.

그래서 연우는 수시로 녀석들에게 망령의 구슬을 나눠 주고 있었다. 녀석들도 구슬을 얻기 위해 더 열심히 뛰어다녔고.

일석이조였다.

사귀들은 마치 도토리를 야금야금 갉아먹는 다람쥐처럼, 자리에 쭈그리고 앉아 망령의 구슬을 먹었다.

그 모습을 보면서, 연우는 자기도 모르게 피식 웃고 말았다.

'예상했던 것보다 사냥은 훨씬 성공적이었어.'

사실 연우는 가담할 필요도 없었다. 녀석들이 알아서 알바트로스를 요리했으니까.

연우는 그냥 실컷 구경만 하다가 마지막에 바토리의 흡혈검으로 정혈을 갈취하는 게 전부였다.

편히 앉아서 스탯을 올릴 수 있으니. 이만한 꿀이 또 있을까도 싶었다.

'나머지 레시피도 쉽게 구하겠는데.'

연우는 둥지에 있던 알바트로스의 알을 챙기고, 둥지 아래로 내려왔다.

개수는 총 3개. 사람 머리통만 한 크기라 들기가 어려워서 옆에 있던 사귀에게 넘겼다.

'이 다음에는.'

연우는 레시피에 적힌 두 번째 목록을 살폈다.

'그림자 뱀의 사과라.'

서식지가 가까운 순서대로 루트를 짰기 때문에 그림자 뱀의 서식지도 이곳에서 얼마 떨어지지 않은 곳에 있었다.

"가자."

연우는 사귀 군단을 이끌고 다음 장소로 이동했다.

*　*　*

'트리니티'라는 거창한 이름과 다르게, 소속 멤버는 각각 탱커, 딜러, 힐러로 구성된 아주 평범한 팀이었다.

하지만 델란과 쥰, 하이디는 같이 다니기 시작하던 튜토리얼 때부터 여태까지, 단 한 번도 잡음이 생기지 않았을 정도로 끈끈한 우정을 자랑했다.

그리고 그런 우정은 '그림자 뱀의 땅굴'을 공략할 때에도 계속 이어졌다.

"헉, 헉. 제기랄. 미치겠네."

"대체 끝이 어디야……?"

"조금만 힘내. 실프가 그랬어. 끝이 얼마 남지 않았다고."

"엘프인 하이디가 그렇게 말한다면 진짜겠지. 자자, 다들 좀만 더 힘을 내자."

그림자 뱀의 땅굴은 여태껏 트리니티 팀이 공략했던 수많은 던전을 통틀어 가장 험난한 난이도를 자랑하는 곳이었다.

굴의 높이는 머리를 살짝 숙여야 할 정도로 아주 낮았다. 좌우 너비도 아주 협소해서 몇 번 움직이면 끝이었다.

그런 곳에서 천장, 벽, 지면 가릴 것 없이 곳곳에서 뱀이 갑자기 튀어나오니.

도저히 정신을 못 차릴 정도였다.

게다가 그림자 뱀의 독침은 한 번 쏘이면 사지에 마비가 올 정도로 독하다고 알려져 있었다.

챙겨 온 해독제도 거의 바닥이 난 상황이라, 더 이상 독침에 노출되었다가는 죽은 목숨이었다.

평소였다면 바로 후퇴했을 것이다. 트리니티는 위험에 도전하기보다는 안전을 택하는 팀이었으니까.

그런데도 트리니티 팀은 돌아갈 생각을 하지 않았다.

아니, 못했다.

땅굴을 들어온 지 벌써 5일째.

이대로 돌아가기엔 그동안 고생한 게 너무 아까운 데다가, 이 끝에는 그런 고생을 모두 만회할 만한 보상이 기다리고 있었다.

'그림자 뱀의 사과만 손에 넣을 수 있다면……!'

'더 이상 이런 고생을 하지 않아 돼. 이런 땅굴도 이제 손가락 하나로 처리할 수 있게 된다고.'

그림자 뱀의 사과는 뛰어난 효과를 가진 영약으로 소문이 자자했다.

하나만 먹어도 상처가 아물고 체력이 늘어나며, 두 개 이상을 먹게 되면 먹는 숫자의 곱절만큼 마력량이 늘어나게 된다는 영약.

그리고 트리니티 팀은 그런 그림자 뱀의 사과가 열린다는 산지의 위치를 우연히 알게 되었다.

전혀 생각지도 못했던 히든 피스.

트리니티 팀은 그동안 5년 넘게 고생한 것에 대해서, 신이 그들을 가엽게 여겨 내린 선물이라고 생각했다.

그들이 알아낸 정보에 따르면, 이 땅굴 가장 깊숙한 곳에는 사과나무가 아예 숲을 이룰 정도로 무성하다고 했으니까.

믿을 만한 정보였고, 그렇게 굳게 믿고 있었다.

말처럼 지천에 널린 정도는 아니더라도, 그들이 고수로 거듭날 수 있는 정도는 충분히 될 거라고.

그리고.

"도착…… 했다!"

"드디어!"

"아아!"

대장 델란의 외침에 쥰과 하이디는 감격에 찬 얼굴이 되었다.

저 멀리, 보스룸의 입구로 짐작되는 거대한 철문이 놓여 있었다.

"다들 기쁜 건 알겠지만, 아직 축배를 들기엔 너무 일러. 일단 전투 준비부터 하자. 지금부터는 더 똑바로 정신을 차려야 하니까."

델란의 설득에 쥰과 하이디는 흥분을 가라앉히면서 전투 준비를 하기 시작했다.

그의 말마따나 보스룸의 난이도는 훨씬 더 클 테니까.

딜러인 쥰은 팀원들이 가진 공적치를 모두 모아 산 드라고니안의 단검을 들었고, 힐러이자 엘프인 하이디는 바람의 정령을 소환했다.

"자, 그럼 간다."

탱커인 델란이 앞장서면서 철문을 활짝 열었다.

쥰과 하이디는 보스 몬스터가 나타나면 곧바로 공격을 할 수 있게 준비하면서 마른침을 삼켰다. 두 눈에는 긴장감이 잔뜩 어려 있었다.

이 너머에 그림자 뱀의 사과가 매달린 숲이 있다. 그들을 고수로 만들어 줄 보물단지가 있……!

"어라?"

"어……?"

"이게 뭔?"

보스룸에 드러난 광경에 트리니티 멤버들은 입을 떡 하니 벌리고 말았다.

그들이 목격한 것은.

앙상하게 메말라 비틀어진 나무들로 가득해 을씨년스런 분위기만 가득한 숲이었다.

바닥에 한가득 떨어져 쓸쓸하게 뒹구는 낙엽들만이, 뭔가가 이미 싹 쓸고 지나갔다는 것을 말해 줄 뿐이었다.

*　　*　　*

[퀘스트를 달성했습니다.]

[누구도 쉽게 이루지 못할……]

……

[퀘스트를…….

……

[보상으로……]

……

연우는 쉴 새 없이 떠오르는 메시지를 한쪽 옆으로 치워 버렸다.

이제는 너무 많이 봐서 그런지, 별 감흥도 들지 않았다.

연우는 알바트로스의 둥지를 시작으로, 빠른 속도로 11층의 히든 피스를 훑기 시작했다.

수백 마리가 우글대는 그림자 뱀의 굴에서는 사귀들이

도살을 하다시피 하면서 컬렉션을 보충했다.

래서 드라군의 영역에서는 카가 심장을 뽑았다.

그 외에도 청학의 벼슬, 가고일의 날개, 잭 오 랜턴의 꼬리깃, 유니콘의 뿔 등, 11층에서 내로라하는 환수들을 죄다 싹쓸이하고 다녔다.

덕분에 보상과 공적치를 빠른 속도로 쌓아 올릴 수 있었다.

하지만.

반대로 이 때문에 발칵 뒤집힌 곳도 있었다.

11층의 체류자들이었다.

"젠장! 또?"

"어떤 놈이 이딴 짓을……! 대체!"

시련을 완수하기 위해서는 그들도 괜찮은 재료들을 필요로 하다. 하지만 어떻게 손을 쓰기도 전에 그게 모조리 동나고 말았으니.

아니, 동나는 정도가 아니었다.

어떤 서식지는 아예 씨가 마르다시피 하면서 과연 복구가 가능할까 싶을 정도였다.

물론, 환계 특성상 언젠가는 복구가 되긴 할 것이다.

하지만 그러기 위해서는 상당한 시간을 필요로 했다.

플레이어들에게는 언제나 한시가 촉박했고, 이런 사태를

저지른 범인을 찾기 위해 눈에 불을 켜고 돌아다녔다.

하지만 연우는 아주 은밀하게 돌아다녔다.

게다가 재료를 구하고 나면 곧바로 종적을 감춰 버리기 때문에 뒤를 밟기가 어려웠다.

'미안하지만, 이쪽도 어쩔 수 없어서 말이지.'

연우는 재료를 구하기 힘들다면서 분통을 터뜨리는 플레이어들의 목소리를 들으면서 로브를 깊게 눌러썼다.

하늘벌레의 날개를 구하기 위해서 플레이어들이 주로 모여 있다는 도시를 찾았는데.

들리는 거라고는 자신에 대한 성토밖에 없었다.

하지만 연우로서도 어쩔 수가 없었다.

생명의 불꽃을 담기 위한 그릇을 만들기 위한 재료가 죄다 그런 것들뿐인데. 그라고 어떻게 방법이 있을까.

'뭐, 꼭 재료들이 아니었다고 해도 한 번 다 쓸고 갈 생각이긴 했지만.'

연우가 먹지 않았더라도 다른 누가 먹었을 게 분명한 히든 피스들.

그걸 가로챘을 뿐인데 성토를 받을 이유는 전혀 없었다.

가지는 사람이 옳은 세상이 탑이었으니까.

'그나저나.'

연우는 주변을 둘러보면서 눈을 가늘게 좁혔다.

'단순히 나 때문에 분위기가 이렇게 바뀌었다고 하긴 조금 이상하기도 한데. 정우가 말하는 것과는 분위기가 너무 달라.'

도시 버락은 11층에서 가장 큰 도시였다.

건물 구조가 독특한 양식을 자랑하고, 길가에 보기 드문 환수들이 많아 언제나 활기차기로 유명했다.

특히 숙소나 시장이 잘 조성되어 있기 때문에 11층의 장기 체류자들뿐만 아니라, 다른 층계의 플레이어들도 필요한 물건이 있으면 자주 찾았기 때문에 항상 활발한 분위기였다.

그런데.

지금은 달랐다.

언제나 의욕적인 사람들로 가득했던 도시는 전체적으로 어두워져 있었다.

연우에 대해 분개를 터뜨리는 사람들도 있었지만, 대부분 안색이 어두웠다.

뭔가를 두려워하는 모습.

혹시 다른 뭔가에 휘말릴까 싶어 주변을 잔뜩 경계하는 게 느껴졌다.

장사꾼들도, 체류자들도, 모두 신경이 날카로워 보였다.

'무슨 일이라도 있나?'

연우는 뭔가 심상치 않은 기색을 느꼈지만, 곧 고개를 털었다. 자신과는 아무런 관련도 없었으니까.

오히려 버락을 최대한 빨리 빠져나가야겠다는 생각이 들었다. 괜한 일에 엮일 필요는 없으니까.

그때였다.

“다들 비켜!”

웅성거리는 소리가 들리더니 사람들이 좌우로 확 갈라졌다.

연우는 뭔가 싶어 안파 속에 묻혀 중앙에 난 길을 살폈다.

검은 갑옷으로 복장을 통일한 플레이어 집단이 길을 가로지르고 있었다.

가슴팍에 새겨진 붉은색 괴물 문장이 눈에 들어왔다.

‘베헤모스 클랜? 저놈들이 왜 여기 있는 거지?’

연우는 눈을 가느다랗게 좁혔다.

베헤모스는 중간 층계에서 제법 명성을 날리고 있는 클랜이었다. 청화도의 산하 단체로, 위압적인 성격을 가진 것으로 유명했다.

다만, 이런 저층 구간에는 잘 출몰하지 않는 놈들인데. 왜 여기에 있는 거지?

사람들이 긴장해 있는 것과 어떤 모종의 관련이 있는 것 같았다.

'무슨 일이 있긴 있나 보군.'

베헤모스는 청화도의 앞잡이다. 놈들이 움직였다는 건 청화도와 어떤 관련이 있다는 것인데.

'알아봐야겠어.'

연우는 인파 속에 묻혀 뒤로 슬쩍 빠졌다.

베헤모스 클랜과 부딪칠 생각은 없었지만, 무슨 일을 꾸미고 있는지는 궁금했다.

어쩌면 청화도와 관련된 어떤 정보를 손에 넣을 수 있을지 모르는 일이었다.

다행히 연우가 하늘벌레의 날개를 구하기 위해서 들르려는 곳은 정보상으로도 유명했다.

'여긴가?'

연우는 '별빛 술집' 이라고 푯말이 적힌 펍의 문을 열고 들어갔다.

안쪽은 거친 인상을 가진 플레이어들이 술잔을 기울이며 담배를 피워 대고 있었다.

연우는 담배 연기를 가로질러 카운터 옆 자리에 앉았다.

컵을 닦고 있던 바텐더가 야릇한 미소를 지었다.

"처음 오시는 손님이로군. 가면이 참 독특해. 그거 어디서 났는지 혹시 나도 가르쳐 줄 수 있나? 가면 같은 걸 모으는 게 취미라서 말이지."

연우는 바텐더의 말을 무시하고, 카운터 위에 미리 포인트를 환전시킨 금화 주머니를 던졌다.

찰그랑.

바텐더의 눈빛이 묘하게 빛났다.

"사고 싶은 물건이 있는데."

바텐더가 씩 웃으면서 금화 주머니를 챙겼다.

"주머니가 두둑하신 손님은 언제나 대환영이지. 그래, 뭘 필요로 하시나?"

"하늘벌레의 날개. 되도록 많이 구하고 싶은데. 있나?"

"그런 자잘한 거야 당연히 있……."

"31층의 발렌 숲에 머무는 종으로만."

"……지. 좀 비싸서 그렇지만. 뭐, 그래도 이만한 액수라면 얼마든지 내어 줄 수 있네만."

별빛 술집은 노련한 플레이어들 사이에서는 제법 유명한 상점이었다.

각 층계 별로 지부를 마련해서 필요한 물건과 정보를 사고파는 곳.

때문에 시련에 필요한 물건이나, 해결 힌트를 얻기 위한 플레이어들이 주로 찾곤 했다.

가격이 비싼 편이라 문제였지만, 이미 연우는 자신이 잡았던 여러 몬스터와 환수의 부위들을 조금씩 따로 팔아서 포인트를 마련해둔 상태였다.

히든 퀘스트로 쌓아 올린 공적치는 일부러 건드리지 않았다. 시련이 끝난 뒤에 높은 보상을 받기 위해서는 공적치를 최대한 쌓아 둘 필요가 있었다.

"여기 있네."

바텐더는 안쪽 창고로 들어갔다가 한참 뒤에야 돌아왔다.

연우는 녀석이 건넨 주머니 안쪽을 살피고 고개를 끄덕였다. 용마안으로 살피니 진짜가 맞았다.

"하늘벌레의 날개는 환수의 먹이로 각광을 많이 받는 편이라, 11층에서 수요가 가장 많지.. 나중에 더 필요하면 따로 찾아오게."

"그러지. 아, 그리고 한 가지 더 궁금한 게 있는데."

"맨입으로?"

철그럭. 연우는 금화 주머니를 하나 더 얹었다.

"흐흐. 손이 큰 친구였군. 그래, 뭔가?"

"바깥에 베헤모스 클랜이 돌아다니던데. 11층에 무슨 일이라도 있나?"

순간, 바텐더의 표정이 묘해졌다.

"음? 11층은 처음인가?"

"그동안 인적 없는 곳에만 있다 보니."

"하긴. 그럼 모를 수도 있겠군."

바텐더는 손으로 목을 벅벅 긁었다.

난감해하는 투. 꺼려 하는 게 아니라, 어디서부터 설명해야 할지 고민하는 눈치였다.

"그럼 혹시 레드 드래곤과 청화도 사이에 전쟁이 벌어질 거란 사실은?"

"뭐?"

전혀 생각지도 못했던 말.

연우의 눈이 살짝 커졌다.

화아악—

연우를 따라 기운이 확 퍼졌다.

바텐더를 비롯해 펍 안에 있던 사람들은 자기도 모르게 헛바람을 들이켰다. 등골이 서늘해졌다.

움츠러든 몇몇은 무기에 손을 가져가기도 했다.

그러다 연우는 뒤늦게 자신의 실수를 깨닫고 기운을 가라앉혔다.

'너무 경거망동했어.'

난데없이 레드 드래곤과 청화도가 전쟁을 벌인다고 하니 자기도 모르게 날을 세운 것이다.

'그래도 생각했던 것보다 훨씬 빠른데.'

신비 상인이 마정석을 크게 필요로 할 때부터 언젠가 거대 클랜 사이에 전쟁이 있을 거라고 예상은 했었다지만.

그래도 이렇게 빨리 진행될 줄은 몰랐다.

게다가 레드 드래곤은 클랜 랭킹 2위로, 올포원을 제외하면 사실상 탑을 지배한다고 해도 과언이 아니었다.

그런 곳이 움직였다면.

'크게 흔들릴 거야. 아주 크게.'

연우는 눈을 싸늘하게 가라앉히고 바텐더를 쳐다봤다.

"자세히 이야기해 봐."

연우가 뿌리던 투기는 아주 강렬했다.

바텐더는 마른침을 삼켰다.

"무, 뭘 말인가?"

"아까 말했던 거. 자세히 말해 보라고."

바텐더는 그제야 연우가 자신을 해코지할 생각이 없다는 걸 깨닫고 고개를 끄덕였다.

그래도 처음처럼 쉽게 농을 던질 수가 없었다.

"하긴…… 두 거대 클랜의 전쟁이라면 흥분할 법도 하지."

바텐더는 제 딴에 알아서 납득을 하고 설명하기 시작했다.

바할과 리언트 간에 충돌이 벌어졌고, 리언트가 목숨만 겨우 부지한 채로 도망쳤다는 것.

그리고 이 과정에서 선전포고가 오고 가면서 레드 드래곤과 청화도 사이가 급속도로 냉각되어 전면전을 앞두고 있다는 사실까지.

'바할과 리언트가 붙어?'

연우는 문득 탑 외 지역에 있을 때 바할이 찾아왔던 이유가, 사실은 리언트를 쫓기 위한 게 아니었을까 하는 생각이 들었다.

아랑단의 소식을 듣고 리언트가 튜토리얼 스테이지로 이동했을 건 분명했으니까.

'뭔가 재미있게 돌아가는 것 같은데.'

두 거대 클랜을 대표하는 하이 랭커들끼리 붙었다면 전쟁은 절대 피할 수 없는 수순이었다.

게다가 바텐더가 덧붙인 말은 연우를 더 흥미롭게 만들었다.

"그리고 두 클랜의 첫 번째 전쟁터가 11층이 될 가능성이 아주 농후하다네."

"이 층이? 굳이, 왜?"

바텐더는 마침 손수건으로 닦고 있던 유리잔을 행거에 걸면서 대답했다.

"여러 가지 이유가 있겠지만. 일단 본격적인 층계의 시작이 11층이니 상징적인 의미로도 괜찮고, 환수도 쉽게 구할 수 있으니 자원 보급도 쉬워서 그렇겠지."

'확실히.'

11층의 환수들은 전력 증강에 큰 도움이 될 테니까.

특히 빠른 성장을 원하는 플레이어들은 환수의 내단을 절실히 필요로 하는 편이었으니, 전쟁 준비로 적절했다.

'물론, 랭커나 그에 준하는 자들에게는 환수의 내단이 별 도움은 안 되겠지만. 그래도 중간층 재원들에게는 큰 도움이 되겠지.'

연우는 자기도 모르게 헛웃음이 나왔다.

'그런 판국에 환수들을 내가 죄다 싹쓸이하고 다니니 원망도 그만큼 더 큰 거였고.'

연우는 손으로 턱을 쓰다듬었다.

'그렇다면 더 많은 플레이어들이 11층에 도착하기 전에 시련부터 끝내야겠는데.'

아무래도 생명의 불꽃을 좀 더 빨리 받을 수 있도록 빠르게 그릇을 만들어야 할 것 같았다.

그러면서 한편으로는 도시 버락의 분위기가 이렇게 어두운 것도 이해가 갔다.

온갖 클랜과 플레이어들이 활개를 치고 다니는데 긴장하지 않을 수가 없겠지.

연우는 궁금한 두어 가지를 더 물어보았다.

여러 정보를 얻게 된 연우는 한참 동안 생각을 정리한 뒤에야, 잔금을 마저 치르고 펍을 나왔다.

*　　*　　*

연우가 떠난 자리.

바텐더는 닦고 있던 유리잔을 조심스레 내려놓았다. 맞은편 자리에 앉아 술을 마시고 있던 남자가 앓는 소리를 냈다.

"뭔 놈의 살기가 저렇게 사나워……? 목 서늘해 죽는 줄 알았네."

바텐더가 연우가 나간 문 쪽을 턱짓으로 가리키며 말했다.

"저 친구에 대해서 따로 한 번 조사해 봐. 뭔가 나올지도 모르겠어."

"으응? 그거 나더러 죽으란 뜻인가? 딱 봐도 모르오? 눈에 밟히는 놈이 있으면 뒤도 안 돌아보고 콱 밟아 버릴 놈이더만. 저거, 맹수요, 맹수."

"알아. 그러니 시키지."

"뭔……!"

남자는 울컥한 듯 뭐라 말하고 싶어 했지만, 가늘게 뜬 바텐더의 눈을 보고 꼬리를 말아야만 했다.

그래도 불만은 완전히 숨길 수가 없어 입술을 삐죽 하고 내밀었다.

"저치가 뭐 하려는 줄 알고?"

"너는 대체 눈을 장식으로 달고 다니는 거냐? 아니면 옹이 장식이냐? 어떻게 봐도 몰라?"

"응? 누구기에?"

바텐더가 피식 헛웃음을 흘렸다. 콧가에 걸린 수염이 살짝 말려 올라갔다.

"저 가면, 독식자가 아니냐."

"……!"

남자의 눈이 커졌다.

독식자.

튜토리얼부터 초심자 구간까지, 탑을 한창 떠들썩하게 만들던 슈퍼 루키.

하지만 지금은 레드 드래곤과 청화도의 전쟁으로 소문이 확 묻혀 버린 사람이었다.

"뭔가를 하려고 하고 있는 것 같은데. 뒤를 밟아 봐. 요즘 환수들의 서식지들을 죄다 쓸고 다닌다는 범인일지도 모른다고. 그런 정보들은 비싸잖아?"

*　　*　　*

연우는 도시 버락을 빠져나와 다른 곳으로 이동했다.

도시 외곽에서 대기 중이던 사귀들이 따라붙었다. 물건을 따로 맡겨 놨었는데, 생각보다 잘 지키고 있었다.

연우는 녀석들을 컬렉션으로 돌려보내고, 천천히 걸으면서 한참 동안 생각했던 것들을 정리했다.

'우선 레드 드래곤과 청화도의 전쟁은…… 어떻게든 내가 개입할 만한 요소 거리를 만들어야 해.'

하지만 당장 연우라는 존재는 저층 구간에서나 주목을 받거나, 루키로 각광을 받고 있을 뿐.

두 거대 클랜에게는 여전히 그저 그런 수많은 플레이어 중 한 명에 지나지 않는다.

수천, 혹은 수만 명의 플레이어들이 난립하고, 수백 명의 랭커들이 뒤엉킬 전쟁터를 좌지우지할 만한 능력은 안 되는 것이다.

그래도 연우는 어떻게든 전쟁에 참여하고자 했다.

바깥에서 전쟁을 지켜보는 것과 안에서 전쟁에 참여하는 것에는 엄청난 차이가 있을 테니까.

'생각지도 못한 뭔가를 발견할 수 있을지도 모르는 일이고.'

특히 바할과 리언트가 부딪친 이유가 가장 궁금했다.

아르티야의 해체 이후, 두 사람의 사이가 극도로 나빠진 건 사실이었지만, 그래도 직접적인 충돌을 벌인 데에는 그만한 이유가 있을 게 분명했다.

다행히 전쟁에 참전할 방법이 아예 없는 건 아니었다.

'바할을 찾아간다면.'

바할은 자신더러 언제든지 찾아오라는 말을 남겼다.

무엇보다 바할은 이번 전쟁의 원인. 그리고 아르티야의 멤버이기도 하니 옆에 있으면 많은 것을 알아낼 수 있을지도 몰랐다.

하지만 연우는 곧 고개를 가로저어야만 했다.

'아니. 그건 너무 위험한 짓이야. 바할의 옆에 있으면 언젠가 정체를 들킬 수밖에 없어.'

당장 쓰고 있는 가면부터 벗어 보라고 하면 위험해지니까.

그렇다면 다른 방법은 뭐가 있을까.

'용병이라면. 어떨까?'

큰 전쟁은 당연히 그만한 머릿수를 필요로 하기 마련이었다. 다만, 연우가 용병에 참여할 만한 자격이 되냐는 것인데.

'당장 나에게는 가장 좋은 방식이기는 해.'

실력 테스트를 하겠지만, 그 정도는 통과할 수 있을 거라고 생각했다.

'다만, 첩자를 가려내기 위해서 신원 조회도 확실하게 하려 할 텐데. 바할을 찾아가는 것보단 정도가 덜하겠지만, 그래도 여전히 위험하긴 해.'

결국 무엇이 되었든 간에 '신원 조회'라는 부분에서 자꾸만 발목이 잡혔다.

'아니면,'

가면 아래, 연우의 두 눈이 기이하게 빛났다.

'그런 조회도 필요 없을 만큼 압도적인 명성을 얻던가.'

연우는 이 방식이 가장 마음에 들었다.

두 곳이 알아서 초빙하는 형태로 찾아온다면, 일은 훨씬 순조롭게 풀릴 테니까.

'어떻게 명성을 쌓을 것인지는 조금만 더 생각해 보자. 전쟁이 당장 발발할 건 아니니까. 시련부터 최대한 빨리 끝내고 난 뒤에 계획을 잡아도 늦지 않아.'

연우는 대략적인 방법을 머릿속으로 정리하고, 퀘스트 창을 허공에다 띄웠다.

생명의 불꽃을 만들기 위한 필요 목록은 이제 대부분 '완료' 표시가 떠 있었다.

남은 건 딱 하나.

'맨티코어의 심장.'

맨티코어는 날개 달린 사자의 형태에 독침 달린 꼬리를 가진 환수, 아니, 마수였다.

11층에서도 4대 신수를 제외하면 사실상 최고 난이도를 자랑하는 상위종이었다.

게다가 머물고 있는 터전은 지하 깊숙한 곳에 위치한 던전.

내부에는 녀석을 따르는 수많은 마수들이 있어 돌파하기가 극도로 힘들다고 알려져 있었다.

그래서 여러 클랜들도 맨티코어를 잡기 위해서는 50인 이상의 대규모 레이드 파티를 조직해서 도전할 정도였다.

연우는 그런 곳을 단신으로 돌파할 생각이었다. 사실상 11층의 시련을 끝내기 위한 마지막 히든 피스였으니까.

'다만, 지하 10층이나 되는 그 긴 던전을 어느 세월에 다 돌파하느냐가 관건이긴 한데.'

멘티코어의 던전으로 향하는 발걸음이 바빠졌다.

아니, 바빠지려고 했다.

뚝!

연우는 조용히 걸음을 멈췄다.

이제는 패시브 스킬이 되다시피 한 감각 강화. 덕분에 연우는 항상 일정 범위에 걸쳐서 인지 영역을 확실하게 구축하고 있었다.

넓게 퍼진 인지 영역 사이로 무언가 걸려들었다. 숲 너머에 일단의 무리가 있었다.

"이만하면 나오지?"

곧 수풀이 부스럭거리면서 30여 명의 플레이어들이 나타났다.

무기를 뽑고 살의를 잔뜩 드러낸 채.

"독식자, 맞나?"

연우는 눈을 가늘게 좁혔다.

낯이 익은 얼굴들이었다.

도시 버락을 가로지르던 베헤모스 클랜.

리더의 질문에 옆에 있던 플레이어가 인상착의가 그려진 종이와 연우를 비교하면서 고개를 끄덕였다.

"인상착의를 보니 맞아. 독식자야."

클랜원 중 몇몇이 가볍게 휘파람을 불렀다.

말로만 듣던 독식자를 직접 마주하게 되었으니 신기했던 것이다.

녀석들의 얼굴에 두려워하는 기색은 없었다.

오히려 먹이를 노리는 하이에나 떼처럼 눈이 탐욕으로 빛나고 있었다.

연우가 싸늘한 어투로 물었다.

"무슨 일이지?"

"몇 가지 확인할 게 있어서."

"확인?"

"그래. 너도 최근에 11층 스테이지의 생태계를 엉망으로 만든 놈에 대해서 들어 알고 있겠지?"

연우는 비웃음이 나왔다.

무슨 의도로 자신의 뒤를 밟았는지 빤히 보였던 것이다.

"그래서?"

"그 때문에 피해를 입은 사람이 한둘이 아니라서 말이지. 우리는 네가 그 범인이 아닐까 의심하고 있다. 그러니 조사하는 데 적극 협조를 해 줬으면 하는데."

리더는 붉은 혓바닥으로 입술을 살짝 훔쳤다.

그리고 신호에 맞춰서 플레이어들이 연우의 주변을 에워쌌다.

뜻대로 따라오지 않으면 강압적으로 나서겠다는 분위기가 물씬 풍겼다.

조사를 해 보고 범인이 맞다 싶으면 재료들을 압수하고, 아니어도 독식자의 아티팩트를 강탈할 수 있으니.

녀석들로서는 무조건 남는 장사였다.

특히 10층까지 신기록을 주파하면서 달려왔으니, 어떤 보상을 가졌을지 궁금하기도 할 테고.

게다가 녀석들은 '감히 자신들을 건드릴 수 있겠냐'는 자신감도 있어 보였다.

베헤모스의 뒤에 청화도가 앉아있다는 건, 11층의 거주민들이라면 누구나 다 아는 사실이다.

거대 클랜을 적으로 돌리는 멍청한 짓을 할 거라고 여기지는 못하는 거겠지.

그래서.

피식—

연우는 자기도 모르게 가면 사이로 비웃음을 흘렸다.

하는 짓이 너무 같잖아서.

베헤모스 클랜원들의 표정이 딱딱하게 굳었다.

"비웃어?"

"튜토리얼에서나 여기에서나. 남이 가진 것에 왜 이렇게 욕심이 많은 건지."

연우는 어깨를 가볍게 풀며 허리춤에서 천천히 마장대검을 뽑았다.

"덤빌 거면 덤벼. 구질구질한 변명은 그만 붙이고."

순간, 정곡이 찔린 리더의 얼굴이 살짝 달아올랐지만, 녀석은 곧 포악하게 웃었다.

"역시 너였나 보군. 여하튼 너 때문에 받았던 피해, 보상을 좀 받아야겠다."

연우는 코웃음을 쳤다.

"할 수 있으면."

"뭔……!"

리더는 연우가 무슨 자신감으로 저렇게 나서나 공격하라는 명령을 하려 했다.

하지만 그의 목소리는 입언저리에서만 맴돌았다.

그리고 의식이 아래로 꺼졌다.

스걱—

푸우우!

갑자기 리더의 머리통이 목에서 분리되더니 바닥으로 떨어졌다. 피 분수가 위로 치솟았다.

리더가 서 있던 자리로 유령이 나타났다.

잿빛 안개를 둘러싼 채 음침하게 웃는 사귀. 놀이었다.

키키킥!

"대장!"

"무, 뭐야, 이거!"

갑작스런 상황에 플레이어들이 놀라 쓰러진 리더에게서 멀찍이 떨어졌다.

하지만 그건 시작이었다.

플레이어들이 있던 사이사이로 다른 아홉 마리의 사귀들이 줄지어 나타났다.

이미 사귀들은 재료를 구하기 위해 여기저기를 돌아다니면서 피닉스의 둥지를 떠날 때보다도 더 강화된 상태.

하나하나가 이미 웬만한 플레이어쯤은 가볍게 찜 쪄 먹을 정도였다.

사귀들은 찢어지는 귀곡성을 흘리면서 베헤모스 클랜원들을 닥치는 대로 도륙하기 시작했다.

스걱, 스걱!

“끄아악!”

“젠장! 도망쳐!”

클랜원들은 칼을 휘둘러도 물리적 타격을 크게 입지 않는 사귀들을 보며 패닉 상태에 잠겼다.

팔다리가 찢어지면서 공포에 질린 절규가 숲을 가득 메웠다.

몇몇은 연우를 잡을 생각으로 앞으로 튀어 왔지만.

촤아악!

연우는 마장대검에다 흑기를 감아 그대로 휘둘렀다. 공간이 길게 찢어지면서 세 명이 그대로 쓸려 나갔다.

뚝.

뚝.

피가 한 가득 뿌려지면서 바닥이 붉은색 웅덩이로 가득 찼다.

"너, 너, 너 우, 우리 뒤에 누, 누가 있는지 알고 이, 이 딴…… 컥!"

바닥에 주저앉은 플레이어는 덜덜 떨면서 소리를 질러댔다.

잔뜩 공포에 질렸는지 축축하게 젖은 바짓가랑이에서는 지린내가 났다.

청화도를 팔아서 어떻게든 살아 보고자 했지만.

"누가 안다는 거지?"

"무, 뭐?"

"어차피 여기서 전부 다 죽을 텐데 말이야."

"……!"

연우의 칼은 거침이 없었다.

촤악—

철퍼덕.

"히이익!"

"제기라아알!"

결국 남은 녀석들은 정면에서 부딪쳐 봤자 승산이 없다는 것을 깨닫고 부리나케 도망치기 시작했다.

아무리 칼을 휘둘러도 쉽게 죽지 않는 유령을 부리는 괴물.

그들의 눈에 연우는 그렇게 비쳐졌다.

"한 놈도 빠짐없이 다 죽여. 그리고 영혼은 따로 챙겨 놓고."

키키킥!

쿠륵, 쿠륵—

사귀들이 알겠다고 대답하면서 도망친 놈들의 뒤를 쫓아 숲속으로 들어갔다.

공포에 질린 채로 죽은 영혼은 요긴하게 쓸 데가 많다. 특히 사귀를 강화시키는 용도로.

연우도 순보를 밟으면서 천천히 움직였다.

아아악!

사람 살려!

숲을 따라 공포에 질린 비명 소리가 쩌렁쩌렁하게 울렸다.

* * *

아아악!

"시작했나 본데."

"독식자를 잡으러 갔다는 놈들. 베헤모스 안에서도 한가락 하는 놈들 아니었어?"

"생각했던 것보다 훨씬 독식자가 세다는 뜻이겠지."

"하긴…… 그 많은 보상들로 떡칠을 하는데 안 셀 수가 있겠냐마는."

숲의 외곽을 따라 포진해 있던 클랜 연합들은 비명 소리를 듣고 얼굴을 잔뜩 굳혔다.

저 비명과 절규가 누구 것인지는 보지 않아도 쉽게 알 수 있었으니까.

베헤모스는 저층 구간과 중층 구간을 포함해 탑에서도 제법 유명한 중소 규모의 클랜이었다.

위압적인 성격 때문에 적도 많았지만, 그만큼 실력도 확실했다.

그리고 청화도의 산하 단체가 되고 난 뒤부터는 타 클랜들도 웬만해서는 척을 지지 않으려는 편이었다.

베헤모스와 충돌했다가는 자칫 청화도와도 적대 관계에 놓일 수 있었으니까.

청화도는 그만큼 자신들의 위신과 체면을 중요시 여겼다.

그래서 처음 베헤모스가 앞장서서 독식자를 상대한다고 했을 때, 다른 클랜들은 여기에 대해서 항의할 생각을 하지 못했다.

충돌을 해 봤자 이길 자신이 없었으니까.

그런데 이제는 다행이라는 생각이 들었다.

'베헤모스를 단신으로 격파한다고?'

'미친! 청화도와 척을 져도 눈 하나 깜빡하지 않겠다는 거잖아?'

그들은 등골이 서늘해지는 기분을 맛봤다.

별빛 술집에서 싹쓸이의 주범이 누군지 알려 주고 위치까지 밝혀 왔을 때.

도시 버락에 머물고 있던 클랜들은 하나같이 연우를 쫓을 준비를 했다.

그만큼 연우 때문에 그들이 받은 피해가 어마어마했으니까.

특히 큰 전쟁을 코앞에 둔 그들로서는 자원이 절실하게 필요한 상태였다.

그래서 연합을 맺었고, 연우의 뒤를 쫓았다.

그런데 이제는 그게 혹시 잘못된 선택이 아닌가 하는 불안감이 천천히 고개를 들었다.

당시에는 아무리 독식자가 대단하다고 해도, 이 많은 숫자를 어떻게 감당할 수 있겠냐고 생각했지만.

어쩌면 그렇게 쉽게 생각할 사안이 아닐지도 모른다는 생각이 든 것이다.

하지만 어느 누구도 섣불리 이 자리를 떠나겠다는 말을 꺼내지 못했다.

여기서 약한 모습을 보인다면 그것으로 끝이라는 걸 잘 알고 있기 때문이었다.

탑은 약육강식의 세계다. 약하더라도 절대 약한 모습을 보여서는 안 되었다.

하지만.

만용과 용기를 구분하지 못하는 데에서 생기는 결과도 그들의 책임이었다.

"그래도 놈은 한 명. 아무리 날고 긴다고 해도 머릿수는 어떻게 감당할 수 없을 거요. 다 같이 포위망을 촘촘하게 구축하고 한곳으로 몰아넣읍시다. 갇혀 버리면 제깟 놈이라도 어쩔 수 없겠지."

한 명이 내뱉은 제안에 다른 클랜 수장들의 눈가가 빛났다.

어쩌면 연우를 다른 쪽으로 몰아 그쪽 클랜들과 부딪치게 하고, 자신들은 뒤를 쳐서 어부지리를 노릴 수도 있겠다는 생각이 번쩍 들었다.

이미 연우를 잡아 생긴 전리품에 대해서는, 그를 죽인 클랜이 독차지하는 것으로 암묵적인 합의가 이뤄진 상태였다.

그렇게.

그들은 포위망을 갖추면서 천천히 숲속으로 들어갔다.

츠츠츠—

그때, 숲을 따라 잿빛 안개가 자욱하게 퍼져 나갔다.

"왜 이렇게 어두운 거지? 원래 이런 곳이 아닐 텐데……?"

성웅 클랜의 리더, 백은 숲을 따라 감도는 잿빛 안개를 보며 인상을 찡그렸다.

잿빛 안개는 마치 맑은 물에 떨어뜨린 잉크처럼 나무 사이사이로 퍼져 나가 시야를 뿌옇게 가리고 있었다.

이래서는 집단으로 뭉쳐서 길을 뚫는다고 해도, 시야 확보가 되지 않아서 작전이 엉망이 될 수밖에 없었다.

당장 보이는 거리는 3미터 남짓.

게다가 잿빛 안개에는 뭐라도 담겨 있는지 주변으로 확장된 감각도 무디게 만들었다.

이러다 갑자기 뭐가 확 하고 튀어나오기라도 한다면? 정말 큰일이었다.

"안 되겠다. 이대로는 정말 각개 격파라도 당하겠어. 일단 한데 뭉쳐!"

현재 클랜 연합은 횡대로 길게 늘어서 숲을 관통하면서 연우를 수색하는 방식을 택했다.

클랜원들을 한 지점으로 모은다면 포위망에 구멍이 생길 수밖에 없지만, 백은 자신과 클랜원들의 안위가 더 중요했다.

성웅 클랜은 백의 지시에 따라 한곳으로 뭉쳤다.

"뭐야? 이게 다야? 왜 이거밖에 없어?"

모인 클랜원은 모두 31명. 원래 60여 명이라는 것을 감안한다면 절반이 보이지 않는 셈이었다.

클랜원들은 분명 방금 전까지만 해도 옆에 있던 동료들이 보이지 않자 불안한 얼굴이 되었다.

음침한 잿빛 안개며 방금 전까지 들리던 비명 소리까지.

칼을 쥔 손에 식은땀이 잔뜩 뱄다.

귀신에게 홀린 듯한 느낌.

이대로 있다가는 사라진 놈들처럼 자신들도 같이 사라져 버릴지 모른다는 불안감이 들었다.

클랜원들은 서로 흘깃 눈치를 봤다.

본능이 자꾸만 이곳을 벗어나야 한다고 경고를 해 대고 있었다.

"대장, 아무래도 이거 좀 다시 생각해 볼……!"

결국 한 명이 대표로 나서서 백을 설득하려 하는 그때.

"서, 성웅 클랜장!"

갑자기 뿌연 안개를 뚫고 누군가가 울면서 뛰쳐나왔다.

클랜원들은 반사적으로 검집에 손을 가져가다가, 얼굴을 확인하고 눈을 동그랗게 떴다.

그들도 잘 아는 얼굴이었다.

연우를 잡으러 갔던 베헤모스 클랜의 부클랜장.

오만한 성격 때문에 다른 클랜장들이 아주 싫어했었는데.

그는 자신만만하게 떠날 때와 다르게 안색이 하얗게 질려 있었다. 호흡도 거칠었다.

"당신들이 왜 여기에……! 아, 아니. 서둘러 이곳을 나가야 하오! 어서! 빨리!"

베헤모스의 부클랜장은 뒤를 힐끔힐끔 훔쳐보면서 다급하게 백을 채근했다.

마치 뭔가에 급하게 쫓기는 사람 같았다.

여기까지 들어왔는데 빈손으로 돌아갈 수는 없다. 그런 생각에 백은 일단 그를 진정시키려고 했다.

"일단 숨 좀 돌리시고. 돌아갈 때 돌아가더라도 어떻게 된 건지 말씀해 주십시오. 대체 안에서 무슨 일이 벌어진 겁니까?"

"귀, 귀신이 쪼, 쫓아오고 있소! 노, 놈들이 우, 우리들을 찢어 죽이고 여기도 주, 죽일 거요! 빨리! 빨리 도망쳐야 한단 말이오!"

부클랜장은 횡설수설하면서 제대로 말을 잇지 못했다.

백이 인상을 좁혔다.

"귀신? 레이스나 밴쉬 같은, 그런 몬스터를 말씀하시는 겁니까?"

"그, 그런 것과는 다, 다른……! 에이이! 나오시오! 이, 이러고 있을 때가 아니……!"

부클랜장은 백을 뿌리치고 다시 바깥쪽으로 달아나려고 했다.

백이 그를 붙잡기 위해 손을 내뻗는데, 갑자기 부클랜장의 몸이 뻣뻣하게 굳었다.

백은 갑자기 왜 그러느냐고 말하려다, 수하들도 안색이 시퍼렇게 질린 채 뭔가를 가리키면서 떨고 있다는 사실을 깨달았다.

패닉 상태에 잠긴 그들의 입은 이렇게 말하고 있었다.

'뒤?'

백이 재빨리 고개를 뒤로 돌린 순간.

크아앙!

갑자기 큼지막한 뭔가가 아가리를 쩍 벌리더니 백과 부클랜장을 와그작 씹어 먹었다.

강제로 뜯긴 하체가 힘없이 쓰러졌다.

"으, 으아악!"

"괴물이다!"

성웅 클랜의 플레이어들은 리더와 베헤모스의 실력자를 단번에 먹어 치운 사귀를 보고 비명을 질렀다.

1미터 80센티미터는 훌쩍 넘는 덩치. 포악한 주둥이. 잿빛으로 둘러싸여 정확한 형체를 알아볼 수 없지만, 짐승의 눈을 가진 괴상한 유령이었다.

사귀. 카가 포효했다.

쿠어어엉!

살아생전 불카로서 가졌던 포악한 성격과 귀곡성이 뒤섞이자, 숲이 쩌렁쩌렁하게 울렸다.

쿠쿠쿵—

카는 지축을 거세게 뒤흔들면서 다음 먹잇감을 향해 와락 달려들었다.

그리고.

숲속 전반 곳곳에서 이와 비슷한 광경이 연출되고 있었다.

쾅!

*　　*　　*

츠츠츠—

잿빛 안개로 둘러싸인 숲의 상공을 따라 사귀가 두둥실 떠돌아다녔다.

키키킥! 키킥!

부두술사의 영혼, 부는 아래를 굽어보면서 기괴한 소리를 냈다.

어떻게 들으면 웃음소리 같기도, 또 어떻게 들으면 구슬픈 바람 소리 같기도 한 귀곡성.

그만큼 부는 지금 벌어지는 상황이 재미있어서 죽을 것 같았다. 이미 죽은 몸이긴 했지만.

손이 가볍게 허공을 짚을 때마다, 숲에서는 잿빛 안개가 자욱하게 일어난다.

그럴 때면 대부분 인간들의 반응은 두 가지 중에 하나였다.

공포에 질려 자지러지거나, 악에 받쳐 소리를 꽥 지르거나.

사실 잿빛 안개에는 몇 가지 기능이 숨겨져 있었다.

먼저 플레이어의 감각을 아주 무디게 만든다. 시야를 차단하고, 청각과 후각을 비롯한 여러 감각에 혼선을 일으킨다.

아주 사소한 디버프 계통의 저주였지만, 이것만으로도 효과는 아주 컸다.

워낙에 광범위적인 영역에 걸쳐서, 다수의 인물들에게 동시다발적으로 영향을 주기 때문에 집단행동에 상당한 애로 사항을 발생시키는 것이다.

자신들의 정확한 위치를 헷갈려 하고, 바로 방금 전까지 옆에 있던 사람을 제대로 인지하지 못한다.

게다가 시야가 차단되다시피 해서 언제 적이 나타날지 모른다는 위기감을 주고, 음산한 에너지를 흘리면서 자연스레 공포스런 분위기를 연출시켰다.

그러다 보면 아주 약간이나마 든 공포심이 점점 마음과 정신을 좀먹을 수밖에 없게 되니.

한 사람에게서 시작된 분위기는 점점 옆 사람에게로 번지다가, 곧 비탈길을 구르는 눈덩이처럼 크게 불어나 집단을 통째로 집어삼키게 된다.

집단 패닉 상태에 빠지고 마는 것이다.

부는 상공에서 그런 광경을 숱하게 지켜볼 수가 있었다.

그리고 그런 녀석들을 보면서 도저히 비웃음을 멈출 수가 없었다.

저렇게 나약하기 짝이 없고, 멍청하기 그지없는 놈들이. 감히 주인님을 죽이러 와?

말도 안 되는 소리였다.

부에게 있어 연우라는 존재는 신처럼 절대적으로 떠받들어야만 하는 존재였다.

아니, 그런 존재였다.

끝도 없이 계속 이어지던 망자의 굴레 속에서. 억겁처럼 느껴지던 지옥의 구렁텅이에서 자신을 구해 주신 고마우신 분.

그리고 그것으로도 모자라 물리적인 실체를 만들어 주고, 힘까지 쥐게 해 주신 분이었다.

아주 작게나마 '이성'이라는 게 생겨났을 때부터 부는 연우에게 절대적인 충성을 맹세했다.

그리고 망자의 구슬을 먹어 계속 이성이 강화될 때마다 충성심은 더 깊어졌다.

아마 그건 다른 사귀들도 같은 생각일 터.

그렇기에.

부는 감히 주인님을 해하러 온 저놈들을 도저히 용서할 수가 없었다.

그에게 있어 놈들은 자신이 모시는 신을 욕보이러 온 더러운 종자들이었으니까.

녀석들이 주인님에게 직접 해악을 끼칠 만한 능력이 있는지 없는지, 그런 사실은 중요하지 않았다.

그저 그런 놈들은 존재한다는 것만으로도 죽어 마땅했다.

아니, 죽어서도 망령으로 만들어 고통스러운 억겁의 굴레 속에 가둬야만 했다.

그래서 부는 전력을 다해 잿빛 안개를 더 크게 흩뿌렸다.

그럴수록 곳곳에서 인간들의 비명소리는 커져만 갔고, 다른 사귀들의 사기는 점점 올라갔다.

녀석들의 공포와 비명은 그에게 있어 유희이자, 아주 즐거운 오락거리였다.

그리고 또 생각했다.

이 놈들이 다 처리하고 난다면, 마음이 넓으신 주인님께서는 그들에게 다시 망자의 구슬을 하사하실 게 분명하다.

더 강해질 수 있는 것이다.

그래서 궁금했다.

지금도 강해졌는데, 여기서 더 강해질 수 있다면.

그때는 또 어떤 유희를 즐길 수 있을지.

또한.

주인님께서도 말씀하지 않으셨던가.

너는 곧 '리치' 라는 생명체가 되어 앞으로 더 큰 일을 해낼 수 있을 거라고.

주인님에게 조금이라도 더 도움이 되어 드릴 수 있다니. 더 큰 유희도 같이 즐길 수 있다니.

없는 심장이 다 두근거리는 느낌이었다.

「주…… 인님…… 의 적은…… 파멸로……!」

드문드문 남아 있는 생전 속 기억을 따라, 부는 자신의 외침을 크게 외쳤다.

츠츠츠―

*　　*　　*

"뒈져 버렷!"

놀은 하체를 쓸어 오는 두 개의 칼날을 피해 허공으로 높이 도약했다.

자이언트 놀의 영혼답게, 크기도 사귀 중에서 가장 큰 크기를 자랑하건만. 크기에 어울리지 않게 날렵하기도 가장 날렵했다.

2미터도 훨씬 넘는 사귀가 공중제비를 돌고, 밑으로 착지하면서 거세게 손톱을 휘두르는 장면은 경악스럽기까지 했다.

촤아악!

네 개의 손날이 스쳐 지나간 곳으로, 다섯 등분으로 잘게 쪼개진 사체 조각이 후두둑 떨어지고 있었다.

웬만한 몬스터나 마수의 공격에도 끄떡없다고 자랑하던 방패도. 방어구도. 흑기로 단단히 뭉친 사귀의 예리한 손톱을 막을 수가 없었다.

"미쳤……!"

그것을 보고 경악하던 다른 플레이어는 튀어 오른 흑기의 파편에 미간이 관통당해 뒤로 벌러덩 나자빠졌다.

영혼이 사체를 벗어나려 한다.

놀은 영혼이 완전히 달아나기 전에 아가리를 쩍 벌려 그것을 꿀꺽 집어삼켰다.

영혼과 유령은 망령으로 타락시킨다. 그렇게 해야만 주인이 좋은 먹잇감을 그들에게 나눠 줄 수가 있었다.

그리고 이번 영혼은 제법 질이 좋은지 맛이 괜찮았다.

크어엉!

놀은 기분이 좋아 하늘에다 대고 크게 포효했다.

망령의 구슬을 흡수하면서 영혼의 격이 나날이 높아짐에 따라 살아생전의 기억이 조금씩 떠오르고 있었다.

덕분에 본능도 저절로 깨어나면서 이런 퍼포먼스도 가능했다.

그리고 그런 포효를 들은 플레이어들은 더 이상 놀에게 달려들 엄두도 내지 못하고 물러섰다.

그들의 눈앞에 있는 건 괴물이었다.

칼을 쑤셔 넣으면 허공에 휘두른 것처럼 흩어져 버리고, 마법을 뿌리면 재빨리 피해서 달아나는 녀석이었다.

어떻게 궁지로 몰아 죽이려고 해도, 이미 죽었기 때문에 다시 힘을 되찾아 악착같이 달려들었다.

그리고 다시 달려들 때에는…… 도저히 감당하기 힘들 정도였다.

날렵하고, 매섭고, 포악하다.

그들쯤은 너무 쉽게 찢어 버리고, 씹어 먹을 정도로 강했다.

11층에서 머물며 숱한 마수들을 상대해 봤다지만, 이런 녀석이 있다는 말은 도무지 들어 본 적도 없었다.

게다가 눈가에 자꾸 아른거리는 잿빛 안개는 그들의 심력마저 좀먹어 갔으니.

정신을 차렸을 때쯤에는 단 세 명밖에 남아 있지 않았다.

그들은 본능적으로 느낄 수 있었다.

이제 더 이상 이 숲에 자신들 말고 남아 있는 자는 없다는 것을.

계속 간간이 이어지던 비명 소리도 언제부턴가 더 이상 들리지 않았다.

"으으……."

"제기랄……! 대체 왜 이딴 꼴을 당해야……!"

세 플레이어들은 후들거리는 다리로 눈물과 콧물을 있는 대로 질질 짰다.

이미 바짓가랑이에서는 지린내가 풀풀 날렸다.

도망치고 싶었지만, 그럴 엄두도 나지 않았다.

이미 주변에 자욱하게 깔린 잿빛 안개는 쇠창살보다 더한 감옥으로 보였다.

아니, 무저갱이었다.

저 너머에 뭐가 있을지 아무도 알 수 없는.

그저 세 명은 서로 어깨를 맞댄 채, 언제 다가올지 모르는 위기를 기다리는 수밖에는 없었다.

바로 그때.

뚜벅.

뚜벅.

무겁게 깔린 적막 사이로 발소리가 무겁게 들렸다.

세 사람의 시선이 저절로 그쪽으로 향했다.

안개 사이로 강렬한 두 개의 도깨비불이 맺혔다. 커지는 발소리를 따라 도깨비불도 덩달아 커지면서 점차 이곳으로 다가왔다.

그러다 흐릿한 검은색 형체가 조금씩 드러나고, 이윽고 사람이 되어 그들 앞에 섰다.

검은 가면을 푹 눌러쓴 채, 강렬한 안광을 피워 댔다.

연우는 무심한 눈길로 그들 앞에 섰다.

한 손에 쥔 마장대검에서는 피가 뚝, 뚝, 떨어지고 있었다.

이곳까지 직선으로 이동하면서 아직까지 겨우 숨이 붙어 있던 플레이어들의 명줄을 마저 끊으면서 묻었던 핏물이다.

세 플레이어는 자신들의 운명을 직감하고 마른침을 삼켰다.

쉴 새 없이 요동치는 눈동자는 연우에게 단단히 고정되었다. 겁에 잔뜩 질린 눈빛이 제발 살려 달라고 애원했다.

하지만 도무지 목소리가 나오질 않았다. 그러다 한 녀석이 겨우 입을 뗐다.

너무 가라앉아서 목소리가 칙칙했다.

“대, 대체 왜 그러는 거야……?”

연우는 녀석들에게 다가가다 말고 고개를 갸웃거렸다.

“뭘, 말이지?”

“대체 우리한테 왜 이러는 거냐고! 이, 이렇게까지 잔혹하게 할 피, 필요는 어, 없잖아!”

그들은 하루 사이에 친구는 물론, 동료까지 모두 잃어버린 셈이었다.

아니, 그 정도도 넘어섰다.

바로 어제까지만 해도 서로 선의의 경쟁을 벌이던 라이벌 클랜들까지 모두 잃어버린 셈이었으니.

아마 당분간 11층 스테이지는 주요 클랜들의 상실로 힘의 공백이 심할 게 분명했다.

이게 전부 한 사람이 저지른 일이었다.

단 한 사람이.

수백 명이나 되는 플레이어들을 단번에 증발시켜 버린 것이다.

이런 끔찍한 일을 저지르고도 아무런 가책을 느끼지 못하는 걸까?

하지만.

“헛소리를 잘도 해 대는군.”

“뭔……!”

콰악!

허공에다 가볍게 내그은 칼질에 발악을 해 대던 플레이어의 머리통이 부서졌다.

단 둘만 남은 플레이어들은 소리 없는 비명을 지르면서 바닥에 주저앉았다.

녀석들은 이미 반쯤 정신이 나가 있었다. 삶의 의지나 마지막 희망 따윈 버린 지 오래였다.

여기서 살아날 수 있는 방도는 어디에도 없었다.

하지만.

그런 놈들을 보면서.

연우는 악마 같은 목소리로 속삭였다.

“살고 싶은 놈, 있나? 딱 한 명만 기회를 주지.”

그 말은.

남은 두 사람에게 마른 가뭄에 내리는 단비처럼 다가왔다.

“저흰 같……!”

"살고 싶습니다! 살고 싶으니 제발 기회를! 기회를 한 번만 주십시오! 부탁드리겠습니다!"

한 명이 제대로 입을 떼기도 전에, 다른 한 명이 벌떡 자리에서 일어나 소리쳤다.

입을 제대로 열지 못했던 녀석은 두 눈을 부릅뜨면서 다른 한 명을 바라봤다.

믿기지 않는다는 표정으로.

두 사람은 친구였다. 둘도 없을.

그래서 같이 살 수 있는 방법을 가르쳐 달라고 말하고 싶었지만.

친구는 그런 자신의 바람을 너무 쉽게 꺾어 버렸다. 미안하다는 눈빛이 보였다.

그리고 그것이 마지막 생각이었다.

퍼억!

연우는 앉아 있던 녀석을 해치우고 마장대검에 묻어 있던 핏물을 가볍게 털었다.

날을 허리춤에 도로 꽂아 넣으면서 서 있는 녀석을 돌아봤다.

"뭐든 다 할 수 있다고 했지?"

"그, 그렇습니다. 그러니 부, 부디 목숨만은…… 제게는 자식이 있……!"

연우는 손을 뻗어 녀석의 말을 도중에 막았다.

사연 따윈 듣고 싶지 않았다. 세상에 퍼진 사연을 모두 듣다 보면 탑에서 독한 마음을 먹지도 못할 것이다.

"내가 있는 곳을 귀띔해 준 놈들 있지? 그놈들한테 전해. 한 번만 더 이딴 일이 벌어진다면 그땐 정말 다 쓸어버릴 거라고."

녀석은 떨리는 목소리로 물었다. 믿기지 않는다는 듯이.

"그, 게…… 끝입니까?"

"왜? 더 필요하나?"

"아, 아닙니다! 놈들에게 똑바로 전달, 아니, 경고하겠습니다! 맡겨만 주십시오!"

녀석은 혹여 연우의 말이 바뀌기라도 할까 봐, 부리나케 반대 방향으로 줄행랑을 쳤다.

스륵―

그때, 연우의 머리 위로 놀이 어스름하게 나타났다.

"쫓아."

놀은 고개를 끄덕이면서 다시 자취를 감췄다.

이제부터 놀은 녀석의 뒤를 쫓으면서 정보를 퍼뜨린 놈들을 노릴 것이다.

녀석이 꼬리를 만나면 그 꼬리를 쫓고, 다른 꼬리가 나타나면 또 다른 꼬리를 쫓아 몸통이 있는 곳까지 다다라 행동을 개시할 것이다.

애초 연우는 자신을 건드리거나, 이용하려는 놈들을 그냥 내버려 둘 생각이 없었다.

나타나면 나타나는 대로 잘라 내고, 뿌리까지 도려내야 뒤에 귀찮은 일이 벌어지지 않았다.

자신과의 거리가 멀어질수록 사귀의 힘도 그만큼 줄어드는 게 문제이긴 했지만.

'그래도 그만큼 독자적인 행동이 가능해지니까. 힘도 부족하지 않을 테지.'

이미 그 정도는 염두에 두고 미리 강화를 시켜 둔 상태였다.

연우는 주변을 쓱 훑어봤다.

어느새 잿빛 안개가 걷혀 숲이 훤히 드러나 있었다.

숲은 온통 엉망이 되어 있었다.

곳곳에 부러진 나무들이며, 탄 자국이 가득했다.

널브러진 시체들은 하나 같이 기괴한 모양으로 팔다리가 꺾이거나 목이 부서져 있었다.

하지만 시체들에게는 한 가지 공통점이 있었다.

공포에 잔뜩 질린 얼굴.

잔뜩 일그러진 눈에는 주름이 자글자글했고, 머리카락은 하얗게 새어 있기까지 했다.

숲을 누비는 내내 몇 번이고 봤던 모습.

처음부터 마지막 녀석까지, 놈들의 모습은 똑같았다.

"많이도 달라붙었었군."

연우는 손을 뻗어 검은 팔찌로 죽은 플레이어들의 영혼을 모두 수거하면서 가볍게 혀를 찼다.

382명.

방금 전 그와 사귀들에 의해 죽은 사람들의 숫자였다.

전투는 처음부터 끝까지 일방적이었다.

부가 잿빛 안개를 가득 뿌리면서 클랜 연합을 갈가리 조각내고, 카와 놀 등이 불쑥 나타나면서 놈들을 먹어 치운다.

그리고 연우는 조용히 뒤를 따르면서 남은 놈들을 정리했다.

단순한 작전이었지만, 그만큼 아주 효과적이었다.

녀석들은 공포감에 질려 미쳐 가다가 스스로 자멸해 버렸으니까.

'학살' 이라는 단어가 이상하지 않을 정도였다.

다만, 문제점이 있다면.

'별 감흥이 들지 않아.'

이렇게 많은 숫자에도 불구하고, 연우는 아무런 느낌도 받을 수가 없었다.

마지막에 저주를 퍼부으면서 죽은 녀석의 목소리가 귓가에 맴도는 것 같았다.

네가 그러고도 사람이냐는 말.

하지만 그 말은.

'아프리카에서도 숱하게 들었던 말이기도 하지.'

그저 당연히 해야 할 일을 했을 뿐이라는 느낌.

먼저 덤빈 저쪽에 죄가 있으니 그것을 제대로 갚았을 뿐이라고 여기는 게 전부였다.

탑의 플레이어가 되면서 그런 경향이 더 심해진 걸까. 아니면 애초 자신은 이런 사람이었던 걸까.

사실 '카인' 이라는 코드네임이 붙었던 것도 이런 성향 때문이었다.

'별로 좋은 것 같지는 않지만.'

연우는 수집한 영혼들을 모두 망령의 구슬로 바꿔서 사귀들에게 나눠 주고, 손을 털었다.

'딱히 여기에 대해 고민할 필요는 없겠지. 앞으로도 이와 비슷한 일들을 숱하게 겪을 테니까.'

부나방에 불과한 것들을 계속 갖고 있어 봤자 재수만 없었다.

'아니. 앞으로는 더 많이 꼬이려나?'

연우는 혀를 가볍게 차면서 허공으로 뛰어올랐다.

놈들을 상대하느라 시간을 너무 많이 잡아먹었다. 빨리 남은 재료를 구하러 가야 했다.

*　　　*　　　*

"왜 이렇게 소식이 없지?"

도시 버락에 위치한 별빛 술집.

바텐더는 마른 행주로 닦던 컵을 선반에 내려놓으면서 눈살을 좁혔다.

도시에 위치한 여러 클랜들에게 소식을 넣은 게 불과 몇 시간 전.

버락에는 현재 레드 드래곤과 청화도의 전쟁 준비로 여러 클랜들이 모여 있었고, 독식자에 대한 정보는 아주 비싸게 팔렸다.

그리고 클랜들은 독식자를 사냥하기 위한 단체 사냥조를 구성하기 시작했다.

정보료를 지불할 여력이 되지 못한 소규모 클랜들은 사냥이 끝난 뒤, 배정받은 전리품 중 일부를 별빛 술집에 나눠 주기로 약속했으니.

이번 사냥은 여러모로 11층의 별빛 술집에게도, 정보 주체가 된 바텐더에게도 아주 중요한 거래였다.

'사냥이 실패한다고 해도, 독식자가 얼마나 강한지를 확실하게 알 수 있는 기회다. 이런 정보도 아주 비싸게 팔리기 마련이지.'

이러나저러나 바텐더로서는 손해 보는 장사가 아니었기 때문에 결과가 더 궁금했다.

바로 그때.

쾅!

갑자기 별빛 술집의 문이 신경질적으로 열렸다.

바텐더는 그것만 보고도 결과를 바로 알 수 있었다.

'실패했나 보군.'

성공했다면 느긋하게 거들먹거리면서 들어왔을 테니까.

아니나 다를까.

문을 열고 들어온 녀석은 연합에 소속되었던 랑테 클랜의 리더, 슘이었다.

녀석은 먼지를 잔뜩 뒤집어쓴 몰골로 거칠게 숨을 몰아쉬고 있었다. 바텐더를 노려보는 눈길에서는 분노마저 느껴졌다.

"너 이 새……!"

바텐더는 슘의 말을 더 들을 필요도 없다는 듯이 손가락을 까닥거렸다.

그러자 테이블 앞에서 대기 중이던 거구 다섯 명이 자리에서 일어났다.

시끄러운 놈들을 처리할 때 쓰기 위해 배치해 둔 처리조였다.

슌도 바텐더의 생각을 읽고 낯빛이 굳어졌다. 그리고 도망치기 위해 뒤쪽을 보던 그때.

츠츠츠.

별안간 슌의 머리 위로 놀이 나타났다.

처음 보는 사귀의 등장에 바텐더와 처리조가 인상을 굳혔고, 연우의 생각을 읽은 슌은 비명을 질렀다.

하지만 그사이 놀을 따라 풍겨 나온 흑기에 원격으로 지정된 화기 스킬이 더해져 버렸고.

곧 일어난 폭발에 녀석이 지른 비명은 금세 묻혀 사라지고 말았다.

콰아앙—

슌이 일으킨 폭발은 단숨에 바텐더 등을 깡그리 밀어 버릴 뿐만 아니라, 일대 건물 십여 채를 한꺼번에 날려 버렸다.

그리고.

도시 버락은 갑작스러운 테러 사태에 혼란에 잠기고 말았다.

*　　*　　*

연우가 다시 피닉스의 둥지로 돌아온 건 사흘가량이 더 지났을 무렵이었다.

『생각보다 조금 오래 걸렸구나.』

피닉스는 조금 지쳐 보이는 연우를 보면서 의외라는 말투로 말했다.

연우는 쓰게 웃었다.

"귀찮게 구는 놈들이 좀 많았습니다."

『뭔 일이 있었나 보군.』

연우는 대답 없이 고개를 끄덕였다.

클랜 연합을 전멸시킨 후, 11층 거주민들의 연우에 대한 경계심은 더 커졌다.

그리고 피해를 입은 몇몇 클랜에서는 현상금을 걸고, 추적조까지 편성해 뒤쫓을 정도였다.

덕분에 연우는 조용히 다니면서도, 귀찮은 꼬리들을 여러 번 정리해야만 했다.

'덕분에 사귀들만 포식했지만.'

11층 스테이지 내에 독식자에 대한 악명이 자자하게 퍼진 건 덤이었다.

게다가 다른 이유도 있었다.

"맨티코어, 생각보다 강하더군요. 더구나 '무리'가 있을 줄은 생각도 못했습니다."

『그랬군. 확실히 맨티코어는 무리 생활을 한다는 점이 조금 골치이긴 하지. 나도 잠시 잊고 있었어.』

꼬리들을 뿌리치고 난 뒤에 입장한 던전에서도, 골머리를 썩긴 마찬가지였다.

지하 10층까지 돌파하는 건 크게 어렵지 않았다.

많이 귀찮기는 해도, 연우는 이미 저층 구간 플레이어들의 실력은 훨씬 뛰어넘은 데다가, 사귀들도 끊임없이 강화되어 마수쯤은 충분히 상대할 수 있었으니까.

하지만 연우를 골치 아프게 한 점은 맨티코어가 집단생활을 한다는 점이었다.

수컷 맨티코어가 암컷 20여 마리를 거느리고, 그 아래로 100마리도 훨씬 넘는 새끼들이 대거 포진해 있었다.

가뜩이나 한 마리만 하더라도 상위종으로 분류되는 녀석들이 떼거지로 뭉쳐 있으니.

문제는 동생도 일기장에 여기에 대해 '몇 마리와 같이 살고 있다' 고만 서술해 놨을 뿐.

자세하게 적어 놓지는 않았다는 점이었다.

'아니면 그사이에 그만큼 무리를 크게 불렸거나.'

이유가 어찌 되었건 간에, 혼자서 많은 맨티코어들을 사냥하는 건 버거울 수밖에 없었다.

하지만.

'나쁜 점만 있는 건 아니었지. 아니, 오히려 득이 더 컸어.'

연우는 튜토리얼을 통과하고 11층까지 오르면서 '전력'을 다해서 싸워 본 적이 없었다.

그래서 그는 한동안 자신이 얼마나 강해졌는지 제대로 확인할 길이 없어 고민하던 중이었다.

특히 칠흑왕의 절망과 아이기스를 얻으면서 전력이 대폭적으로 상승한 뒤에는 더더욱.

'그동안 훈련을 꾸준히 했다지만, 그건 객관적인 기준이 될 수가 없으니까.'

하지만 이번에는 달랐다.

사귀들을 가득 뿌려 암컷과 새끼들을 상대하게 하고, 그는 비그리드와 아이기스를 꺼내 전력으로 수컷 맨티코어와 충돌했다.

10마리의 사귀 중 6마리가 찢어지고, 비그리드가 꽤 많이 훼손되었다. 아이기스와의 연결고리가 끊어지면서 머리에 막대한 두통이 가해지기도 했다.

곳곳에 흩날린 풍압과 불똥 때문에 던전은 거의 무너지다시피 했다.

그러나 그 과정에서.

연우는 속이 탁 트이는 기분을 맛볼 수 있었다.

자신이 이제야 제대로 된 힘을 손에 쥐었구나 하는 확신을 가지게 되었다.

'덕분에 수리해야 할 아티팩트들이 꽤 많아졌지만.'

연우는 조만간에 다시 모루와 망치를 들어야겠다는 생각이 들었다.

용마안을 이용하면 제작은 힘들어도, 수리는 얼마든지 가능했다.

'사귀들의 능력치도 대폭 향상했고.'

사실상 가장 큰 이득은 사귀들의 강화가 아닐까 싶었다.

비록 절반 이상이 부서졌지만, 남은 녀석들은 그만큼 강해질 수 있었으니.

던전을 통과하면서 막대한 양의 영혼을 삼켰을 뿐만 아니라, 마지막에는 맨티코어의 유령들까지 먹어 치웠다.

덕분에 부, 카, 놀은 이미 사귀가 닿을 수 있는 최대 능력치까지 성장한 상태였다.

처음에는 별 존재감도 없던 녀석들이, 이제는 2미터나 되는 크기로 커져서 잿빛 안개를 잔뜩 몰고 다닐 때면 연우도 한 번씩 섬뜩해질 정도였다.

『그래도 다행히 얻고 싶은 것들은 다 얻은 것처럼 보이는구나.』

"이곳에 와서 훨씬 더 많은 것을 얻을 수 있었습니다."

『그렇다면 다행이고.』

피닉스는 가볍게 웃음을 터뜨렸다. 그도 연우의 말에 기분이 많이 좋아 보였다.

『그렇다면 이제 슬슬 시작해 볼까?』

"예."

연우는 고개를 끄덕이면서 어깨에 짊어지고 있던 행낭을 바닥에다 내려놓았다.

그러자 행낭이 알아서 스르르 풀리더니, 안에 있던 물건들이 허공 위로 둥실 떠올랐다.

『후후. 재료들도 전부 질 좋은 것들로만 엄선해서 모았군. 이런 면에서 보자면 그대는 참 꼼꼼한 것 같단 말이지.』

[히든 퀘스트(생명의 불꽃)을 달성했습니다.]

[누구도 쉽게 이루지 못할 업적을 달성했습니다.
추가 공적치가 제공됩니다.]

[공적치를 5,000만큼 획득했습니다.]

[추가 공적치를 3,000만큼 획득했습니다.]

[보상으로 '피닉스의 환심'을 획득했습니다.]

[피닉스와의 친화도가 대폭 상승했습니다. 짹짹이가 여기에 반응해 크게 기뻐합니다.]

[화 속성에 대한 친화도가 30만큼 상승했습니다.]

[풍 속성에 대한 친화도가 30만큼 상승했습니다.]

[신수와 이뤄진 계약의 효과가 더 강해집니다. 앞으로 마수를 포함한 모든 환수들의 경계심이 열어지고, 친화도가 상승합니다.]

……

[피닉스가 '생명의 불꽃'의 제작을 시작합니다.]

화르륵—

허공에 떠 있던 물건들 위로 하얀색 불꽃이 타올랐다.

피닉스를 구성하는 불꽃, 성화(聖火).

성화는 성스러운 느낌을 가득 풍기면서 공양된 여러 물건들을 맛있게 먹어 치웠다.

그리고 하나둘씩 한쪽 지점으로 뭉치면서 사람 크기만큼 높게 타올랐다.

화아아!

['생명의 불꽃(상급)'이 완성되었습니다. 피닉스가 자신의 영혼을 일부 옮겨 담아 불꽃은 더 찬란한 빛을 품기 시작합니다.]

[보상으로 '생명의 불꽃(상급)'을 획득했습니다.]

『어떤가? 간만에 제법 힘을 좀 써 봤는데.』

피닉스의 살짝 우쭐대는 목소리가 들렸다.

하지만 연우는 이렇다 할 대답도 하지 못한 채, 멍하니 생명의 불꽃을 바라봤다.

생명의 불꽃은 여러 색을 뿌려 대고 있었다.

어떨 때는 찬란한 금색으로, 어떨 때는 선홍빛으로, 푸른 바다색으로, 하늘색으로, 검은색으로, 다양하게 반짝였다.

그것을 가만히 보고 있노라면.

정신이 저절로 개운해졌다.

아주 잠깐이지만, 그동안 여러 사건과 차후 계획으로 복잡하게 헝클어진 머리가 확 풀리는 느낌이었다.

또한, 저 기억 밑바닥에 묻어 뒀던 따뜻한 기억이 수면 위로 떠올랐다.

따스했던 시절의 기억들. 아무 걱정 없이, 즐겁게 웃을 수 있었던 순간들의 기억들이……. 추억이라 할 수 있는 것들이.

그리고.

그런 모든 추억 속에는 항상 동생이 앉아 있었다.

자신과 똑같은 얼굴을 하고 있지만, 자신과는 다르게 웃음이 많고 남을 잘 배려할 줄도 알았던 동생이.

"……."

연우는 그렇게 한참 동안 멍하니 불꽃을 바라보다, 뒤늦게 상태를 깨닫고 몸을 반대로 돌려 눈가를 훔쳤다.

대체 언제 흘린 건지. 눈가에 눈물이 살짝 고여 있었다.

"……죄송합니다. 추태를 보인 것 같습니다."

『추태는 무슨. 얼음처럼 보이던 그대도 실은 따뜻한 심장을 가진 인간이라는 것을 알 수 있었던 좋은 기회였는데.』

피닉스는 가볍게 웃음을 터뜨렸다. 여태껏 보였던 근엄어린 모습과는 다른 모습이었다.

『성화는 생(生)을 상징하지. 그리고 무릇 삶을 살아가는 이들에게 있어, 아무리 어려운 고난이 닥쳐도 삶을 지탱케 할 수 있게 하는 것은 지난 추억이 아니겠나. 추억이 겹겹이 쌓여 생을 이룬다고 봐도 무방하지.』

말을 잇는 피닉스의 목소리에는 정겨운 느낌마저 감돌았다.

『그대가 무엇을 보았는지 나는 알 수 없어. 하지만 그 추억이 자네를 여태 지탱케 하였고, 앞으로도 살아가게 만들 것이라는 것만큼은 알 수 있지. 그러니 앞으로도 그 추억, 잘 간직하길 바라네.』

"감사합니다."

『내 자식과 연결된 인간인데, 어찌 그냥 보낼 수 있을까?』

그때, 둥지 한쪽에 보관되어 있던 환수의 알이 둥실 떠오르면서 이쪽으로 다가왔다.

짹짹이가 날갯짓을 하면서 다급하게 달려왔다.

짹! 짹!

『그대가 없는 동안 막내가 자네의 알과 많이 친해졌었어. 그런데 이제 헤어질 때가 된 걸 알고 서운해 하는군그래.』

연우는 자기도 모르게 가볍게 웃음을 터뜨렸다. 알을 놓치지 않으려 날개를 파닥거리는 짹짹이가 너무 귀여웠다.

그러면서 짹짹이에게 조금 미안하기도 했다.

연우도 그동안 자신의 알과 짹짹이가 각별한 사이가 되었다는 건 알고 있었다.

왜 그런지는 몰랐다.

자신과 관련되어 있어서 그런 걸까.

짹짹이는 자신이 수련을 하는 동안에도 줄곧 자기 형제들보다는 알에 바싹 붙어 있는 경우가 많았다.

짹짹이에게서 친구를 빼앗는 것 같아 조금 죄책감이 들었다. 자신을 쳐다보는 짹짹이의 눈망울에 눈물이 그렁그렁 맺혀 있었다.

'11층을 통과한 뒤에도 자주 찾아와야겠는데.'

연우가 이런저런 생각을 하는 사이.

화아아—

생명의 불꽃이 수십 가지로 분리되더니, 하나둘씩 알 쪽으로 스며들었다.

불꽃을 하나씩 흡수할수록 알도 조금씩 성장했다. 크기가 무럭무럭 커졌고, 표면에 박힌 무늬도 점차 또렷한 색을 드러냈다.

연우도 알과의 연결 고리가 계속 뚜렷해지는 걸 느낄 수 있었다. 튼튼해지고, 굵어졌다. 알 속에서 크게 기뻐하는 환수의 감정이 고스란히 전달되었다.

그것은 자그마한 쾌감이기도 했다.

마치 분신이 무럭무럭 자라나는 것 같은 쾌감.

그리고 모든 불꽃을 받아들였을 때쯤에는 연우보다도 훨씬 커져 2미터나 되어 있었다.

『태어나기 전부터 이렇게 커지는 경우는 잘 없는데. 혹시 환룡의 계통인가……?』

피닉스의 자그마한 중얼거림과 함께.

알은 희뿌연 광채에 휩싸였다.

안에 있는 환수도 알을 깨고 나오기 위해 크게 흔들렸다.

그리고.

스르르—

알을 감싸던 광채가 가라앉으면서 조용히 껍질 쪽으로 사그라졌다.

크게 요동치던 알도 다시 가만히 제자리로 돌아왔다.

"……뭐지?"

『……뭐지, 이건?』

연우와 피닉스는 도무지 말도 안 되는 상황에 똑같이 중얼거렸다.

부화는, 이뤄지지 않았다.

연우와 피닉스는 한참 동안 알을 쳐다봤다. 새끼 환수가 뒤늦게라도 알을 깨고 나올까 싶어서.

하지만 부화는 이뤄지지 않았다. 연우의 미간에 살짝 주름이 졌다.

짹짹이는 헤어지지 않아도 된다는 사실이 기뻤던지 알에 찰싹 달라붙어 기분 좋게 울어 대고 있는 중이었다.

짹! 짹!

『……이런 경우는 나도 처음이야. 부화를 할 것처럼 굴더니 왜 안 깨어나는 거지?』

“무슨 문제라도 있는 걸까요?”

『아니. 그건 아니야. 그렇다면 내가 진즉에 알았겠지.』

피닉스의 말 속에는 조금 언짢아하는 기색도 느껴졌다.

그가 연우에게 내준 성화는 피닉스 자신의 영혼 중 일부이기도 했다. 달리 보면 그를 모욕하는 말이 될 수도 있었다.

연우도 뒤늦게 자신의 실수를 깨닫고 고개를 숙였다.

“죄송합니다.”

『아니야. 어차피 인간과 환수는 종이 다르니까. 보는 관점도 다를 수밖에 없지.』

피닉스는 대수롭지 않게 넘기고 다시 알 쪽으로 집중했다.

『다만, 조금, 아니, 많은 구석이 이상해. 분명 알 속에 있는 녀석은 다 자란 게 확실한데. 왜 나오질 않는 거지?』

연우도 여기에 대해서 뭐라고 어떻게 의견을 내놓을 수가 없었다.

일기장에 적혀 있는 건 원하는 속성의 환수를 태어나게 할 방법뿐. 다른 건 전혀 적혀 있지 않았으니까.

『일단은 더 차분하게 시간을 두고 관찰하도록 하지. 안에 든 녀석이 언제 생각이 바뀌어서 나올지 모르니까.』

연우는 피닉스의 의견에 전적으로 따를 수밖에 없었다.

*　　*　　*

그 뒤로, 연우는 11층의 스테이지를 몇 번씩이나 쏘다녀야만 했다.

혹시 알이 부화하지 않은 이유가 생명의 불꽃이 부족해서가 아니겠냐는 피닉스의 의견이 있었기 때문이었다.

『처음처럼 상급 성화는 주지 못하더라도, 평범한 성화를 피우는 건 어렵지 않다. 그러니 수고스럽더라도 조금만 더 고생해 보아라.』

생명의 불꽃을 전달받는 데에 필요한 재료를 조달하느라 고생을 해야 했던 것이다.

때문에 가뜩이나 연우가 싹쓸이를 하면서 부족해졌던 히든 피스들이 더 희소해져 곳곳에서 아우성이었지만.

연우는 그런 걸 신경 쓸 겨를이 없었다.

그리고 생명의 불꽃을 흡수할수록 알도 계속 크기를 더해 어느덧 3미터까지 다다랐다.

3미터.

말이 3미터지, 크기만 따진다면 무려 아파트 한 층 높이였다.

게다가 그 속에 새끼 환수가 웅크리고 있다는 걸 감안한다면?

깨어났을 때 크기가 얼마나 클지 짐작도 가질 않았다.

"……미쳤어."

『……돌겠군. 허어!』

연우와 피닉스는 끝도 없이 커지기만 하는 알을 보면서 어이가 없다는 듯 작게 헛웃음을 흘렸다.

『새끼가 이만큼 성장해서 태어난다는 말은 들어 본 적도 없는데. 대체 뭐가 문제인 거지? 정말 내 불꽃을 전부 빨아들이기라도 할 셈인가?』

피닉스는 이제 진절머리가 난다는 듯 작게 투덜거렸다.

물론, 그가 불꽃을 나눠 준다고 해도 정말로 모두 사라질 만큼 줄어드는 건 아니었지만, 그래도 허탈한 건 사실이었다.

짹! 짹!

게다가 짹짹이는 알이 커지면 커질수록 더 좋다는 듯이 크게 지저귀었으니.

마치 '엄마! 엄마! 봐봐! 내 친구 이만큼 크다!' 하고 자랑하는 꼬마 아이처럼 보였다.

연우는 깊은 고민에 잠겼다.

'계속 생명의 불꽃을 불어 넣는 것도 밑 빠진 독에 물 붓기밖에는 안 되는 것 같은데. 대체 뭐가 문제지?'

알과의 연결 고리는 계속 튼튼해지는 중이었다. 녀석은

무럭무럭 자라면서 감정과 지능도 점점 또렷해지고 있었다.

문제는 기뻐한다는 감정만 전달될 뿐, 무슨 생각인지는 알 수 없다는 점이었다.

마치 연우로부터 뭔가를 숨기려고 하는 듯한 느낌이었다.

그를 경계해서가 아니라, 그와 장난을 치고 싶어서 그러는 중이었다.

'장난 때문에 알에서 깨어나질 않는다고?'

하지만 또 그렇게 단순하게만 생각할 수는 없는 노릇이니. 환수는 단순한 것 같으면서도 어렵고 복잡한 존재였다.

생각지도 못한 부분에서 암초를 만난 셈이었다.

'이대로라면 계속 11층에 묶이게 될 텐데.'

레드 드래곤과 청화도의 첫 전장이 11층이 될 확률이 높다지만, 확실하게 결정이 난 건 아니었다.

전쟁이란 수많은 변수가 도사리는 정글 같은 녀석이니까.

'아니, 11층에서 벌어진다고 해도 그 전에 시련은 끝내놔야 해. 시련을 마치고 마치지 않고의 차이는 너무 커.'

연우의 고심이 커질 무렵이었다.

같이 깊은 생각에 잠겨 있던 피닉스가 갑자기 입을 열었다.

『이렇게까지 해도 깨어나지 않는다는 건, 이 이유밖에 없는 것 같군.』

연우가 번쩍 고개를 들었다.

"뭔가 짚이는 게 있으십니까?"

『계기.』

연우의 표정이 묘하게 변했다.

계기?

『그래. 계기. 무릇 환수는 꿈을 먹으며 사는 존재들이다. 꿈에서 태어나고, 꿈을 좇으며 살아가지. 그리고 꿈이 없는 곳에서는 태어날 '필요'를 느끼지 못해.』

연우는 뭔가 짚이는 바가 있었다. 가면 아래로 비치는 두 눈이 살짝 굳어졌다.

『그리고 인간이라면 누구나 아주 사소하더라도 꿈을 갖고 있기 마련이지. 추억이 삶을 지탱하는 받침대라면, 꿈은 삶을 움직이게 만드는 원동력이니까.』

연우는 동굴에 깔린 어둠 너머로, 피닉스가 고요한 눈길로 자신을 보고 있는 것 같다는 느낌을 받았다.

『그대에게는, 혹 꿈이란 게 없는 게 아닌가?』

"……."

피닉스는 대답 없는 연우를 보면서 작게 중얼거렸다.

『맞나 보군.』

연우는 둔탁한 뭔가로 머리를 세게 얻어맞은 듯한 느낌을 받았다.

그리고 쓰게 웃고 말았다.

'꿈이라.'

피닉스가 추론한 대로 그에게는 꿈이란 게 없었으니까.

있다면 딱 하나. 복수뿐.

하지만 그건 꿈이 아니다. 목적이었다. 하고 싶은 희망인 꿈과는 전혀 달랐다.

탑을 오르는 플레이어들이 흔히 가지는 '강해지고 싶다'나 '신이 되고 싶다'는 꿈도 연우에게는 해당되지 않는다.

강해지고자 하는 건 목적을 이루기 위한 수단에 불과하며, 신이 되고 싶은 마음 따윈 추호도 없었다. 신이 되면 뭐가 좋은지 고민해 본 적도 없었다.

사실 그에게 꿈은 별 필요 없는 자질구레하고 거추장스러운 것에 불과했다.

그랬는데.

'그게 방해가 되었다고?'

연우는 전혀 생각지도 못한 부분에서 난관에 부딪친 것 같아서 헛웃음이 나왔다.

이런 건 대체 어떻게 해결해야 하는 걸까?

그리고 이딴 시련을 계획한 게 누군지는 몰라도 그를 향한 욕지기가 나왔다.

'시련은 시련이란 거겠지.'

육체적인 고난뿐만 아니라, 정신적인 고난도 함께 가져다주는.

연우는 인상을 살짝 찡그리면서 환수의 알을 바라봤다.

연결 고리를 통해 여전히 녀석의 감정이 전달되고 있었다. 깊은 잠에 빠져 있으면서도 뭐가 그리 좋은지 기분이 아주 좋아 보였다.

그렇다면 이제 어떻게 해야 하는 걸까.

연우는 고개를 들어 피닉스를 바라봤다.

아무런 질문도 던지지 않았지만, 피닉스는 연우의 눈빛에서 애타는 절박함을 읽을 수 있었다.

『일단은 확실하게 머리를 정리해 보아라. 당장 서두른다고 해서 달라질 것 같지는 않으니까.』

연우는 무겁게 고개를 끄덕였다.

*　　*　　*

'꿈이라.'

연우는 조용히 절벽 끝에 앉아 생각을 정리했다.

'어렵군. 당장 뭔가를 생각해 품으라고 한다고 해서 가

지기 쉬운 것도 아니고.'

탑을 오르는 주목적 외에 다른 건 생각해 본 적도 없으니까.

더구나 지금은 해야 할 게 산더미처럼 많았다.

탑을 올라야 했고, 두 거대 클랜의 전쟁도 임박해 있었다. 이런 데에서 발목이 잡혀서는 안 되는 거였다.

그래도.

바람을 조금 쐬고 있으니 복잡했던 머리가 조금은 풀리는 기분이었다.

그래서 돌아가려는데.

짹? 짹짹!

짹짹이가 어느덧 그의 앞으로 날아와 무릎 위에 앉았다.

아직 자기 몸도 제대로 가누지 못하면서, 조그마한 날개를 쉴 새 없이 퍼덕이는 모습이 귀여웠다.

짹짹! 짹!

짹짹이는 연우의 무릎과 허벅지를 마구 돌아다니면서 쉴 새 없이 부리를 지저귀었다.

뭐라고 말하고 싶은 눈치였다.

"날 위로해 주러 온 거냐?"

짹! 짹!

"친구는 그냥 자고 있는 것뿐이니 너무 걱정 말라고?"

연우의 입가로 바람 빠지는 소리가 났다.

이 천진난만한 녀석을 볼 때면 진지하다가도 왜 이렇게 웃음이 자꾸 나는 건지.

짹!

"그래. 알았다."

짹짹!

연우는 이름을 지어 주면서 연결된 고리를 통해 짹짹이의 생각도 어느 정도 읽을 수 있었다. 환수의 알만큼은 아니었지만.

녀석은 연우를 독려하면서도 친구가 절대 나쁜 마음을 품은 게 아니라고 말하고 있었다.

그 모습이 너무 귀여워 가만히 짹짹이의 머리를 쓰다듬었다.

짹짹이는 기분 좋게 연우의 손길을 느끼면서도 불안한 눈망울로 연우를 올려다봤다.

연우는 그런 눈빛을 받았지만, 아무 대답 없이 묵묵히 짹짹이를 만지는 데만 몰두했다.

짹짹이는 모르는 사실이 있었다.

녀석은 연우가 알이 부화하질 않아 의기소침한 상태라 생각해서 위로를 하는 중이었지만.

사실 연우의 속내는 전혀 다른 방향이었다.

'계기가 필요한 거라면. 차라리 그런 계기가 필요 없게 만들어 버리면 되지 않을까?'

연우의 눈빛이 고요하게 빛났다.

그가 그동안 탑을 오르면서 느낀 점이 있다면, 시련에는 절대 정답이 한 가지만 있는 게 아니라는 점이었다.

'배가 터질 때까지, 성장이 끝나서 알이 아예 깨져 버릴 때까지 계속 뭘 먹여도, 과연 부화를 하지 않고 버틸 수 있을까?'

연우는 아예 끝장을 볼 때까지 알에다 계속 생명의 불꽃을 먹일 생각이었다.

그리고 생명의 불꽃으로도 안 된다면.

'다른 4대 신수의 기운을 가져오면 되겠지.'

어비스 터틀, 허무룡, 샤벨 타이거.

피닉스와 마찬가지로 그들에게도 '시험'은 존재했고, 그 시험을 통과하면 생명의 불꽃에 못지않은 보상을 얻을 수 있었다.

지금까지는 불과 바람 속성을 필요로 해서 피닉스의 시험만 고집했을 뿐.

이렇게 된 이상에는 특정 속성만을 계속 고집할 수가 없었다.

'아니, 차라리 잘된 건지도 모르지.'

연우가 알기로 4대 신수의 기운을 모두 삼킨 환수가 태어난 전례는 거의 없다시피 했으니까.

이건 그걸 확인해 볼 기회가 될지도 몰랐다.

그만큼 높은 공적치를 쌓는 건 덤이었다.

'4대 신수의 기운으로도 안 된다면 다른 것도 더 많이 먹여 주지. 어디 먹고 싶은 만큼 실컷 먹어 봐.'

살짝 말려 올라간 연우의 입술 사이로 송곳니가 번뜩였다.

그런 연우의 생각이 고스란히 전해진 걸까.

부르르—

연결 고리를 통해 알이 잘게 떨리는 게 느껴졌다. '엿 됐다' 고 생각하는 것 같았다.

째액?

짹짹이만 영문을 몰라 고개를 귀엽게 갸웃거렸다.

*　　*　　*

그날 밤부터 연우는 새로운 계획을 준비했다.

'본격적으로 이런저런 것을 먹이기 전에, 확실하게 파악하고 진행하고 싶은데.'

사실 홧김에 그런 생각을 하긴 했지만.

그래도 먹일 때 먹이더라도 알의 정확한 상태를 파악하면서 진행을 해야만 했다.

자칫 알이 탈이라도 난다면 큰일이었으니까.

게다가 용마안으로 알을 파악하는 데는 아직 한계가 있었다.

에도라의 혜안이 필요했다. 칠흑왕의 절망을 자세히 파악하고 싶었을 때처럼.

'대체 이 녀석들은 어디에 있는 거지?'

11층의 스타트 존에 새겨 둔 표식이 아직 남아 있는 것도 확인했다. 판트와 에도라가 못 보고 지나갔을 가능성은 없었다.

아직 11층에 들어오지 않은 이유가 대체 뭔지.

'혹시 전쟁과 어떤 관련이라도 있나?'

이런저런 생각을 하던 중이었다.

『방해를 해서 미안하다만. 아무래도 그대에게 손님이 온 것 같다.』

"손님이라니요?"

연우는 갑작스런 피닉스의 말에 고개를 번쩍 들었다.

그때, 그의 의식 속으로 피닉스가 보고 있는 광경이 똑같이 공유되었다.

연우는 잠깐 흠칫거렸지만, 곧 익숙하게 받아들였다.

한 사내가 앞길을 막은 두 마리의 환수와 대치를 하고 있었다.

덤불처럼 기른 머리카락 사이로 단단한 눈매가 보인다. 연우도 처음 보는 낯선 얼굴이었지만, 유독 눈에 띄는 점이 있었다.

보라색 눈과 관자놀이를 뚫고 나온 뾰족한 뿔.

"외뿔부족?"

Stage 14.
외뿔부족

판트와 에도라가 왜 안 오는지를 궁금해하던 차였는데. 갑자기 외뿔부족이라니.

그러다 연우는 외뿔부족의 사내가 한 손에 꾹 쥐고 있는 서찰을 발견할 수 있었다.

'전령이야.'

편지를 전달하러 온 걸까.

연우는 허공을 올려다보면서 말했다.

"길을 열어 주시겠습니까?"

피닉스는 새끼들을 낳은 이후로 타인에게 영역을 열어 주지 않고 있었다.

『그대의 부탁이라면.』

곧 외뿔부족 사내의 앞을 가로막던 환수들이 자리를 비켰다.

연우는 가만히 그 광경을 지켜봤다.

*　　*　　*

외뿔부족의 사내는 피닉스의 둥지에서 제법 떨어진 연못가로 안내되었다.

“헤헤. 반갑습니다. 야누라고 합니다요.”

그는 피닉스의 시야로 보던 것과 다르게 헤픈 인상을 가지고 있었다.

분명히 환수들과 대치할 때에는 날카로운 인상이었건만.

웃음 속에 칼을 숨긴다는 걸까.

확실히 방실방실 웃고 있어도 만만하지는 않을 것 같다는 느낌을 받았다.

의외로 판트와 부딪쳐도 뒤지지 않을 것 같았다.

하지만.

‘일부러 웃음을 짓는다거나 그런 건 아닌 것 같은데.’

연우는 뒤늦게 야누가 가진 감정이 뭔지를 알 것 같았다.

‘호감.’

하지만 굳이 처음 보는 자신에게 왜 호감을 가지는 거지?

야누는 한동안 말없이 방실방실 웃으면서 연우를 이리저리 살피기 바빴다.

"왜 그렇게 빤히 쳐다보는 거지?"

"아이고! 기분이 나쁘셨다면 죄송합니다. 카인 님이 너무 친근하게 느껴져서 제가 실수했던 것 같습니다."

야누는 정말 미안한 듯 검지로 볼을 긁적였다.

"기분이 나쁜 건 아니지만. 굳이 그쪽과 친근하게 느껴질 이유가 없을 텐데?"

"으흐흐. 카인 님이야 당연히 그러시겠지요. 다만, 저는 카인 님의 이야기를 워낙에 많이 들어서 말입니다. 이렇게 뵈니 신기할 따름입니다."

뜻밖의 말이었다.

보아하니 독식자에 관련된 이야기는 아닌 것 같은데.

"내 이야기를? 어디서?"

"그야 저희 일족 사람들이 전부 카인 님에 대한 관심이 대단한…… 아이고. 이 입방정 좀 보게. 헤헤. 그냥 지금 한 말은 잊어 주십시오. 어차피 나중에 아시게 될 테니까요."

"……?"

연우는 영 이상한 느낌이 들었다.

하지만 판트와 에도라가 자신에 대해서 이런저런 이야기를 했겠거니 받아들이고, 관심사를 다른 쪽으로 돌렸다.

"그보다 손에 들고 있는 것. 내게 전달하려는 편지 같은데. 맞나?"

"넵. 판트 님과 에도라 님께서 무사히 전달해 달라고 말씀하셨습니다. 그리고 한 달 가까이 별다른 말도 없이 자리를 비운 것에 대해서도 사과의 말씀을 전해 드리고 싶다고 하셨고요. 자세한 건 편지를 읽어 보시면 아시게 될 겁니다."

연우는 고개를 끄덕이면서 야누가 건넨 편지를 받았다.

편지는 타인이 읽을 수 없도록 밀랍으로 단단히 봉인되어 있었다.

편지를 활짝 펼치자, 안쪽에는 뜻을 알 수 없는 글자들이 빼곡하게 적혀 있었다.

탑에서 공용되는 글자가 아닌 외뿔부족만의 고유 문자.

그래서 이걸 야누에게 대신 읽어 달라고 해야 하나 싶던 그때, 갑자기 글자들이 희뿌연 빛을 토해 내면서 허공으로 하나둘씩 올라왔다.

그리고 한데 뒤섞이면서 연우에게 한 줄기 목소리로 다가왔다.

『먼저 이렇게 제대로 설명을 드리지 못하고, 편지로…… 야! 그거 뭐야? 엥? 편지? 그냥 사람만 보내면 되지, 시대가 어느 시대…… 닥쳐, 좀! ……으이그. 하여간 잘 보이고 싶어서 안달 났…… 알았으니까 좀 가. 편지 쓰는 거 안 보여? ……야, 너 그거 목소리 다 들어간…… 꺄아악!』

이리저리 뒤섞인 에도라와 판트의 목소리.

연우는 자기도 모르게 피식 웃음을 터뜨렸다.

'역시 남매군.'

둘은 이리저리 티격태격하다가, 에도라가 이겼는지 곧 그녀의 목소리만 남았다.

『……으이그. 하여간 저 원수. 도움이 안 돼, 진짜. 음음! 오라버니, 사실 저희가 한 달 동안 제대로 말씀을 드리지 못하고 이렇게 사람만 보내게 된 건 다름이 아니라…… 야, 근데 나도 좀 편지 보내면 안 되냐?…… 저리 좀 가라고!』

편지의 구조는 피닉스가 전달하는 의념과 비슷한 방식인 것 같았다.

차이점이라면 라이브와 녹음 테이프라고 해야 할까.

여하튼 연우는 에도라의 차분한 설명 덕분에 그동안 어째서 두 사람이 11층에 나타나지 않았는지를 알 수 있었다.

내용은 크게 별것이 없었다.

아니, 어느 정도 연우도 짐작했던 것들이었다.

현재 외뿔부족 내에 다급한 일이 발생했고, 판트와 에도라는 왕족으로서 긴급 호출령을 받았다는 내용.

다만, 호출령의 이유는 기밀이었는지 내용을 말해 주지 않았다.

연우는 그럴 수 있다고 생각했다.

아무리 그들 사이가 친해졌다고 해도, 그는 어디까지나 외뿔부족에게 있어서 부외자였으니까.

다만, 이렇다 할 작별 인사 없이 헤어진 게 내심 아쉽긴 했다.

'내가, 아쉬워한다라.'

연우는 다시 한번 묘한 느낌을 받았다.

에도라는 덧붙여 곧 일이 끝나는 대로 뒤따라가겠다면서, 걱정 말고 먼저 층계를 오르라는 말로 편지를 마무리 지었다.

연우는 편지를 곱게 접으면서 다시 야누를 바라봤다.

야누는 여전히 방실방실 웃으면서 그를 바라보고 있었다.

"판트와 에도라는 잘 지내고 있나?"

"예. 잘 지내시다 못해 아주 팔팔하시죠. 특히 우리 판트님은…… 으으. 그 성질 머리는."

여전하구나.

연우는 피식 웃으면서 가만히 고개를 끄덕였다.

"그럼 됐다."

그러자 야누가 묘한 표정을 지었다.

"왜 그러지?"

"궁금하지 않으십니까?"

"뭘?"

"판트 님과 에도라 님이 오시지 못하는 이유 말입니다."

"가르쳐 달라면 가르쳐 줄 생각인가?"

야누는 다시 방실방실 웃는 낯으로 돌아갔다. 그리고 딱 잘라 말했다.

"그럴 리가요."

"나도 그래서 묻지 않았다. 어차피 말해 줄 것 같지 않으니까. 나중에 만나게 되면 알게 되겠지."

야누는 '아, 그런가?' 하는 표정으로 납득하는 듯하더니 금세 묘한 얼굴이 되어 볼을 긁적였다.

"뭐랄까. 참, 듣던 대로 묘한 분이시네요."

"나에 대해서 어떻게 들었지?"

"헤헤. 당연히 말씀 못 드리지요. 전 오래 살고 싶다고요."

연우는 가볍게 혀를 차면서 생각했다.

참 이상한 녀석이 전령으로 온 것 같다고.

그러다가 문득 그런 생각도 들었다.

자신이 느끼는 것처럼, 야누도 자신을 보며 느끼는 감정이 비슷하지 않을까 하는 생각.

'피장파장이려나.'

연우는 가볍게 웃음을 흘렸다.

*　　　*　　　*

"오오. 신수가 사는 터전은 이런 식으로 이뤄져 있었구나."

야누는 피닉스의 영역을 구석구석 누비고 다녔다.

이대로 편지만 달랑 받고 그냥 돌려보내기가 뭣해서, 연우가 피닉스에게 다시 허락을 맡아 둥지를 제외한 영역을 돌아다닐 수 있게 된 것이다.

야누는 정말이지 '개' 같았다.

속어적인 나쁜 의미가 아니라, 새로운 장소에 대한 호기심이 많은 게 비슷하다는 의미였다.

녀석 덕분에 연우도 한 달 넘게 머물면서도 몰랐던 곳들을 발견할 수 있었으니.

'피닉스의 영역이 이렇게 컸었나?'

연우가 그런 생각이 들 정도였으니, 피닉스는 오죽할까.

『볼일이 끝나면 돌려보내도록 해라. 정신 사나워 죽겠으니. 아이들이 보고 배울까 봐 조금 겁이 날 정도다. 내가 본 외뿔부족의 아이들은 대부분 조용하거나 진중한 편이었는데. 어떻게 이런 녀석이 나온 건지.』

연우는 왠지 고개를 절레절레 흔드는 피닉스의 모습이 보이는 것 같았다.

그러다 여전히 돌아볼 것이 많다면서 다음 장소로 이동하려는 야누에게 물었다.

“11층은 통과했다고 하지 않았었나?”

야누가 뒷머리를 벅벅 긁으면서 웃었다.

“나오기야 아주 오래 전에 나왔었죠. 하지만 신수의 영역은 일반 플레이어들한테는 대부분 공개가 되지 않는 곳이니 신기할 수밖에요. 저희 부족에서도 족장님이나 장로 몇 분 정도가 가 보셨을까?”

“그렇군.”

“사실 처음에 카인 님이 이곳에 있을 거라는 표식을 발견했을 때에도, 몇 번이고 의심했었다니까요. 혹시 잘못 남기셨나 하고. 그만큼 신수님은 정말 정말로 대단하니까 말입니다.”

연우는 그럴 법도 하다는 생각이 들었다.

랭커들도 상대하기를 꺼려 하는 존재가 신수였으니. 랭커가 되길 꿈꾼다는 야누에게는 별세계의 일처럼 새롭게 와닿을 것이다. 신기하게 여겨질 거고.

『……흠. 아니다. 이렇게 보니 좋은 아이인 것 같군. 며칠을 머물러도 좋으니 충분히 푹 쉬어 가도 좋다고 전해 다오.』

연우는 금세 마음이 풀린 피닉스를 보면서 가볍게 웃었다.

겉으로는 절대 내색하지 않았지만.

그 뒤로도 연우는 야누가 둥지 쪽으로는 다가가지 않도록 조용히 뒤를 따르면서 영역 곳곳을 훑었다.

그리고 동시에 여러 가지 생각이 들었다.

판트와 에도라에게 별다른 일은 없다는 말은 들으니 조금 안심이 된다는 생각이 먼저였다.

큰 걱정은 하지 않았다지만, 그래도 안부를 알고 모르고의 차이는 아주 컸으니까.

그리고 한편으로는 이제 환수의 알에 대해서는 어떻게 해야 할까 하는 생각도 들었다.

'외뿔부족에 무슨 일이 있는 이상, 에도라가 다시 돌아오려면 한참의 시간이 걸릴 게 분명해.'

검은 팔찌는 나중에 천천히 알아봐도 괜찮다지만, 환수

의 알은 당장 스테이지를 클리어하기 위해서 알아볼 필요가 있었다.

그렇다면 하루라도 빨리 다른 방법을 찾아야 할 텐데.

그냥 계획대로 무작정 다른 신수들의 힘을 불어 넣어 버리자니 조금 찝찝한 것도 사실이었다.

'어떤 방법이 있을까?'

그렇게 깊은 고민에 잠긴 연우의 생각이 얼핏 전달된 걸까.

야누가 바쁘게 돌아다니다 말고 갑자기 걸음을 뚝 멈추더니 다시 연우를 빤히 쳐다보고 있었다.

연우도 녀석의 시선을 읽고 상념에서 깨어났다.

"또 왜 그러지?"

"으으음. 혹시 무슨 고민이라도 있으십니까요?"

"왜?"

"사실 공주 마마께서 제게 몇 번이고 신신당부하셨던 말씀이 있으셔서요."

'공주 마마? 아, 에도라를 말하는 건가.'

연우는 처음으로 판트와 에도라의 신분에 대해서 확 깊게 체감할 수 있었다.

"'원래 완벽하신 분이지만, 그래도 뭔가 잘 안 풀리시거나 고민 중인 게 있으시다면 적극적으로 도와 드리고 와라!

도움이 안 된다면 시종이라도 되어서 일하고 와라!' 그렇게 말씀하셔서요. 편지에도 그런 말이 적혀 있지 않았습니까요?"

연우는 얼핏 편지의 마지막 내용이 기억났다.

'생긴 게 저래서 얼빠진 것처럼 보여도, 제법 할 줄 아는 게 많으니까 맘껏 부려 먹으세요…… 라고 했었지?'

그때는 그냥 말만 그렇겠거니 하고 여겨서 대충 넘겼지만.

아무래도 야누가 명령받은 내용은 생각보다 훨씬 진지한 것인 모양이었다.

연우는 아주 잠깐 고민했다.

정말 자신이 부딪친 위기를 말해도 될까 하는 고민.

다른 사람이었다면 그냥 무시해 버렸겠지만. 그래도 판트와 에도라가 붙여 준 사람이니 신뢰해도 되지 않을까 하는 생각이 잠깐 든 것이다.

"어어? 보니까 못 미더워하시는 눈치시네. 제가 이래 봬도 영매(靈媒) 후계자라고요! 믿고 맡기셔도 된다니까요?!"

순간, 연우의 눈동자가 묘한 빛을 발했다.

'영매? 선각자라고 하는 그건가?'

그도 들어 본 적이 있다.

외뿔부족의 영매에 대해서.

외뿔부족은 탑이 막 열린 시절부터 이주해서 항상 최강으로 군림해 온 종족이었다. 그들이 그만큼 오랫동안 대단한 위치를 지킬 수 있었던 데에는 강한 힘과 더불어서 중립자로서의 위치를 계속 고집했다는 것도 있었지만, 무엇보다 큰 다른 이유가 있었다.

영매.

그들에게는 '선각자' 나 '예지자' 로 통하는, 외뿔부족이 모신다는 신과 유일하게 소통할 수 있는 존재가 이따금 내뱉는 조언 덕분이었다.

외뿔부족의 영매는 이름을 알 수 없는 그들의 신으로부터 메시지를 듣고, 내용을 부족에게 전달하는 메신저 역할을 한다고 알려져 있었다.

그리고 그 내용들이 워낙에 영험하고 정확해서, 몇 번씩이나 부족의 운명을 결정지어 줬다던가.

다만, 다른 세력들도 그 힘을 탐내기 때문에 외뿔부족에서도 영매의 존재는 비밀리에 숨긴다고 알려져 있는데.

야누가 그런 영매의 후계라고?

연우의 눈빛을 받고, 야누는 피식 웃으면서 손사래를 쳤다.

"무슨 말씀을 하시고 싶은지는 알겠는데. 알려진 것처럼 그렇게 대단한 존재는 아니니까, 이 정도 알려지는 건 괜찮습니다. 걱정 마십쇼. 그리고 후계가 한두 명도 아니고, 진짜 차기 영매가 되실 분은 따로 계시니까요. 그래도 제 실력도 달리지는 않으니까 한 번 믿고 맡겨 보세요. 네?"

야누의 눈빛이 반짝거렸다.

여기에 피닉스의 의견도 더해졌다.

『나도 의견을 구하는 건 나쁘지 않다고 본다. 외뿔부족의 영매는 사실 신과 소통하기보다는, 그네들에게 허락된 '기록' 중 일부를 연구하고 전승하는 전달자에 가까우니까.』

연우는 '전달자'라는 내용이 궁금했지만 뒤로 제쳐 뒀다. 다만, 피닉스도 종용하는 걸 보니 믿고 맡겨도 될 것 같았다.

그래서 연우는 자신이 겪고 있는 상황에 대해서 상세하게 설명했다.

야누는 흥미진진한 얼굴로 설명을 듣다가, 뒤에 가서는 몇 번씩 경악에 찬 비명을 질러야만 했다.

성화를 몇 번씩이나 얻었다는 말에 한 번, 알의 크기가 이제 3미터 남짓하다는 말에 또 한 번.

그리고 이제 다른 신수들을 찾아갈까 고민하고 있다는 대목에서는 아예 턱이 빠지기 직전까지 내몰렸다.

그러다 한참 뒤에야 생각을 정리하고, 고개를 절레절레

흔들었다.

"……정말 상상을 초월할 거란 말은 들었지만, 그래도 이 정도일 줄은."

야누는 이제 연우를 괴물 보듯이 바라보고 있었다. 그러다 정리한 생각을 토대로 질문을 던졌다.

"그러니까 카인 님께서는, 그 뭐시기냐, 쉽게 말해서 지금 에도라 님의 혜안을 절실히 필요로 하시는 상태다, 이 말씀이신가요?"

"일단은."

"에이. 그럼 어려울 게 뭐가 있다고."

야누는 안도에 찬 한숨을 내쉬었다. 그리고 별걸 다 걱정한다는 표정으로 웃으면서 말했다.

"그럼 같이 가시면 되죠, 저희 부족이 있는 곳으로. 뭐 어려우시다고."

너무 손쉬운 대답.

이번에는 연우가 놀랐다.

"부족 내에 중요한 일이 있다고 하지 않았나?"

판트와 에도라가 오지 못하는 이유에 대해서도 말하지 못한다고 했으니까.

부외자는 철저하게 출입을 금지하는 줄로만 짐작하고 있었는데.

"중요한 건 사실이긴 한데…… 헤헤. 그건 그거고, 이건 이거죠. 사실 카인 님을 뵙고 싶어 하는 영감님들이 한둘이 아닌지라. 아예 이참에 잘됐다고 하실걸요?"

"……?"

연우는 여전히 영문을 모르겠다는 표정을 지었지만.

야누는 계면쩍은 얼굴로 '그런 게 다 있답니다' 는 말만 되풀이하면서 검지로 볼을 긁적였다.

다만, 이걸로 한 가지는 확실해졌다.

지금 곧바로, 외뿔부족의 터전으로 가 볼 수 있다는 것.

'그러고 보니 외뿔부족은 탑의 최초 선주종족 중 하나이니만큼, 여러 시련에 대한 전승이나 비밀도 꽤 많이 쌓여 있다고 하지 않았나? 잘되었어.'

거기서 여러 비밀을 알아낼 수 있을지도 모르겠다는 생각에.

연우의 눈빛이 크게 빛났다.

연우는 야누에게 잠시 자리에서 기다리라는 말을 남기고, 피닉스의 둥지로 되돌아갔다.

『떠날 생각인가?』

윤석은 피식 웃으면서 대답했다.

"곧 돌아올 겁니다."

『그렇겠지. 하지만 막내 아이는 그렇게 생각하지 않는

것 같단 말이야.』

피닉스는 재미있다는 듯이 가볍게 웃음을 흘렸다.

그때, 짹짹이가 짧은 날개를 열심히 파닥거리면서 알 위에 착지했다.

짹!

어딜 가냐고 따져 묻는 듯한 모습.

연우는 그 모습을 보면서 다시 웃고 말았다.

"금방 다녀올 거니 걱정 마라."

짹짹!

그럼 자기 친구는 두고 가라는 뜻.

연우는 조금 난감해졌다.

『이제 어떻게 할 참이지?』

피닉스는 그런 연우의 모습이 재미있는지 말하는 내내 웃음기가 묻어났다.

연우는 손을 뻗어서 짹짹이의 머리를 쓰다듬었다. 그리고 눈을 가만히 맞추면서 자신의 상황에 대해 말했다.

연우가 깨달은 점이 있다면, 이런 일에 대해서는 다른 변명을 하지 않고 진심을 다해 진실을 이야기해야 한다는 것이었다.

그래야 도중에 오해가 생길 여지가 없었다.

"이 아이를 알에서 꺼내기 위해 알아보러 가는 것이다.

너도 친구가 어서 밖에 나와서 같이 이야기를 나누고 싶지? 그러니 금방 다녀오마.”

짹액…….

짹짹이는 뭔가 마음에 들지 않은 듯 여전히 심통 어린 표정이 되었지만.

『막내야.』

피닉스의 나지막한 목소리에 결국 납득하고 말았다. 대신에 제자리에서 팔딱팔딱 뛰면서 마구 지저귀었다.

최대한 빨리 오란 뜻이었다.

연우는 몇 번이고 그러겠다는 말로 짹짹이를 달랜 뒤에야, 겨우 녀석을 알에서 떼어 놓을 수 있었다.

피닉스는 그런 새끼를 따스한 눈길로 보다가 연우에게 물었다.

『외뿔부족이 있는 곳으로 가는 건 좋다. 한데, 이렇게 큰 녀석을 어떻게 데리고 나갈 생각이지?』

연우는 고개를 절레절레 흔들면서 자신의 알을 바라봤다.

3미터 남짓하게 커졌던 알은 그 뒤로도 꾸준히 커지고 있었다.

다행이라면 이제는 성장 속도가 많이 줄었다는 점이랄까.

하지만 그래도 성장은 성장. 높이만 높아지는 게 아니라

부피도 커지고 무게도 무거워지고 있었다.

이제는 피닉스의 염력으로도 옮기는 데 무리가 있을 정도였다.

외뿔부족이 머물고 있는 터전은 탑 외 지역.

탑을 빠져나가는 것이야 포탈을 타고 넘어가면 된다지만, 알을 그쪽까지 옮기는 건 피닉스의 힘으로도 불가능했다.

하지만.

"나와라."

연우는 사귀 세 마리를 소환해서 알을 들도록 지시했다.

사귀들은 어떻게 할 줄 몰라 처음에는 난감해하다가, 곧 잿빛 안개로 흩어지더니 알의 아랫부분을 감돌면서 그대로 안았다.

그러자 알이 조금씩 허공 위로 둥실 떠올랐다.

지면에서 30센티미터 남짓한 높이. 이 정도라면 천천히 움직이는 데 큰 무리는 없을 것 같았다.

『오! 그거 제법 편리하군. 원래 이 정도로 물리적 구현력이 좋지는 않았던 것 같은데. 언제 이렇게까지 성장시켰지?』

"사귀의 힘 자체를 강화시키니 괜찮더군요. 지금은 이미 사귀 자체로서의 한계까지 거의 다다라 있는 상태입니다."

『그렇군. 제법이야. 팔찌를 얻은 지 얼마 되지 않은 것 같은데, 벌써 이만큼 숙달되게 쓰고 있다니. 그대는 확실히 재미난 인간인 게 맞아.』

어둠 너머로, 피닉스가 피식 웃는 듯한 소리가 들렸다.

『다음에 만났을 때는 또 어떻게 유령들이 변해 있을지 궁금해.』

"말씀드렸지만, 금방 돌아올 겁니다."

『그렇겠지. 다른 4대 신수의 시험도 모두 통과하려면 준비해야 할 게 아주 많을 테니까.』

가면 아래, 연우의 눈이 살짝 커졌다.

분명히 말한 기억이 없는데 어떻게 알고 있는 걸까?

『나도 그 정도 눈치쯤은 있다. 내가 자존심이 상할까 봐 그대가 말하지 않고 있었던 것도. 다른 놈들이라면 몰라도, 나는 그런 걸 별 개의치 않으니 걱정하지 않아도 된다.』

"감사합니다."

연우는 어쩌면 초심자 구간을 벗어나고 나서 얻은 가장 큰 수확은 피닉스와 인연을 맺은 게 아닐까 하고 생각했다.

처음부터 끝까지, 자신을 배려하려는 마음이 계속 느껴졌으니까.

아니, 어쩌면 튜토리얼에서부터 탑에 올라 지금까지, 자신이 겪은 인연들은 대부분 그에게 선연(善緣, 좋은 인연)

이었는지도 몰랐다.

여러 사람들이 있었기에 복수귀로 미쳤을지도 모를 자신이 어느 정도 중심을 잡을 수 있었으니까.

피닉스도 그중 하나였다.

다만, 다른 사람들은 좋은 친구였다면, 피닉스는 조금 다른 느낌이었다.

'어머니 같은…….'

덕분에 연우는 이런 말도 할 수 있었다.

"그럼 다녀오겠습니다."

『그래. 다녀오너라.』

*　　　*　　　*

연우는 알을 들고 둥지 밖으로 나왔다.

밖에서 대기 중이던 야누는 알을 보고 입을 쩍 벌렸다.

"와…… 뭔 이런 말도 안 되는……."

야누도 오래 전에 11층을 공략해 봤고, 주변의 일족 사람들도 일정한 나이가 차면 탑을 올라야 하는 관습 때문에 11층을 거치는 걸 많이 지켜볼 수 있었다.

하지만 이런 말도 안 되는 크기를 자랑하는 알은 처음 보는 것이었다.

연우는 이제 별 대수롭지 않게 여기고 있었지만.

"준비는 다 끝났다. 그런데 외뿔부족이 있는 곳으로는 어떻게 넘어갈 수 있는 거지? 거기는 아무나 가지 못한다는 말을 들었었는데."

외뿔부족에 대한 설명은 일기장에도 어느 정도 적혀 있었다.

외뿔부족은 처음으로 탑을 열었다는 3명의 존재, '트리니티 원더' 중 한 명이 머나먼 타차원에서부터 끌어왔다는 존재들이었다.

보라색 눈과 한쪽 머리에 난 뿔이 특징으로, 타고난 피지컬로 압도적으로 다른 플레이어들을 찍어 누르는 아인종이기도 했다.

이들은 이따금 주체 못 할 만큼 넘치는 힘을 다스리기 위해 새로운 방식을 창안했는데, 이를 두고 흔히 그들은 '무공'이라고 불렀다.

인간과는 절대 비교도 할 수 없는 압도적인 재능과 피지컬을 자랑하며, 여기에 '무공'이라는 일족 고유의 기술을 이용해 힘을 완벽하게 제어하고 증가시키기까지 하는 종족.

쉽게 말해 오로지 탑을 공략하기 위해 만들어진 종족이라고 할 수 있었다.

수많은 아인이며 플레이어들이 그런 그들의 태생을 아주 부러워할 정도이니.

다만, 외뿔부족은 그런 유명세에도 외부에 알려진 것은 아주 적은 편이었다.

그들 일족 구성원들 대부분이 오만한 성격으로, 타인과의 교류를 달가워하지 않기 때문이었다.

한 번 마음을 트기 시작하면 간이고 쓸개고 다 내어 주는 존재들이라는 말도 있었다.

하지만 그런 경우는 소문으로만 전해질 뿐, 찾아보기가 힘들었다.

대화라도 나누기 위해서는 그들의 눈에 찰 만큼 '자격이 있다'는 것을 증명해야 했으니.

당연히 탑 내에서 외뿔부족은 경외의 대상이면서도 따돌림을 당하는 존재들이었다.

외뿔부족도 여기에 대해 전혀 아쉬워하거나 하는 기색은 없었다.

더구나 외뿔부족은 일정 나이가 되어 탑을 올라야만 하는 통과 의례를 제외하면, 외부로 모습을 잘 드러내지 않고 그들의 정착지에 머무는 걸로도 유명했다.

탑 외 지역 어딘가에 존재한다는 모처에, 신기한 진법으로 둘러싸 외부와의 교류를 일절 차단하며 자기 종족원들끼리만 살아간다는 신비의 마을.

동생도 외뿔부족과 이렇다 할 교류를 나눈 적은 없었다.

때문에 일기장에 적힌 내용은 동생이 다른 친구들이나 동료들로부터 들은 소문이나 정보를 토대로 기입한 게 전부였다.

당연히 연우도 거기에 선입견을 가질 수밖에 없었다.

그런데.

야누가 씩 하고 웃었다.

"에이. 다 헛소리예요. 소문처럼 저희들이 그렇게 삭막하기만 한 존재들이었으면 어떻게 마을을 운영하겠어요? 저희도 외부에서 손님도 오고, 이따금 장사꾼들도 오고 다 그래요."

"그런가?"

"그럼요. 아마 가 보면 느끼실걸요? 소문 죄다 개소리라는 거."

야누는 고개를 절레절레 흔들면서 말을 이었다.

"뭐, 그런 소문이 돈 거야 영감님들 중에 괴팍한 분들이 많아서 사고치지 말라고 가둬 두느라 그런 거고…… 또, 저희들이랑 교류하는 걸 무기 삼고 싶어 하는 놈팡이들이 일부러 사실을 곡해한 것도 있고…… 하여간 좀 복잡해요."

연우는 그럴듯하다는 듯이 고개를 끄덕였다.

확실히 외뿔부족과의 교류를 독점할 수 있다면, 단체에 아주 큰 힘이 될 테니까.

다만, 야누가 그런 소문이 도는 건 와전된 거라고 했지만, 정작 실제로 가장 큰 몫을 차지하는 건 외뿔부족 특유의 성격일 것 같다는 생각이 들었다.

연우가 처음 만났던 판트와 에도라도 타인의 접근을 절대 허락지 않는 날카로운 분위기를 갖고 있었으니까.

그리고 일반 사람들은 거기에 잔뜩 주눅이 들 수밖에 없었다.

저마다 자신들의 차원과 세계에서는 한가락 했던 존재들이라는 것을 감안하더라도.

"그래도 마을이 평소에 진법으로 가려져 있는 건 사실이니까 잘 따라와 주세요. 일단 이거 받으시고요."

야누는 품에서 종이 두 장을 꺼내 한 장을 연우에게 건넸다.

일정 기간 동안 스테이지 외부로 나갈 수 있게 해 주는 티켓이었다.

야누는 티켓을 가볍게 찢었다. 그러자 바닥에 붉은색 포탈이 활짝 열렸다.

연우도 곧장 티켓을 찢었다.

우웅—

[탑 외 지역으로 나가시겠습니까?]

망막에 떠오르는 메시지에 맞춰서 고개를 끄덕이자, 주변이 희뿌연 빛무리에 잠겼다.

빛이 가라앉을 때쯤에는 익숙한 장소에 도착해 있었다. 높다랗게 서 있는 탑이 바로 눈앞에 있었다.

끼익, 쿵—

탑의 문이 굳세게 닫혔다.

연우는 아주 잠깐 상가 밀집 지역 쪽을 바라보다가, 야누가 부르는 소리에 고개를 돌렸다.

"그럼 따라와 주세요."

팟—

야누가 먼저 땅을 박차 움직였다.

연우는 순보를 밟아 앞으로 움직이면서 사귀들에게 마력을 밀어 넣었다. 알이 무거워서 속도는 느렸지만 착실하게 따라왔다.

야누가 향하는 곳은 탑 외 지역에서도 남동쪽에 위치한 곳이었다.

길도 제대로 나 있지 않고, 삭막한 환경밖에 보이지 않아 일반 사람들은 좀처럼 다가가지 않으려 하는 곳.

그나마 숲으로 인해 황량함은 덜했던 주거 지역과 다르게, 이곳은 메마른 황무지에 앙상하게 가지만 남은 나무가 서 있는 게 전부인 사막이었다.

게다가 땅은 검은 현무암으로 되어 있어 물조차 고이지 않게 되어 있었다.

풀 한 포기 나지 않는 이런 곳에 어떻게 마을이 존재할 수 있을까?

"저 그리고, 여기서부터는 제 뒤를 착실하게 밟으셔야 해요. 발자국이 한 치라도 어긋난다거나 하시면 길이 죄다 꼬여 버립니다."

야누는 연우가 뭐라고 대답하기도 전에 연우가 제대로 위치를 잡을 수 있도록 바닥에다 발자국을 깊게 찍었다.

그리고 그 순간.

스릉—

갑자기 야누의 존재가 흐릿해지더니 바로 눈앞에서 사라졌다. 마치 증발이라도 한 것처럼.

연우의 눈동자가 묘한 빛을 발했다.

'진법.'

외뿔부족에게는 '무공'이라는 기술 외에도 종족 고유의 또 다른 기술이 있었다.

진법(陣法).

대지 아래에 흐르는 용맥을 자극해서 주변의 지리와 지형을 인위적으로 뒤트는 기술이었다.

흔히 어떤 물건과 장소를 감추려는 눈속임용인 '환진(幻陣)'이 대표적이었고, 공부의 깊이가 깊어지면 실제로 눈 깜짝할 새에 산을 치솟게 만들고 바다를 메마르게 만든다는 '기문둔갑'까지 다양한 종류를 망라하고 있었다.

진법은 마법진과는 비슷하지만 조금 다른 개념이었다.

마법이 철저한 수칙 연산 아래에 법칙을 '쌓아 간다'는 의미라면, 진법은 법칙을 비롯한 마력의 운행을 '뒤튼다'는 의미를 가진다고 했다.

아직 마법에 대해서 문외한인 연우였기에 정확한 내용은 알지 못했지만, 그래도 대략적인 정의는 어렴풋이 알 것 같았다.

'용마안.'

연우는 야누가 남긴 발자국을 밟으면서 새로운 동공을 활짝 열었다.

그러자 세상이 반전하면서 황무지가 아닌 푸른 초원이

나타났다.

싱그러운 풀과 꽃이 자라고, 개울이 흐르는 곳.

하지만 대기는 뿌연 안개로 가득 차 있어 한 치 앞도 분간하기가 힘들었다.

연우는 방금 전에 자신이 들어온 장소가 마을로 통하는 초입이고, 이곳이 외뿔부족 마을의 주변 숲이라는 걸 깨달았다.

바닥에는 야누의 발자국이 곳곳에 나 있어 순번대로 밟기만 하면 되었다.

아마 이것을 그대로 따라가면 무사히 마을에 도착할 수 있는 것 같았다.

여기서 연우는 문득 그런 생각이 들었다.

'여기서 내가 자력으로 마을에 들어갈 수는 없을까?'

보아하니 야누도 정확한 진법의 내용물을 이해하면서 통과하는 게 아니라, 외워 둔 순서에 따라 움직이는 것 같았다.

연우는 용마안을 훈련하고 진법에 대해서도 알아볼 겸해서 두 눈에 마력을 잔뜩 실었다.

더 다양한 현상을 관찰할수록 용마안의 깊이는 깊어질 테니까.

['용마안'이 '호호운무진'을 발견 및 관찰하기 시작합니다. '호호운무진'의 구성 요소를 드러냅니다.]

[진법에 대한 새로운 카테고리가 생성되었습니다. 관찰된 현상은 모두 카테고리 속에 정리되어 언제든지 열람하실 수 있습니다.]

[진법에 대한 이해도가 너무 부족합니다. 현상은 단순한 관찰일 뿐입니다. 지식을 더 비축하십시오. 지식의 깊이에 따라 관찰된 현상에 대한 이해도도 덩달아 깊어질 것입니다.]

['용마안'의 스킬 숙련도가 상승했습니다. 28.1%]

안개는 그 속에 든 것들을 제대로 보이지 않으려 꿈틀거렸다.

하지만 용마안이 몇 번씩 변화하면서 끈질기게 따라붙자, 아주 조금씩 안개 사이사이로 흐르던 결을 드러내기 시작했다.

진법의 결은 다른 결과 크게 다른 게 없었다.

똑같이 실타래처럼 여기저기 엉켰다가 풀리기를 반복하고 있었으니까.

다른 점이 있다면 안개 지역 전체에 걸쳐서 넓게 퍼져 있다는 게 전부였다.

연우는 야누의 발자국을 쫓으면서 결을 더 유심히 살폈다.

그리고 덕분에 몇 가지 사실을 깨달을 수 있었다.

'중구난방으로 흐트러져 있는 것 같지만, 일정한 흐름을 따라 움직이고 있어.'

거미줄처럼 복잡하게 꼬여 있었지만, 실상 결을 따라 눈길을 계속 돌리다 보면 끊기는 부분 없이 선을 길쭉하게 이룬다는 걸 알 수 있었다.

그리고 그런 선들이 하나둘씩 모이면서 거대한 흐름을 형성하고 있었다.

마치 큰 강으로 모이는 수백 개의 개울처럼.

그곳으로 결들이 모이고, 다시 퍼져 나가기도 하면서 넓은 안개 지역 전체를 덮고 있는 중이었다.

연우는 그것이 진법을 구성하는 중심축이라는 사실을 깨달았다.

'원래대로라면 저게 대기 중에 흐르고 있어야 할 마나 스트림이지만…… 거기에다 몇 가지 자극을 줘서 방향을

인위적으로 꺾어 원하는 범위 내에 걸쳐 진법을 발동시킨 거로군.'

마치 강줄기를 원하는 방향으로 이끌기 위해 공사를 하는 것과 비슷한 원리였다.

그리고 도도하게 흐르는 중심축은 뭔가를 떠올리게 하기도 했다.

'마력회로.'

일정 범위에 걸쳐 흐르는 기운.

체내라는 한정된 공간을 떠돌아다니는 마력.

자잘한 부분만 다를 뿐, 이동 방식이며 대략적인 의미는 너무 흡사하게 다가왔다.

[진법에 대한 이해도가 깊어졌습니다. '용마안'이 '호호운무진'을 꿰뚫는 데 성공했습니다.]

['용마안'의 스킬 숙련도가 대폭 상승했습니다. 31.9%]

그리고.

생각은 꼬리에 꼬리를 물면서 새로운 발상의 전환으로 다가왔다.

진법과 마력회로를 비교하기 시작한 것이다.

'마력을 어떻게 움직이느냐에 따라서 마을을 숨기고 안개를 뿌리는 것처럼 다양한 일이 가능하다면…… 지금의 마력회로도 그냥 단순히 마력 순환만 시킬 게 아니라, 이용하기에 따라서는 다양하게 사용할 수 있지 않을까?'

['마력회로'의 사용법에 대한 힌트를 얻었습니다.
하지만 아직 갈피만 잡혔을 뿐, 구체적인 내용을 알아
내지는 못했습니다. 더 많은 지식을 쌓으십시오.]

연우는 자신이 제대로 방향을 잡았다는 생각이 들었다.

전혀 뜻하지 않았던 곳에서, 여태껏 단순한 엔진으로만 생각했던 마력회로의 새로운 사용법에 대한 힌트를 얻은 것이다.

그래서 연우는 더 많은 힌트를 얻기 위해서 진법을 더 자세하게 살폈다.

진법의 구성 요체는 이제 어느 정도 파악했다.

그렇다면 이제 결이 어디로 흐르는지 읽을 수도 있을 것 같다는 생각이 들었다.

'그렇게만 된다면, 이 복잡해 보이는 진법을 통과할 수 있는 방법도 보일 것 같아.'

자력으로 통과할 수 있다면, 진법을 파훼하고 거의 이해했다는 뜻이 될 테니까.

그래서 확인해 볼 겸, 야누의 다음 걸음 장소를 유추했다.

'좌측 45도.'

탁—

야누는 왼쪽 측방 45도 방향을 발로 찍었다.

결이 많이 뭉쳐 있는 장소였다.

'다음은 우측 아래 16도.'

이번에도 연우의 예상대로 야누는 결이 뭉쳐진 다음 장소를 밟았다.

'그다음은…….'

그리고 연우는 자신의 예상이 정확하게 들어맞는다는 것을 확인할 수 있었다.

그러다 야누가 처음으로 자신이 예상했던 것과 다른 방향으로 발을 옮기는 게 보였다.

'그쪽은 조금 더 멀리 돌아서 가는 길이야. 일부러 저렇게 가르쳐 준 건가? 그렇다면.'

야누는 오른쪽 측방 35도쯤으로 발을 내딛고 있었다. 하지만 연우의 눈에 비치는 장소는 바로 직선거리였다.

진법이 거의 끝나는 지점.

연우는 한 번 확인해 볼까 싶어 야누가 가르쳐 준 방향이 아닌, 직진 방향으로 몸을 던졌다.

"어? 어어!"

야누가 뒤늦게 자신과 다른 길로 가는 연우를 발견하고 뒤돌아봤지만, 이미 그때는 안개가 그를 가리고 난 뒤였다.

그리고.

화아악—

연우는 안개 지역을 완전히 벗어날 수가 있었다.

시야가 확 트이면서 저쪽 언덕 아래로, 여러 집들이 옹기종기 모여 있는 마을이 보였다.

그 순간.

연우의 귓가로 재미나다는 듯한 목소리가 꽂혔다.

『오호? 외부인이 별다른 힌트도 없이 그냥 호호운무진을 돌파해? 처음 보는 얼굴인데. 너, 뭐 하는 아이더냐?』

목소리에는 약간 탁음이 섞여 있었다.

지긋하게 나이를 먹은 노파가 꺼내는 듯한 목소리. 약간의 호기심과 장난기도 섞여 있었다.

『그렇군. 네가 에도라, 그 아이가 말하던…… 호호. 참 재미난 아이를 데려왔어. 과연. 큰소리칠 만하다는 건가.』

목소리에는 살짝 웃음기도 묻어났다.

『아무튼 손님이라면 곧 만날 수 있겠지. 이따가 보자꾸나. 재미난 아이야.』

목소리는 그 말만 남기고 조용히 사라졌다.

연우는 대체 목소리의 주인이 누굴까 하다가 곧 야누가 다급하게 달려오자 생각을 거뒀다.

"으아아! 이게 뭡니까! 대체 어딜 가셨던 거였어요?"

야누는 연우를 잃어버렸다고 생각했던지 얼굴에 식겁한 기색이 역력했다.

"운이 좋아서 빠져나왔길 망정이지, 거기서 잘못 휘말렸으면 진법에서 영영 갇힐……!"

"길이 보여서 나왔다만."

"예?"

야누는 순간 연우의 말뜻을 이해하지 못하고, 얼빠진 표정으로 반문했다.

"좀 더 쉬운 길이 보여서 나온 것이니 걱정하지 않아도 된다는 뜻이다."

"……."

야누는 입을 더 크게 벌리면서 중얼거렸다.

"뭔…… 괴물 같은…… 말도 안 되는……."

*　　*　　*

호호안무진은 오랫동안 외뿔부족의 마을을 외부로부터

격리시켜 줬던 진법이다.

진법의 대가들이 부린다는 기문둔갑에 비할 바는 아니더라도, 꽤 상위에 놓인 진법이었다.

그런데 그걸, 이제 처음 봤으면서 그냥 뚫었다고?

야누는 '괴물'이라는 말이 저절로 나왔다.

3미터나 되는 알을 봤을 때부터 느꼈던 거지만 도저히 연우는 같은 사람으로 보이지 않았다.

하지만 그러거나 말거나.

연우는 그쪽에 눈길도 주지 않고, 마을 한가운데에 놓인 길을 따라 가로지르고 있었다.

'외뿔부족이라고 해서 뭔가 다른 면이 있을까 했는데. 평범한 시골 마을과 크게 다를 게 없어.'

연우는 생각했던 것보다 훨씬 평범한 마을 모습에 조금 놀랐다.

왠지 '최강의 일족'이라는 단어만큼 마을에서도, 일족 구성원 전부가 무술 수련에 집중하고 있을 줄로만 알았는데.

마을은 일반 시골 풍경과 크게 다를 게 없었다.

길쭉하게 난 길을 따라 좌우로 넓은 논밭이 펼쳐져 있고, 사람들은 햇볕을 막아 주는 모자를 쓴 채로 농사일에 집중했다.

언덕에는 나무를 쌓아 만든 오두막집이 옹기종기 모여 있다.

마당에는 꼬마 아이들이 열심히 뛰어다니고, 집의 굴뚝에서는 연기가 모락모락 피어올랐다.

평화로운 시골 마을 분위기 그대로였다.

조금 독특한 모습이 있다면 사람들이 전부 뿔을 달고 있고, 옷차림이 특이하다는 점이었다.

판트와 에도라도 자주 입고 다니던 품이 넉넉한 옷.

움직이는 데 거슬리지 않을까 싶을 정도로 통이 컸지만, 그렇지는 않은지 움직임에는 전혀 불편함이 없어 보였다.

'아니, 오히려 이런 곳에서는 반대인가.'

그러다 연우는 마을 사람들이 일을 하다 말고 멀뚱하게 자신을 쳐다본다는 사실을 깨달았다.

원숭이 무리에 가면 인간이 동물원 동물 신세가 된다더니.

탑에서와 달리, 갑옷으로 무장하고 까만 가면까지 쓴 연우의 모습이 여기서는 오히려 이상한 것이다.

"어라? 저거 인간 아냐?"

"플레이어 같은데. 오늘 누구 온다는 말 있었나? 들은 사람 있어?"

"아니. 못 들었는데."

"근데 웬 가면…… 아! 야누가 공주님 심부름 다녀온다고 하지 않았었나?"

"아, 그럼?"

"오오. 그럼 저 사람이, 에도라 님의?"

"그렇다니까."

마을 사람들은 서로 자기들끼리 이야기를 나누다가 갑자기 눈을 반짝이기 시작했다.

'날 알고 있나?'

연우는 사람들이 자신을 알고 있다는 느낌을 받았다.

그리고 눈빛이 꽤 익숙했다. 야누에게서도 받아 본 눈빛. 호감 섞인 눈빛이었다.

'대체 나에 대해서 뭐라고 들은 거지?'

연우는 분명 처음 보는 얼굴인데 어떻게 저런 태도를 취할 수 있는 건지 도저히 이해가 가질 않았다.

마을 안쪽으로 들어갈수록 방문객에 대한 소문이 더욱 퍼졌는지, 곳곳에서 더 많은 외뿔부족의 사람들이 모여 연우를 구경하기 시작했다.

"오오."

"과연……!"

"강하려나?"

"강하겠지. 강하다고 했잖아?"

“가면을 쓰고 있어도 눈빛이 강렬하군. 신체적 밸런스도 적당하게 잡혀 있고. 기운도 깔끔하게 잘 갈무리하고 있어. 물건인데?”

연우는 정말 동물원 원숭이가 된 느낌에 살짝 이맛살을 찌푸렸다.

개중에는 품평을 해 대는 이도 있었고, 젊은 사람들 중에는 노골적으로 연우에게 호승심을 드러내는 사람도 있을 정도였다.

하지만 사실 정말로 사람들의 이목을 끌어당기는 건 따로 있었다.

허공에 둥실둥실 떠올라 연우의 뒤를 따라오는 3미터 크기의 알.

“근데…… 저건 대체 뭐지?”

“동물 알 같은데. 환수의 알…… 이지 않을까?”

“말도 안 돼. 마수 중에도 저런 게 있다는 말은 못 들어봤다고.”

마을 사람들은 알의 정체를 두고 갑론을박을 하느라 바빴다.

환수의 알이니, 아니면 그냥 아티팩트일 것이니 등등, 저게 대체 뭐냐는 의문이 대부분이었다.

탑의 오랜 거주민인 그들이 보기에도 연우의 알은 여태

껏 한 번도 보지 못했던 불가사의한 사건이었던 것이다.

'그런데 정말 급한 일이 닥친 마을 맞나? 하나같이 여유로워 보이는데.'

의문을 가지는 동안, 연우는 어느새 야누를 따라 마을의 중심지에 다다를 수 있었다.

다른 집들처럼 평범해 보이지만, 규모에서 차이가 있는 큰 집. 거기서 익숙한 얼굴이 뛰어나온 것이다.

"오라버니!"

이미 야누를 통해 소식을 전해 받은 에도라는 연우를 보자마자 부리나케 뛰어왔다.

사람들의 계속된 시선에 언짢은 표정을 짓던 연우도 그제야 표정이 풀어졌다.

"그동안 잘 지냈나?"

"예. 그럼요. 말도 없이 갑자기 사라져서 죄송했어요. 저희는 금방 돌아갈 수 있을 줄 알고 잠시 자리를 비웠던 거였는데."

"사정이 있었다면서. 그럴 수도 있는 일이지."

연우는 에도라의 어깨를 가볍게 두들겼다.

평온한 태도에 에도라는 살짝 눈이 커졌지만, 곧 배시시 해맑게 웃었다.

"이야. 정말 신기하네. 우리 얼음 공주님을 웃게 만드는 인간이라니."

"이쯤 되면 판트 님의 말씀이 맞는 거 같지?"

"젊은 애들 중에 질질 짤 놈들이 많겠는데? 으핫!"

에도라는 자기들끼리 웃고 떠들기 바쁜 마을 사람들을 살짝 도끼눈으로 째려봤다.

마을 사람들은 슬쩍 시선을 돌리면서도 실실 웃는 것을 멈추지 않았다.

연우는 그 모습에서 외뿔부족의 분위기를 얼추 짐작할 수 있었다.

왕족이니 뭐니로 구분되어 있어도, 그들 사이에는 이렇다 할 계급적 차이를 느끼지 않는 분위기. 자유분방한 분위기가 가득했다.

하지만 그런 태도 속에서도 왕족은 왕족 나름대로의, 그리고 전사는 전사 나름대로의 예절을 철저하게 지키고 있었다.

자율 속의 규율.

오만한 성격만큼이나 자신들을 통제하는 데에도 철저했던 것이다.

더군다나.

'하나같이 기운을 갈무리하는 데 아주 능숙해.'

평범한 시골 사람처럼 차림을 하고 있어도, 하나하나가

뛰어난 힘을 가진 전사들이었다.

특히 마력 제어에 능숙하다는 건, 그만큼 마력을 효율적으로 다룬다는 뜻이기도 했다.

아니, 그런 점을 넘어, 마력을 아주 순조롭게 다룰 수 있는 어떤 '방식' 이 있는 것 같았다.

'마치 진법을 품고 있는 것 같은…….'

연우는 마력회로를 진법처럼 다룰 수 있지 않을까 하고 착안했던 생각이, 실제로 통용되고 있자 눈을 반짝였다.

"호오. 이 사람이 이번에 찾아왔다는 손님이로군. 우리 따님과 아드님이 그렇게 칭찬했던 인간이 자넨가?"

연우와 에도라가 이야기를 나누는 사이, 인파를 가로지르면서 한 중년인이 대거 사람들을 이끌고 나타났다.

그 옆에는 판트를 비롯해 여러 촌로들이며, 허리춤에 칼을 차고 절도 있게 걷는 호위무사들까지 가득했다.

하지만.

'크다.'

그렇게 많은 사람들 중에서도 유독 가장 중심에 있는 사람만이 연우의 눈에 들어왔다.

갓 밭일을 하다가 온 건지, 모래와 먼지를 폭 뒤집어쓴 상태에 얼굴이 햇볕에 살짝 그을린 중년인.

한쪽 어깨에는 모래가 잔뜩 묻은 쟁기를 짊어지고 있었다.

시골 어디에서나 쉽게 볼 수 있을 것처럼 느껴지는 푸근한 동네 아저씨 같은 인상이었지만.

'……강해.'

연우는 중년인과 눈이 마주치자마자 크게 어깨가 짓눌리는 것을 느껴야만 했다.

처음 바할과 마주했을 때와는 또 다른 느낌이었다.

'아니, 그것과는 전혀 차원이 달라.'

바할이 모든 것을 압도하면서 우뚝 서 있는 느낌이라면.

눈앞에 있는 중년인은 오로지 이 세상에 '나만 있다'는 고고한 느낌을 주고 있었다.

분명 주변에 다른 사람들이 많은데도 불구하고. 그들의 존재감이 느껴지지 않았다.

바할이 산이라면, 중년인은 하늘이었다.

산은 오를 엄두라도 낼 수 있지, 하늘은 전혀 그럴 생각조차 못 하게 만들지 않던가.

게다가 익살맞게 호선을 그리는 눈동자 깊숙한 곳에는 뭔가가 담겨 있었다.

포악한 짐승 같은 뭔가가.

지금은 얌전하게 있지만, 밖으로 나오는 순간 모든 것을 찢어발길 것만 같았다.

마력회로도 그런 짐승의 시선을 느꼈던지, 저절로 운용

되면서 육체를 보호하고자 움직였다.

이 사람이, 바로.

'무왕.'

외뿔부족의 족장이자 왕으로서, 부족의 새로운 전성기를 열었다고 알려진 자.

그리고.

8대 클랜 없이도 탑의 최정점에 놓여 있다는 '아홉 왕' 중 한 명으로 거론되는 존재였다.

무왕은 웃음 속에 짐승을 숨기고 있는 사람이었다. 언제나 여유로운 생활을 즐기지만, 호시탐탐 날뛸 기회만을 노리는 짐승.

그와는 이렇다 할 접점이 없어서 별다른 친분도 악연도 쌓지 못했지만, 멀리서 봐도 대단한 사람이라는 것만큼은 확실히 알 수 있었다.

그리고 그런 생각이 들었다.

대대로 강하다고 알려진 외뿔부족으로 하여금, 새로운 전성기를 열었다고 평가를 받을 정도라면.

그는 대체 얼마나 강한 걸까?

그때.

무왕이 갑자기 연우를 보면서 씩 입꼬리를 크게 말아 올렸다.

연우는 자기도 모르게 흠칫 뒤로 물러서고 말았다.

여태 엿보고 있던 눈동자 속의 '짐승'과 눈이 마주친 것 같다는 느낌을 받았기 때문이었다.

등골이 저절로 오싹해질 정도였다.

"이야! 그걸 봤어?"

"……!"

"이거, 진짜 물건인데? 하긴 그럴 법도 한가? 진법도 그냥 통과했던 아이이니."

무왕은 흥미롭다는 표정을 지으면서 손으로 턱을 쓰다듬었다.

그때, 옆에 있던 판트가 퉁명스럽게 아버지 무왕에게 물었다.

"형님이 뭘 봤다는 겁니까?"

"있다. 그런 거. 너 같은 햇병아리는 아직 못 보는 거."

"으이씨! 또 그렇게 잘난 척하시깁니까?"

판트는 인상을 팍 구겼다.

자신의 아버지는 참 존경스러운 인물이었지만, 이렇게 자기 잘난 척이 심할 때는 너무 재수가 없었다.

무왕은 그런 아들의 태도에 콧방귀를 뀌는 걸로 대답을

대신했지만.

"어쩌겠냐. 네가 이 아버지를 따라오려면 백 년도 더 멀었는데."

"내가 어서 크든가 해야지, 진짜! 아무튼 조금만 기다리십쇼. 아버지 자리는 내가 확 찬탈해 버릴라니까. 그때 가서 뒷방 늙은이 되기 싫다고 질질 짜지나 마십쇼."

"응. 하고 나서나 이야기해."

"으으. 진짜 저 빌어먹을 영감쟁이가……!"

판트가 주먹을 꽉 쥐면서 부글부글 끓는 사이.

무왕은 연우를 다시 바라봤다.

"아무튼 그래서 말이다만."

연우는 잔뜩 긴장했다.

무왕의 눈빛이 깊게 가라앉고 있었다.

말투는 여전히 익살스러웠지만, 장난스럽던 분위기가 어느새 무겁게 가라앉고 그의 색(色)으로 세상이 물들고 있었다.

주변에 있던 판트와 장로, 호위무사들도 식은땀을 흘리면서 잔뜩 긴장했다.

패왕의 기세가, 위엄이, 주변을 한껏 휘어잡았다.

연우는 무왕이 무슨 말을 할까 싶어 잔뜩 긴장했다.

'짐승'을 본 게 어떤 잘못이라도 되는 걸까? 아니면 진법을 통과한 것에 무슨 문제라도?

그렇게 그의 입술에 잔뜩 집중하는데.

무왕이 짓궂게 한쪽 입꼬리를 말아 올리면서, 전혀 생각지도 못했던 말을 던졌다.

"내 딸은 언제 데려갈 생각이냐?"

"……?"

연우는 순간 자신이 뭔가 잘못 들었나 싶어 눈살을 가늘게 좁혔다.

다짜고짜 딸을 데려가라니.

결혼이라도 하라는 소리일까?

갑자기 그런 말이 왜 나오는 거지?

연우는 무왕이나 되는 사람이 실없는 소리를 할 거라고 생각지는 못해서, 말뜻을 이해하기 위해 아주 잠깐 깊은 고민에 잠겼다.

그사이.

"아버지!"

갑자기 가만히 있다가 날벼락을 맞은 꼴이 된 에도라가 버럭 소리를 질렀다.

웬만한 일에는 꿈쩍도 않던 그녀의 얼굴이 홍당무처럼 시뻘겋게 달아올라 있었다.

하지만 무왕은 특유의 뻔뻔한 넉살로 웃으면서 말했다.

"딸아. 그새 며칠 밖에 있었다고 우리 관습을 잊었냐? 좋은 놈팡이 있으면 재빨리 낚아채. 저만하면 됐구만. 이 아비도 너만 할 때 너희 엄마랑 만나서 결혼해 너네 낳았……!"

"결혼 문제는 제가 알아서 할 일이니까 신경 끄세요!"

"흐흐. 부끄러워하긴."

"……진짜 한 번만 더 놀리시면, 아버지고 뭐고 간에 칼춤 춰 버릴 거예요?"

에도라는 신마도에 손을 가져가면서 으르렁거렸다.

정말 더 자극하면 인정사정 볼 것 없이 칼을 뽑아 버리겠다는 살의가 물씬 풍겼다.

무왕은 그런 딸의 반응이 너무 재미있어 죽겠다는 듯 방실방실 웃음을 멈추지 않았다.

그런 태도가 에도라를 더 화나게 만들었지만.

무왕은 주변 사람들을 보면서 크게 외쳤다.

"아무튼 이렇게 외부에서 손님이 오신 것도 오랜만인데. 계속 세워 둘 수는 없지. 안으로 들어와. 차나 마시면서 마저 이야기 나누자고."

*　　　*　　　*

무왕이 연우를 데리고 뒤에 있는 큰 오두막으로 들어갔다.

에도라는 연우의 옆에 붙으면서 이곳을 가리켜 '궁궐'이라고 했다. 정확한 이름은 무궐(武闕).

연우는 혹시나 했던 생각이 들어맞자 내심 고개를 끄덕이면서도, 무궐을 지나면서 속으로 살짝 놀라고 말았다.

무궐은 외부에서 보는 것처럼 내부 구조도 아주 단순하고 실용적으로 되어 있었다.

마당에는 감자와 고구마 따위를 일구는 텃밭이 전부였고, 내부 인테리어도 소박한 것들로 가득했다.

누가 이걸 두고 최강의 일족을 다스리는 왕이 머무는 곳이라고 생각할까.

응접실에서 내놓은 음식도 따뜻한 차와 곡물로 만든 쿠키가 전부였다.

연우는 잠깐 쿠키를 입에 넣어 맛을 봤다.

바삭바삭해서 씹는 맛이 일품이고, 많이 씹을수록 고소한 맛이 우러났다.

엄청 맛있다는 생각은 들지 않지만, 한 번 먹고 나면 계속 생각이 날 것 같은 그런 맛이었다.

'그러고 보니 판트와 에도라는 보통 육식을 피하지 않았었나?'

어쩌면 이런 곡물이 이들에게는 주요 식사거리일지도 모르겠다는 생각이 들었다.

이런저런 생각을 하던 중에, 무왕이 응접실로 들어왔다.

"늦어서 미안하네. 옷을 갈아입는다고 조금 늦었어. 오랜만에 입었더니 순서가 생각이 나질 않더라고."

무왕은 원래 입고 있던 옷을 벗고, 다른 옷으로 갈아입은 상태였다.

황금색과 검은색 무늬가 적절하게 배합되어 화려함과 근엄함을 한껏 갖춘 옷.

보통 의례를 하거나 외부 인사를 맞이할 때에 입는 옷으로 보였다.

"잘 어울리십니다."

"흐흐. 나도 알아. 내가 옷발이 좀 많이 받는 편이거든. 젊은 시절에는 처자들도 꽤나 울렸지."

또 시작된 자기 잘난 척.

옆에 있던 에도라는 한숨을 푹 내쉬었고, 판트는 고개를 절레절레 흔들었다.

다른 노인들이나 호위무사들은 이미 익숙하다는 듯, 심드렁한 표정을 짓고 있었지만.

연우는 문득 일기장에 적혀 있지는 않았지만, 무왕은 말이 많은 성격이 아닐까 하는 생각이 들었다.

심심하면 자신의 잘난 면을 어필하는, 자기애(自己愛)가 참 투철한 사람이다 싶었다.

"그럼 이제 슬슬 이야기를 나눠 볼까."

연우는 무왕의 말에 자리에서 일어나 예의를 갖췄다.

이제부터가 중요했다.

"먼저 인사를 드리겠습니다. 저는 현재 11층을 오르고……."

"아, 자기소개를 하는 거라면 그만둬. 이미 자네에 대해서는 우리 아드님과 따님한테서 귀에 딱지가 앉도록 들었거든. 아니, 그런 것을 제외하더라도 저층 구간에 관심을 두고 있는 사람이라면 자네를 모르는 사람이 거의 없을걸?"

무왕은 팔짱을 끼면서 말을 마저 이었다.

"튜토리얼과 초심자 구간의 기록을 싹쓸이하는 최고의 루키. 혈검과 폭시 테일의 파트너. 모든 보상은 싹쓸이를 해야만 성이 풀린다는 괴물. 독식자."

모두 현재 연우를 가리키는 호칭들이었다.

"그리고."

무왕은 잠시 말을 끊으면서 말끝에 힘을 팍 주었다.

한쪽 입꼬리를 씩 말아 올리면서 언뜻 드러낸 송곳니가 왠지 모르게 연우를 긴장케 했다.

『아랑단을 홀로 무찌른 신예. 맞지?』

"……!"

연우는 자신도 모르게 자리에서 박차고 일어났다.

아랑단의 사건은 현재 레드 드래곤과 청화도의 전쟁의 단초가 되었을지도 모르는 사건.

아직 외부로 자신을 드러낼 생각이 없는 그로서는 반드시 묻어 둬야만 하는 사건이었다.

분명히 칸과 도일 외에는 목격자가 없다고 생각했던 것을, 어떻게 무왕이 알고 있는지를 따져 물어야만 했다.

하지만.

쉬쉭—

다른 호위무사들이 반사적으로 일제히 칼 손잡이로 손을 가져가고, 노인들이 인상을 팍 찡그렸다.

살벌한 분위기가 궐내를 감돌았다.

그리고.

그들의 중심에서 무왕이 웃으며 짧게 말했다.

"앉아."

"……."

단순한 한 마디인데도 불구하고.

'움직일 수가…… 없다.'

연우는 마치 보이지 않은 사슬에 감긴 것처럼 몸이 바싹 굳어 움직일 수가 없었다.

무왕에게서 흘러나온 기운이 그를 압박하고 있었다.

연우의 등 뒤로 식은땀이 주르륵 흘렀다.

'괴물이다.'

연우는 자신이 착각했다는 사실을 깨달았다.

'짐승' 은 무왕의 눈가에 잠복해있는 게 아니었다.

이미 밖으로 나와 있는 상태였다. 그저 웃는 낯을 하고 있어 전혀 모르고 있었을 뿐.

이미 포악하게 웃으면서 자신을 보고 있었던 것이다.

그제야 연우는 왜 동생이 그를 그냥 짐승이라고 표현했는지를 어렴풋이 깨달을 수 있었다.

먹이를 코앞에 둔 맹수가 어떻게 장난을 칠까, 하고 고민을 한다면 저런 모습을 하고 있지 않을까?

그리고 압박은 금세 강해져 어쩔 수 없이 다시 자리에 앉아야만 했다.

하지만 가면 아래로 비치는 연우의 시선은 예리하게 빛났다. 여차하면 바로 움직일 수 있도록. 굴복한 건 아니란 뜻이었다.

털썩—

무왕이 재미나다는 듯이 더 짙은 웃음을 흘렸다.

『걱정 마. 이 사실을 알고 있는 사람은 탑 내에서도 세 명을 넘지 않을 테니까.』

분명히 입을 닫고 있는데도 불구하고, 마치 옆에서 속삭이는 것처럼 심어를 통해 목소리가 너무 선명하게 전달되었다.

이 사실을 외부에는 알릴 생각이 없다는 뜻.

연우는 입을 꾹 다물면서 착 가라앉은 눈빛으로 무왕을 바라봤다.

대체 그 사실을 어떻게 알았는지 묻고 싶은 마음이 굴뚝 같았지만, 지금은 선불리 입을 열 엄두가 나지 않았다.

그저 지금은 무왕의 속내가 대체 무엇인지 파악하는 게 급선무였다.

그리고 세 명이나 알고 있다는 말은, 남은 두 명이 누굴까 하는 의심이 들게 만들었다.

하지만, 그러거나 말거나.

무왕은 별다른 언급도 없이 웃으면서 연우를 바라보고만 있을 뿐이었다.

연우는 그 모습에서 더한 긴장감을 느꼈다.

그때.

"또, 또 저 고약한 심보 나오셨구만. 우리 영감님. 또 무슨 이상한 말씀으로 사람 도발한 거 아뇨?"

판트가 안 봐도 훤하다는 듯이 퉁명스럽게 투덜거렸다.

호위무사들도 그제야 칼 손잡이에서 손을 뗐고, 노인들은 익숙하다는 듯이 고개를 절레절레 흔들었다. '하여간 나이를 처먹고도 저딴 심통이니' 하는 말도 나왔다.

"아버, 지?"

에도라는 인상을 구기면서 무왕을 째려봤다.

무왕이 장난기 가득한 웃음을 흘리자, 에도라는 한숨을 내쉬면서 아버지를 대신해 연우에게 사과했다.

"죄송해요, 오라버니. 저희 아버지가 짓궂은…… 아니, 좀 괴팍한 면이 있으셔서요. 마음에 드는 사람이 있으면 일단 자극부터 하고 보시는 편이라. 이런 말씀드리기 뭣하지만, 이해 부탁드릴게요."

무왕이 투덜거렸다.

"에이. 그래도 괴팍하다는 말은 좀 너무한 것 아니냐, 딸아?"

"아니라고 못하실 텐데요."

"자기 낭군 감싼다고, 이제 아버지는 아예 눈 밖에 난 꼴이로구만. 자식 헛 키웠어."

"제발 그 입 좀 닫아 주실래요?"

무왕은 에도라와 가볍게 티격태격하다가, 연우를 보면서 말했다.

"묻고 싶은 게 많을 텐데, 자세한 건 나중에 이따 사람들 물러나거든 물어봐. 일일이 제대로 응답해 줄 테니까."

"……알겠습니다."

연우는 하고 싶은 말을 억지로 삼켰다.

확실히 여기서는 나눌 대화가 아니었다.

"자, 그럼 본론으로 들어가서. 자네가 우리 마을에 찾아온 이유는 일단 야누에게 들어서 알고 있네만. 혹시 저기 무식하게 큰 게 그 알인가?"

"그렇습니다."

연우는 고개를 끄덕이면서 손을 위로 저었다.

그러자 뒤에 바위처럼 우뚝 서 있던 알이 둥실 떠올라 탁상에 떠억 하니 놓였다.

천장이 높아 아슬아슬하게 닿지 않을 수 있었지만, 보는 것만으로도 사람들을 놀라게 만드는 뭔가가 있었다.

"야누에게 들었을 때까지만 해도 뭔 헛소리인가 싶었는데, 놀라워."

"이런 게 가능한가……?"

"11층의 시련을 수없이 봐 왔지만 이런 경우는 한 번도 보지 못했다고. 이렇게 큰 환수의 알이라니. 대체 안에 뭐가 든 거야?"

노인들은 알에 달라붙어 이모저모를 살피면서 자기들끼리 토의에 들어갔다

어떤 노인은 톡톡 두들겨서 강도를 체크해 보기도 하고, 돋보기를 가져와 색과 무늬를 비교하기도 했다.

자리에 앉아 잡다하게 가져온 옛 고서를 뒤지는 노인도 있었다.

"우리 마을 장로들이야. 노인네들이 평소에 밥만 축내는 식충이들이긴 해도, 여기저기서 주워들은 건 많아서 아마 도움이 될 거다."

무왕의 말에 장로들은 그를 한껏 째려봤지만, 곧 다시 알 쪽으로 관심을 돌렸다.

그만큼 새로운 알은 그들의 호기심을 자극하기에 충분했다.

연우는 가만히 장로들을 지켜봤다.

외뿔부족은 젊었을 때에는 힘에 미치고, 나이가 들면 지식에 미친다는 말이 있다더니.

탐구심을 잔뜩 드러내면서도 그들은 전부 노인답지 않은 다부진 체격과 기품을 자랑했다.

그들 중 대부분이 연우로서는 도저히 얼마나 강한지 짐작도 가지 않는 사람들이었다.

거기서 연우는 외뿔부족이 가진 '저력'이 무엇인지 어렴풋이 알 수 있을 것 같았다.

"방법을, 찾을 수 있겠습니까?"

그래서 차마 노인들을 방해하지는 못하고, 무왕을 돌아보며 물었다.

여전히 무왕은 속을 알 수 없는 미소를 지으면서 어깨를 으쓱거렸다.

"그야 모를 일이지. 힘쓰는 게 내 전문 분야지, 저런 건 골치만 아파서. 그래도 우리 영감님들 한 번 믿어 봐. 식충이라도 쓸 만하다니까?"

말은 그렇게 해도 장로들을 보는 무왕의 시선에는 짙은 신뢰가 담겨 있었다.

그리고.

노인들은 저들끼리 한참 토의를 나누다가, 어떤 공통된 결론을 내렸는지 떨어져서 연우를 돌아봤다.

"문헌에서 이와 유사한 경우가 딱 한 번 있었다는군. 이것도 그와 같은 케이스가 아닐까 하고 짐작하고 있다네."

"정말입니까?"

연우가 벌떡 자리에서 일어났다. 피닉스도 알아내지 못했던 사실을 이렇게 금방 알아낼 수 있는 걸까?

에도라의 혜안을 믿고 왔던 그로서는 조금 당황스럽기도 했다.

그러면서 한편으로는 드디어 11층 스테이지를 클리어할 수 있겠다는 생각에 눈이 반짝였다.

"정말? 그게 뭔데, 영감?"

무왕도 호기심을 잔뜩 드러냈다.

대표로 말한 노인은 안경을 고쳐 쓰면서, 나이를 먹고도 여전히 못 돼먹은 말투를 쓰는 철없는 자신들의 왕을 노려보다가, 연우를 보면서 크게 고개를 끄덕였다.

"그런데 다만 약간 문제가 있다네."

"문제라시면, 혹 해결책이 없다는 말씀이신지요?"

"아니. 해결책은 있다네. 당시에는 4미터 남짓하게 알이 커졌지만, 모종의 수를 투입시켜 바로 부화를 해냈다는군. 거기서 태어난 게, 지금의 허무룡이라 하니 놀랍지 않은가?"

"……!"

"오."

"허얼?"

말을 듣고 있던 연우와 무왕, 판트, 심지어 다른 장로들이며 호위무사들까지 모두 놀란 얼굴이 되었다.

허무룡은 11층에서 피닉스와 함께 4대 신수로 불린다.

그리고 허무룡은 그런 신수 중에서도 가장 강하기로 유명했다.

그런 존재가 태어난 사례라면.

지금 연우의 알에서도 신수나, 그에 못지않은 최상위종 환수가 태어날 가능성이 높다는 뜻.

"우와. 되는 놈만 계속 되는 더러운 세상. 난 어디 진짜 목매달아야 하나?"

판트는 고개를 절레절레 흔들면서 대체 비법이 뭐냐는

얼굴로 연우를 빤히 쳐다봤다. 부러워 죽겠다는 표정이 얼굴에 가득했다.

연우는 그런 판트를 무시하고, 환수의 알을 돌아봤다.

우웅, 우웅—

심령의 연결고리를 통해 녀석이 우쭐해하는 기색이 느껴졌다. 이러고도 자신을 괴롭힐 거냐며 따지는 것 같았다.

그때.

갑자기 에도라가 손을 들더니 의문을 드러냈다.

"하지만 장로님, 제가 알기로는 분명히 4대 신수는 탑에서 태어난 존재가 아니라……."

"맞네. 내가 말하고 싶었던 문제점이 바로 그거였어. 본래 신수는 외부에서 흘러온 존재. 허무룡도 마찬가지이니, 이 케이스는 탑이 존재하기 훨씬 이전에 있었던 일이라는 점일세."

'탑이 열리기 전에 있었던 케이스? 그런데 그게 내 알에서 다시 되풀이되었다는 건가?'

연우는 환수의 알을 가만히 바라봤다.

대체 이 안에 든 게 무엇이기에 그런 이상한 일이 벌어지는 걸까.

그리고.

한편으로는 그런 생각도 들었다.

피닉스는 알의 주인인 연우에게 '꿈'이 없기 때문에 환수가 태어날 계기가 없는 것이라고 말했다.

그렇다면 그 꿈이 없다는 점이 '조건'이 되어 환수를 기형적으로 변화시킨 게 아닐까 하는 생각이.

그때, 무왕이 말을 정리했다.

"아무튼 그런 알에서 허무룡이 태어났으니, 이 알에서도 허무룡과 비슷하거나 그에 못지않은 게 태어날 거란 말이지, 영감?"

"그렇다네."

"그럼 어렵게 생각할 필요 없네. 센 놈이 나타난다는 데 거절할 이유가 없잖아."

노인은 사안을 단순화시킨 무왕을 노려봤지만, 무왕은 룰루랄라 콧노래만 흥얼거렸다.

노인은 혀를 차면서 고개를 절레절레 흔들었다.

"여하튼 이렇게 생각하면 편할 걸세. 현재 이 알은 알 수 없는 원인으로 기형 상태가 되어 비정상적으로 커져 버렸고, 그것을 바로잡기 위해서는 '달의 씨앗'을 필요로 한다네."

'달의 씨앗?'

연우는 처음 듣는 단어에 고개를 갸웃거렸고.

"음! 확실히 달의 씨앗이라면."

"제법 일리가 있긴 하지."

듣던 사람들은 당연하다는 듯이 고개를 끄덕였다. 에도라도 수긍하는 표정이었다.

하지만 연우의 의문은 커졌다.

일기장을 통해 숱하게 많은 아티팩트와 여러 영약 등을 줄줄이 꿰고 있었지만, 달의 씨앗이라는 건 처음 듣는 이름이었으니까.

에도라도 그런 연우의 눈빛을 읽었는지 차분하게 설명했다.

“달의 씨앗은 저희 일족에게만 대대로 전승되는 희귀 약초 중에 하나예요. 저희 외에 타 종족에게는 큰 쓸모가 없어서 알려지지 않은 편이고요.”

연우는 고개를 끄덕였다. 일족의 비밀이었다면 동생이 몰랐어도 이해가 가니까.

그리고 해결책이 외뿔부족에 있다는 사실에 주먹을 꽉 쥐었다.

혹시나 하는 생각에 용마안으로 장로를 몇 번씩 살펴봤지만, 그는 거짓말을 하지 않고 있었다.

진실이라는 뜻.

드디어 한 달도 넘는 사투가 끝을 보이고 있었다.

“달의 씨앗을 구하고 싶습니다. 어떻게 하면 구할 수 있겠습니까?”

연우는 무왕을 바라봤다.

여전히 속을 알 수 없는 무왕의 미소가 짙어졌다.

"넌 달의 씨앗을 절실히 필요로 하고 있고, 우리는 그것을 보유하고 있다, 이거지?"

"그렇습니다."

"하지만 딸에게 들었다시피, 그건 우리 일족 내에서도 아주 귀하게 다뤄지는 약초야. 15년을 꼬박 재배해야 한 뿌리를 겨우 얻을 수 있을까 말까 한."

가면 아래, 연우의 눈매가 깊어졌다.

무왕은 거래를 제시하고 있었다.

물건을 원한다면, 그에 합당한 대가를 지불하라는 뜻.

옆에서 에도라가 뭐라고 말하고 싶은 눈치였지만, 옆에 있던 장로가 손을 뻗어 그녀를 막았다.

지금은 개입해서는 안 된다는 의미.

아무리 경망스러운 모습을 보여도, 일족의 왕으로서 행동할 때에는 개입하지 않는 게 일족의 원칙이었다.

에도라는 아무 도움도 되지 못한다는 생각에 결국 아랫입술을 질끈 깨물었다.

판트는 말없이 고요한 눈길로 연우와 무왕을 번갈아 봤다.

고요한 적막이 흐르고.

연우는 숱하게 머리를 굴리다가 천천히 입을 열었다.

"보시다시피, 제가 가진 게 크게 없습니다. 들어가 있는 세력도 없고, 지원해 주는 곳도 없습니다. 대가를 치르라 하신다면 차후에……."

"우리는 외상은 안 받아."

"……."

단호한 거절.

연우는 입을 꾹 다물었다. 다른 걸 생각해야만 했다.

머릿속으로 자신이 가진 여러 아티팩트들이 스쳐 지나갔다. 하나하나가 대단하다고 할 수 있는 것들.

하지만 그중에서 무왕의 눈에 찰 만한 건, 비그리드와 아이기스밖에는 없었다.

그러나 그것들을 함부로 내놓을 수도 없는 노릇이니.

그래도 건네야 한다면 비그리드가 되겠지만. 비그리드에는 칸, 도일과 쌓았던 추억이 어려 있었다.

그런 걸 내어 줄 수는 없었다.

머릿속이 복잡해지는데.

무왕이 피식 웃음을 흘렸다.

"거 참. 굳이 대가를 물건으로는 제시할 필요는 없잖아? 안 그래? 너한테는 꽤나 좋은 몸뚱이가 있는데, 그걸 잠시 대가로 빌려주는 건 어때?"

연우는 퍼뜩 정신이 들었다. 육체적인 노동이라면 얼마든지 시간을 들일 생각이 있었다.

다만, 의문이 드는 것은.

'외뿔부족이 내 손을 필요로 할 일이 있나?'

무왕이 뭘 시킬지 엄두가 나지 않는다는 점이었다.

그때, 무왕이 내건 제안은 연우의 뒤통수를 세게 후려친 것처럼 정신을 얼얼하게 만들었다.

"레드 드래곤과 청화도의 전쟁, 들어 봤지? 조만간에 우리가 거기에 용병으로 참여하게 되어서 말이야. 너도 거기에 손을 좀 보태 줬으면 싶은데. 어때?"

연우의 눈이 화등잔만 하게 커졌다.

'뭐?'

[서든 퀘스트 / 참전]

내용: 현재 탑은 레드 드래곤과 청화도의 전쟁으로 몸살을 겪고 있습니다. 여기에 외뿔부족은 수십 년 만에 처음으로 외부 개입을 표방하고, 용병 집단으로서의 참전을 계획 중에 있습니다.

그들의 일원이 되어 전쟁에 참여하세요. 높은 공을 세우고, 명성이 커질수록 혜택과 보상이 많아지며 더 많은 사람들이 당신을 지켜볼 것입니다.

제한 시간: 전쟁 종료 시점

보상:

1. 외뿔부족과의 친밀도 +150

2. 달의 씨앗

3. ???

놀란 건 연우만이 아니었다.

"어? 저 인간도 같이?"

"외부 인사 영입? 굳이 그럴 필요가 있나?"

"해도 상관없잖아?"

"아니. 굳이 신경은 안 쓰는데. 그래도 실력이 있어야지. 방해만 되면 좀."

"공주님과 왕자님이 추천한 인사인데. 괜찮지 않을까? 게다가 독식자라면 꽤 유명하다면서?"

"그렇겠지?"

장로들과 다른 사람들도 전혀 언질을 받지 못했던 내용인지 잠깐 웅성거렸다.

판트와 에도라도 놀란 눈으로 자신들의 아버지를 쳐다봤다.

그만큼 이번 사안은 절대 작은 게 아니었다.

외뿔부족이 몇십 년 만에 밖으로 모습을 내비치는 큰 사안이었으니까.

그리고.

연우의 가슴도 그들처럼 점차 방망이질을 치고 있었다.

레드 드래곤과 청화도의 전쟁.

이미 탑에서 모르는 사람이 없을 정도로 큰 이벤트가 되어 버린 대규모 사건.

그건 연우도 촉각을 곤두세우면서 지켜보고 있는 사건이기도 했다.

두 곳 모두 언젠가 세상에서 지워 버려야 할 곳들이었으니까.

그래서 연우는 최대한 빨리 11층 스테이지를 클리어하고, 전쟁이 터지기 전에 더 많은 층계를 올라서 계속 명성을 쌓을 생각이었다.

그리고 단번에 두 클랜의 간부들로부터 이목을 집중받을 수 있는 방법을 모색하려 했다.

당장 외인으로 활동하고 있는 그가 전쟁에 참전하기 위해서는 용병으로 고용되는 수밖에 없었으니까.

그런데.

'외뿔부족에서, 용병으로 참전을 하라고?'

전혀 생각지도 못한 곳에서 제안을 받고 말았다.

외뿔부족과 함께라면. 명성을 쌓을 방법에 대해서 전혀

고민을 하지 않아도 되었으니까.

그러니 연우에게는 더 좋은 기회였다.

외뿔부족은 구성원조차 여러 클랜에서 서로 모셔 가기 위해서 발버둥을 치는 곳. 그런 곳이 통째로 참전을 한다면 클랜의 중심부까지 다다를 수 있었다.

연우로서는 더할 나위 없이 좋은 기회인 것이다.

알도 부화시키면서 참전까지 해결을 한다면.

이보다 더한 일석이조가 어디에 있을까.

다만, 걸리는 점은.

'외뿔부족은 탑 내의 일에 대해서 철저하게 무관심과 중립을 내세우는 게 원칙 아니었나?'

아르티야라는 거대 클랜이 몰락하는 데 있어 외뿔부족이 전혀 관여되지 않았던 것도 그런 이유 때문이었다.

아주 오래전부터 외부의 일에는 절대 크게 간섭하지 않고, 자신들도 간섭을 받지 않는다.

그것이 외뿔부족이 최강자로서 오랫동안 군림할 수 있었던 이유였으니까.

그런데 갑자기 그런 원칙을 바꿔 버렸으니.

물론, 짐작 가는 바가 전혀 없는 건 아니었다.

'청화도의 창무신(槍武神). 그자가 외뿔부족 출신이긴 했었지.'

청화도를 다스린다는 다섯 무신 중 하나인 창무신. 그가 부리는 창 솜씨는 웬만한 랭커들도 날려 버릴 정도로 강하다 알려져 있었다.

그가 외뿔부족을 세상에 다시 나오게 한 건 아닐까?

"청화도로 참전을 한 겁니까?"

"크. 역시. 머리 회전이 빠른데?"

무왕이 맞다는 듯 고개를 끄덕였다.

연우는 미심쩍은 점들에 대해서 질문을 던졌다.

"외뿔부족은 원래 절대적 중립을 표방하는 것으로 알고 있습니다. 그런데 갑자기 참전을 하게 되신 이유가 무엇인지 여쭈어도 되겠습니까?"

"노코멘트. 다만, 자네가 짐작하고 있는 이유와 관련이 있다는 건 알아 둬."

'역시 창무신이 끌어들인 거로군. 무슨 수를 썼는지는 모르겠지만.'

웬만한 건 다 갖추고 있을 외뿔부족을 끌어들일 만한 제안이 무엇인지 도무지 짐작도 가질 않는다.

하지만 한 가지만큼은 확실했다.

'이 전쟁은 이제 쉽게 돌이킬 수 없게 되어 버렸어.'

두 클랜의 전쟁만 하더라도 너무 큰 사안인데. 여기에 외뿔부족까지 더해진다면?

'파란이 일어나겠지. 아주 크게.'

그리고 청화도의 절묘한 수에 혀를 찼다.

레드 드래곤에 비해 부족한 전력을 어떻게 보충할까 싶었는데, 이렇게 충격적인 인사들을 끌어올 줄은.

아무리 안하무인인 레드 드래곤이라고 하더라도, 외뿔부족은 무시하지 못할 테니.

전쟁은 이제 절대 쉽게 끝날 수가 없었다.

그래서 가슴속이 끓었다.

원수 집단이 저들끼리 치고받고 싸우다 쓰러진다면. 거기서 자신은 취할 것만 취하면서 목을 날려 버리면 되는 거니까.

"만약 제가 용병으로 참전을 하게 된다면. 어떤 포지션을 갖추게 되는 것입니까? 사실 외뿔부족이나 되는 곳에서 외부 인사를 필요로 한다는 게 납득이 가질 않습니다만."

"뭐, 그렇게 생각할 수도 있겠지. 그런데 그게 말처럼 그렇게 쉽지가 않아."

무왕은 의자에 등을 붙이면서 관자놀이를 벅벅 긁었다. 그러면서 물었다.

"자네, 혹시 마을 가로지르면서 우리가 전쟁을 준비한다거나 하는 인상을 받은 적 있나?"

연우는 평화롭기만 하던 마을 풍경을 떠올렸다.

그래서 고개를 가로저었다.

"아뇨. 느끼지 못했습니다."

"그치? 이 양반들이 그런 족속들이라니까? 우리가 참전한다고 발표를 했어도 탐탁지 않게 여기는 작자들이 좀 있어. 뭐, 반면에 아무 생각 없이 그냥 날뛸 수 있다고 좋아라 하는 미친놈들도 있지만."

연우는 그제야 외뿔부족의 속사정을 알 것 같았다.

"부족원들이 모두 참여하는 건 아니신 거군요."

"맞아. 내가 나서자고 소리를 고래고래 질러 대도, 말귀를 알아 쳐 듣는 새끼는 한정되어 있어서. 그래도 내 체면이 있지, 머릿수는 많으면 많을수록 좋잖아?"

연우는 고개를 끄덕였다.

무왕은 그러면서 깍지를 낀 손 위로 턱을 올리면서 웃었다.

"그리고 일손은 많을수록 손해 볼 건 없지. 뭐, 사실 자네 말고도 식객은 아홉 명 정도 더 있어. 다들 한 가락 하는 양반들이고."

연우는 아주 잠깐 고민에 잠겼다.

'말은 저렇게 하지만, 무왕이 나선다고 하면 거동이 불편한 장로들을 제외하면 전사들 대부분은 따라나설 테지.'

평화로운 분위기를 하더라도, 왕과 일족에 대한 절대적

인 충성심을 가진 곳이 외뿔부족이었다.

연우로서는 전혀 나쁠 게 없는 제안이었다.

참전을 하고, 청화도의 중심에서 리언트를 지켜볼 수 있으며, 무엇보다 마력회로의 발전에 도움을 줄 외뿔부족의 무공과 진법에 대해서도 알아볼 수 있었다.

하지만 연우는 선불리 하겠노라고 대답을 하지 못했다.

'무왕의 속내를 도저히 짐작할 수 없어.'

연우의 눈에는 여전히 무왕이 포악한 짐승이 웃고 있는 것으로만 비쳐졌으니.

저 속에 대체 무슨 생각을 하고 있는지 짐작할 수가 없었다.

마치 판트와 에도라를 정교하게 합쳐 놓은 것 같다고 해야 할까.

판트의 과격함과 에도라의 치밀함.

두 가지를 동시에 겸비했다는 건, 그만큼 상대하기가 어려울 수밖에 없으니까.

그리고 이건 자신에게 너무 유리하기만 한 조건이었다.

참전하겠다고 말만 하고 제대로 싸우질 않으면? 전쟁에 참여해도 별다른 활약을 보이지 않는다면?

무왕은 어느 정도 선까지 활약을 하라는 조건부를 달지 않았다.

그때 가서 달의 씨앗을 주지 않는다고 하지도 못할 것이다. 퀘스트창까지 뜬 이상, 이건 정식 '계약'이 되어 버린 셈이었으니.

탑의 시스템은 계약에 관한 한 엄중한 면이 있었다.

무왕이나 되는 작자가 그걸 모를 리가 없을 텐데. 왜 이렇게까지 판을 깔아 주려는 걸까.

무슨 꿍꿍이가 있다고밖에 생각할 수가 없었다.

여러모로 상대하기가 너무 까다로운 사람이었다.

하지만.

"그래서. 할 거야? 말 거야? 아니면 따로 고민할 시간 줘?"

무왕은 그런 연우를 재촉해 댔다.

결국.

연우는 고민을 끝내고, 결정을 내렸다.

"참전하겠습니다. 용병으로."

무왕은 그럴 줄 알았다는 듯 깍지를 낀 손에서 얼굴을 떼며 책상을 세게 내려쳤다.

쾅!

"그렇지! 남자라면 그 정도 배짱은 있어야지. 전쟁 돌아가는 꼴 잘 봐 두라고. 앞으로 탑을 오르는 데 있어서 자네한테도 꽤 많은 공부가 될 테니까."

무왕은 흡족하게 고개를 끄덕였다.

장로를 비롯한 궐내의 여러 사람들은 가만히 고개를 끄덕였다.

그들의 왕이 주도한 일이니 어련히 알아서 하겠느냐는 뜻이 담겨 있었다.

그 속에 담긴 건, 무왕에 대한 부족원들의 절대적인 신뢰였다.

태도는 경망스러워도 절대 허투루 일을 처리하는 사람은 아니었으니.

어차피 별관에는 연우 외에도 다른 식객들도 머물고 있었으니 별달리 거부감도 들지 않았다.

다만, 판트와 에도라는 하고 싶은 말이 많은 눈치였다. 하지만 분위기에 휩쓸려 섣불리 입을 열지 못하고 있었다.

"그럼. 독식자 카인은 당분간 우리 일족의 식객으로서 같이 이번 전쟁에 참전하도록 한다. 이의 있는 사람?"

부족원들은 모두 팔짱을 끼며 아무 말도 하지 않았다. 마음대로 하라는 뜻.

몇몇은 대놓고 연우를 보면서 눈빛을 보내는 사람도 있었다. 호승심이 잔뜩 섞인 눈빛이었다.

"그럼 그렇게 결……!"

무왕이 선고를 내리려던 그때.

"이의 있습니다."

갑자기 호위무사들 중에서 한 사람이 자리를 박차고 벌떡 일어났다.

모든 사람들의 시선이 그쪽으로 쏠렸다.

그런데 저마다 표정이 달랐다.

장로들은 흥미진진하다는 얼굴을 한 반면, 판트는 대놓고 인상을 구기고 있었다. 에도라의 표정도 얼음장처럼 싸늘하게 식었다.

무왕이 이의를 제기한 사람을 보면서 물었다.

"그래, 장. 하고 싶은 말은?"

"아버지!"

'아버지?'

연우의 눈빛이 서늘하게 빛났다.

"여긴 공식 석상이다. 말 가려."

"죄송합니다. 왕이시여. 실력도 제대로 검증되지 않은 외부인을, 그것도 11층도 제대로 클리어하지 못하고 있는 어중이떠중이를 함부로 식객으로 들이시다니요. 있을 수 없는 일입니다."

장은 짜증 섞인 눈빛으로 연우를 노려봤다.

마치 네깟 놈이 우리 일족과 어깨를 나란히 할 자격이 있느냐는 오만한 눈빛.

연우는 피식 웃음을 흘렸다.

어디선가 많이 봤던 눈빛이었으니까.

튜토리얼에서 처음 만났던 판트와 에도라가 저런 눈을 하고 있었지, 아마?

그리고 연우는 그제야 자신이 있는 곳이 진짜 외뿔부족의 마을이라는 사실을 실감할 수 있었다.

그동안 야누를 비롯한 많은 이들이 너무 자신을 호감 어린 시선으로 봐서 깜빡할 뻔했다.

이들은 오만함으로 똘똘 뭉친 작자들이 아닌가.

"그래서요? 지금 저와 판트 왕자의 추천 인사를 믿지 못하시겠다는 말씀이신가요?"

그때, 에도라가 싸늘한 목소리로 장에게 물었다.

장은 에도라의 시선에도 아랑곳하지 않고 맞받아치면서 코웃음을 쳤다.

"그렇다."

"무례하시군요."

"무례한 것은 너희 남매지. 어찌 한낱 인간 따위를. 쯧!"

"지금 그 말, 책임질 자신 있으신가요?"

"못할 것도 없지."

도저히 같은 아버지를 둔 남매라고 생각하기 힘든 모습.

둘 사이에 팽팽한 기류가 흘렀다.

만류하지 않으면 당장에라도 서로 칼을 빼 들고 달려들 것 같았다.

장로들은 너무 재미나다는 듯이 구경만 해 댔지만. 팝콘을 가져다주면 딱 좋아할 것 같았다.

짜악!

“자, 거기까지.”

무왕이 박수를 큰 소리가 나게 쳤다. 그러자 궐내를 휘감고 있던 살기가 확 하고 흩어졌다.

장로들이 아쉽다면서 ‘쩝’ 하고 입맛을 다셨다.

“어렸을 때 많이 싸웠던 형제자매일수록 친해진다는 말은 있지만, 그래도 싸우려거든 나가서 싸워. 정신 사나우니까. 하여간. 장, 너는 카인을 믿지 못하겠다는 거지?”

“그렇습니다.”

“그럼 검증하면 되겠네.”

무왕은 연우를 돌아봤다.

연우는 담담하게 고개를 끄덕였다.

무왕이 씩 웃으면서 다시 장을 돌아봤다.

“본인도 하겠다고 나섰으니. 실력 검증은 장, 네가 직접 해. 그럼 불만 없지?”

장이 잘되었다는 듯이 차갑게 웃었다.

“예.”

"아버지!"

에도라가 무왕을 돌아봤지만, 무왕은 손을 뻗어 그녀의 말을 묵살했다.

"그럼 5분 뒤에 뒤쪽에 있는 연무장으로 집합해. 거기서 검증하겠다."

*　　*　　*

그 많던 사람들은 썰물처럼 무궐을 빠져나갔다. 마지막에 나가던 장은 연우를 한 차례 비웃어 보이기까지 했다.

에도라와 판트가 연우에게 다가왔다.

"오라버니, 죄송해요."

"형님. 으음. 이거 좀 귀찮게 만들었수다."

판트는 뒷머리를 벅벅 긁었다.

연우가 물었다.

"어차피 식객으로 있으려면 실력을 보이긴 보여야 했다. 차라리 잘되었어."

"그건 그런데…… 좀 골치가 아파서 말입니다. 괜히 형님을 우리 가정사에 끌어들인 것 같기도 하고."

"……?"

연우가 고개를 갸웃거렸다. 집안 사정?

에도라가 조심스레 입을 열었다.

"오라버니, 혹시 저희 일족의 구성에 대해서 아시는 게 있나요?"

연우는 고개를 끄덕였다.

"조금."

외뿔부족은 '부족'이라는 단어로 한데 묶여 있었지만, 사실 총 51개의 가문이 연합체를 구성하는 방식으로 이뤄져 있었다.

그리고 그들 중 최강자가 왕이 되는 시스템이었다.

"그럼 이야기가 빠르겠네요. 저희 일족은 총 51개의 가문으로 이뤄져 있어요. 판트 오빠와 제가 있는 청람가도 그 중 하나고요. 아버지는 백선가(白仙家)라는 곳의 출신이셨어요."

에도라의 설명이 이어졌다.

"본디 외뿔부족의 왕은 선대 왕의 자식들 중에서 뽑히도록 되어 있어요. 그리고 형평성을 맞추기 위해 왕은 반드시 각 가문에 최소 한 명 이상씩 후계를 낳아야만 하는 의무가 있고요."

왕은 반드시 51개 가문의 여자들을 아내로 맞아들이고,

반드시 그들에게서 자식을 봐야 한다는 뜻이었다.

너무 복잡한 방식이었다.

“그렇다면?”

“예. 장은 우리와 아버지만 같은 이복 남매예요. 아버지처럼 백선가 출신이기도 하고요. 그리고.”

에도라가 아랫입술을 질끈 깨물었다.

“판트 오빠와 함께…… 차기 왕으로서의 가능성이 점쳐지는 네 후보 중 한 사람이기도 해요. 아니, 사실 따지자면 판트보다 훨씬 가능성이 높은 편이예요.”

“야! 그건 아니거든!”

“시끄러. 그러게 누가 약하래?”

에도라는 판트의 반발을 묵살하고, 다시 연우를 바라봤다. 깊게 가라앉은 눈빛에 초조함이 살짝 어렸다.

연우는 전후 사정을 알아채고 가볍게 혀를 찼다.

“너희 남매를 괄시하고, 장로들이 있는 데서 체면을 꺾을 목적으로 이딴 일을 꾸몄다는 거군.”

“맞아요.”

이래서 복잡한 가정사에 끌어들여 미안하다고 한 모양이었다. 괜히 연우만 휘말리게 됐으니.

“게다가 장은 이미 이른 나이에 30층계를 주파했을 정도로 손꼽히는 무재로 불리고 있어요. 그러니…….”

에도라는 뒷말을 흐렸다. 말을 하지 않아도 무슨 말을 하고 싶어 하는지는 알 것 같았다.

굳이 부딪칠 필요가 없다. 아니, 부딪치지 말라는 뜻이었다. 다칠 수도 있으니까.

연우는 피식 웃음이 나왔다.

자신을 걱정하는 판트와 에도라가 귀여웠다. 정말 튜토리얼에서 만났던 그 녀석들이 맞나 싶을 정도로. 이 아이들이 약한 모습을 보일 정도라면 어떤 상대라는 걸까.

그리고 한편으로는 그런 생각도 들었다.

조금 짜증이 난다고.

그는 자신과 관련 없는 일에 강제로 휘말리는 걸 아주 싫어했다. 그리고 판트와 에도라가 이런 표정을 짓게 만든 헛짓거리도 짜증이 났다.

"달의 씨앗이 필요하시다면 저희가 어떻게든 구……."

"아니. 됐다."

연우는 손을 뻗어 에도라의 머리를 헝클었다.

에도라의 눈이 동그랗게 떠졌다.

"내 일은 내가 알아서 하마. 너희들은 앉아 있어."

"하, 지만."

"너희는 그냥 지켜보고만 있어라. 너희들이 날 형제처럼 생각한다면. 원래 이런 귀찮은 일을 도맡아 하는 건."

가면 아래, 연우의 눈이 살짝 호선을 그렸다.

"형이 할 일이니까."

* * *

뒤쪽에 마련된 연무장이 꽤 시끌벅적해졌다.

무왕과 장로들이 입회를 했다. 그리고 소문을 듣고 부족원들 대부분이 우르르 몰려와 구경하기 여념이 없었다.

소문으로만 듣던 판트, 에도라의 인간과 차기 왕으로 각광받는 장의 대결이었으니까.

에도라는 연무장으로 들어오는 내내 아무 말이 없었다. 축 떨어뜨린 얼굴은 붉게 달아올라 있었다.

그녀는 연우가 했던 말을 계속 되새김질하고 있는 중이었다.

판트는 그런 동생을 보면서 '중병이야, 중병' 이라면서 혀를 끌끌 찼다.

그러다 연무장 중심으로 시선을 돌렸다.

연무장 중심으로, 연우와 장이 고요하게 서 있었다.

장은 검을 쓰는지 검을 들고 가볍게 어루만지고 있었다. 싸늘하게 식은 눈빛은 연우에게 향했다.

평소 눈엣가시였던 판트와 에도라가 입에 침이 마르도록

떠들어 대던 인간.

밖에서는 독식자니 뭐니 하면서 시끄러운지 몰라도, 장에게는 우습기만 한 상대였다.

장은 처음부터 판트 남매를 그닥 좋아하지 않았다.

아버지의 사랑을 빼앗아 간 창녀의 자식들. 더러운 피가 흐르는 것만큼 불결한 것도 없었다.

그리고 그런 불결한 것들과 가까이 지내는 작자라면. 뭐, 딱히 보지 않아도 뻔하겠지.

그런데 정작 그 인간은 연무장에 들어선 뒤로 아무 것도 하지 않고 있었다.

무기를 점검하지도, 몸을 풀지도 않았다.

이상한 가면 아래로, 그저 고요한 눈길만 보낼 뿐.

장은 코웃음을 쳤다. 저렇게 뭔가 있는 척을 해 봤자 달라질 건 없었으니까.

"앞서 말했듯, 이건 어디까지나 검증이 목적이다. 살상은 불허하며, 만약 불상사가 벌어진다면 엄벌에 처할 거다. 알아들었나?"

무왕은 팔짱을 끼며 예의 익살맞은 모습으로 둘에게 물었다. 연우와 장이 고개를 끄덕이자, 무왕이 크게 소리쳤다.

"그럼 시작하도록!"

장은 칼을 고쳐 쥐었다.

백선가의 비기, 〈선무검식(仙舞劍式)〉의 기수식.

그는 단번에 연우를 거꾸러뜨릴 속셈이었다. 압도적인 기량 차이를 보여야 판트 남매의 체면도 땅바닥에 떨어질 테니까.

전력을 다해 마력을 끌어올렸다. 30층의 보스, 드라고니안을 단칼에 베었을 때처럼 상위 기술인 오러를 날리려는 찰나.

팟—

갑자기 서 있던 연우의 신형이 아래로 움푹 꺼졌다.

'어디 갔……?'

장은 연우를 찾아 재빨리 감각을 돌리려 했지만, 그의 생각은 오래가지 못했다.

그때는 이미 그의 머리통이 지면에 처박혀 있었으니까.

콰아앙!

장의 머리가 단단하게 다져 놓은 지면을 부수고 내리꽂혔다. 그 위에는 어느새 차가운 눈을 한 연우가 녀석의 뒤통수를 단단히 움켜쥔 채 세게 짓누르고 있었다.

"……!"

"……!"

압도적인 패배.

좌중이 일제히 경악에 잠겼다.

그 누구도 선불리 입을 열지 못했다.

이미 독식자에 대해 알고 있던 이들도 이 정도일 줄은 몰랐기 때문에 충격에 빠진 얼굴이었다.

눈썰미가 좋은 장로들은 얼추 연우의 힘을 짐작하고 있어 크게 놀란 눈치는 아니었지만.

그래도 의외라는 표정으로 연우를 바라보는 건 똑같았다.

에도라는 탄성을 터뜨리고, 판트는 고개를 절레절레 흔들었다. '괴물이 못 본 사이에 더 큰 괴물이 되었어.' 라는 혼잣말을 중얼거리면서.

그리고.

"푸하핫!"

무왕은 재미있다는 듯이 양 무릎을 치며 크게 웃음을 터뜨렸다.

장은 그가 아끼는 자식 중 하나. 그런 자식이 패배했는데도 불구하고 안타까워하거나 걱정스러워하기보다는 아주 즐거워하고 있었다.

연우는 그런 사람들의 시선을 뒤로한 채.

장의 머리를 더 깊숙하게 밀어 넣었다.

쿠쿵!

대리석으로 말끔하게 닦아 놨던 바닥이 더 크게 갈라졌다.

"크윽……!"

마치 패대기쳐진 개구리처럼 볼썽사나운 모습이 된 장은 몸을 부들부들 떨었다.

어떻게든 일어서기 위해 팔에 잔뜩 힘을 줬지만, 위에서 가해지는 압박 때문에 도저히 꿈쩍도 할 수 없었다.

그런 녀석을 내려다보면서 연우가 말했다.

"솔직히 말해서, 네가 무슨 목적을 가지고 있든지 나와는 상관없어. 어차피 실력을 검증해야 한다는 건 당연한 거였으니까."

까만 가면 아래로 도깨비불이 켜졌다.

"하지만 네 목적에 최소한 날 귀찮게 하지는 마라. 나와는 전혀 관계가 없는 일이지 않나? 아, 그리고 저 아이들도 마찬가지고."

"큭!"

장은 소리를 지르고 싶었다.

뭔가 잘못되었다고.

11층에서 버벅대는 녀석 따위에게 이렇게 당한다는 건 절대 있을 수 없는 일이었다.

하지만 몸이 꿈쩍도 하질 않았다. 대체 무슨 수를 쓴 걸까?

아니, 그보다 이렇게 많은 사람들 앞에서 이딴 망신을 당해야 한다는 사실이 너무 치욕스럽기만 했다.

"알았나?"

"이이……!"

"귀는 열려 있으니 알아들은 걸로 생각하지."

연우는 그제야 장에게서 손을 거두며 자리에서 일어났다.

그리고 무왕을 비롯한 다른 사람들을 돌아봤다.

"혹시 이래도 자격이 부족하다고 생각하십니까?"

사람들은 고개를 절레절레 흔들었다. 몇몇은 감탄을 터뜨리는 반면, 몇몇은 연우를 죽일 듯이 노려보기도 했다.

장은 외뿔부족에서도 제법 촉망받는 전사였다. 연우의 실력은 이미 검증된 것이나 마찬가지였다.

연우는 다시 무왕 쪽으로 시선을 돌렸다. 식객으로 받아달라는 눈빛.

무왕도 알겠다면서 고개를 끄덕이려던 그때.

"아…… 직! 안 끝났어!"

장이 벌떡 자리에서 일어났다.

연우의 시선이 다시 뒤쪽으로 향했다.

장이 '퉤' 하고 먼지 섞인 가래침을 바닥에 뱉으면서 고래고래 소리를 질렀다.

"방금 전에! 네가 이상한 술수를 썼다는 걸 모를 것 같아?"

연우가 눈을 가늘게 좁혔다.

"내가 무슨 술수를 썼다고?"

"그럼 이딴 게 말이 될 것 같나! 정정당당하게 다시 붙어 보자. 다시는 술수를 쓰지 못하게 해 줄 테니까."

피식.

연우는 어이가 없다는 듯이 비웃음을 던졌다.

간혹 저런 놈들이 있었다.

꼭 앞뒤 분간도 못 하고 날뛰다가 크게 당해 봐야만 정신을 차리는 놈들이.

그래서 검지를 까닥거렸다.

"그럼 다시 덤벼 봐."

"감히!"

장은 인상을 와락 구기면서 지면을 박찼다. 하지만 분노에 정신이 팔린 와중에도 그는 전력을 다해 마력을 검에 실어 넣고 있었다.

츠츠츠—

칼날을 따라 희뿌연 기체가 일렁이더니, 한데 뒤섞이면서 단단한 고체의 형상을 띠었다.

"검기(劍氣)……? 미쳤어!"

"아버지!"

에도라가 비명을 지르면서 벌떡 자리에서 일어났다.

판트도 홱 하고 무왕을 돌아봤다. 어서 말리지 않고 뭐 하시느냐는 어조로.

검기.

탑 내의 용어로 '오러 블레이드'라고도 불리는 상위 기술이었다.

마력을 단단히 밀집시켜 체외로 발현시키고, 여기에 의념을 잔뜩 실어 무쇠도 무처럼 잘라 버린다는 기예.

외뿔부족에서도 일류 전사급 이상, 탑 내에서도 랭커의 자리를 노리기 시작한다는 실력자들이 쓸 수 있는 것이기도 했다.

그런 것을 이런 자리에서 꺼낸다고?

무왕은 분명 이 자리는 검증이 목적이니 살상을 금지한다고 말했었다.

오러 블레이드는 그것을 거부하는 행위였다.

거기다 펼치고 있는 무공도 선검가의 절기, 〈주선검격(誅仙劍擊)〉이었다.

상대를 쉴 새 없이 휘몰아치다가 단번에 급소를 끊어 놓아야만 끝나는 무공.

웬만한 방법이 아니고서는 도중에 흐름을 끊는 것도 힘들었다.

다른 사람들도 저거 위험하지 않겠느냐면서 걱정 섞인

소리를 내뱉었지만.

무왕은 별다른 제지 없이 여전히 웃기만 할 따름이었다.

연우도 마찬가지.

그는 오러 블레이드가 목덜미까지 달려오는 걸 가만히 지켜보다가, 아주 빠르게 움직였다.

허리를 뒤로 바짝 낮춰서 공격을 피했다.

검이 도중에 방향을 꺾으면서 허리를 갈라 오자, 지면을 박차 단번에 장과의 거리를 바싹 좁혔다.

장이 뒤로 슬쩍 빠지려는 것을, 녀석의 팔뚝을 재빨리 낚아채 그대로 반대로 꺾어 버리고, 팔꿈치를 뾰족하게 세워 그대로 복부를 후려쳤다.

콰앙!

"컥!"

팔뚝이 꺾이면서 검이 위로 튀었다. 장이 입고 있던 상의 갑옷은 그대로 박살이 나면서 안쪽으로 깊게 함몰되어 핏자국이 잔뜩 번져 나왔다.

연우는 그것으로도 모자라, 타격기를 연거푸 날렸다. 주먹이 작렬할 때마다 팡, 팡, 하고 공기가 터져 나갔다.

장은 피를 잔뜩 토하면서 그대로 바닥을 나뒹굴어야만 했다.

"쿠르륵…… 쿠륵!"

장은 피를 토하면서 어떻게든 자리에서 일어나려 했다.

자신은 이렇게 허망하게 무너져서는 안 되는 존재였다.

자랑스러운 외뿔부족의 차기 왕이 될 사람이었지, 사람 같지도 않은 저층의 플레이어에게 참혹하게 당할 머저리가 아니었다.

그래서 어떻게든 너덜너덜해진 몸을 이끌고 상체를 일으켰다. 저 멀리 떨어진 검 쪽으로 손을 가져가려 했지만.

퍼억!

어느새 장의 앞까지 다가온 연우가 발로 세게 걷어차 녀석을 날려 버렸다.

장은 결국 한참이나 땅바닥을 뒹굴다가 기절했다.

"……."

연우도 그제야 손을 가볍게 털었다.

그때, 관객석에서 백선가의 사람들이 다급히 달려와 장을 등에 업고 후다닥 연무장을 벗어났다.

원수 보듯이 연우를 노려보는 것도 잊지 않았다.

그리고.

외뿔부족 사람들은 일제히 감탄을 터뜨렸다.

"이야! 생각보다 더 대단한데?"

"봤어? 방금 전 동작? 무공이 아닌데도 되게 깔끔하던데?"

"오로지 실전적인 용도로 만들어진 것 같던데. 꽤 좋았어. 나중에 한 번 배워 보고 싶던걸."

"장 왕자를 저렇게 찍어 누를 정도면. 뭐, 더 이상 따로 볼 필요는 없겠네. 오히려 이번에는 내가 겨뤄 보고 싶은데. 어떻게 안 되나?"

백선가를 제외한 부족원들은 연우가 장을 쓰러뜨린 데에 대해 별달리 신경 쓰지 않는 눈치였다.

워낙에 어린 시절부터 무공을 단련하기 위해 어려운 훈련을 많이 하다 보니, 저 정도는 넘어져서 무릎이 까진 상처 수준으로만 보이는 것이다.

아니, 그런 점을 감안하지 않더라도, 단순한 대련 자리에서 오러 블레이드까지 꺼낸 건 어디까지나 장의 실책.

오히려 그런 기술을 두고도 눈 하나 깜빡하지 않고, 깔끔하게 제압하는 연우의 솜씨에 감탄을 터뜨릴 뿐이었다.

그리고 그들은 제대로 납득하고 말았다.

왜 무왕이 그를 식객으로 받아들이려 했는지를.

외뿔부족은 외부와의 교류를 잘 하지 않는 편이지만, 부족을 강하게 만들 수 있는 방법이라면 무공을 공유하는 데에도 전혀 거리낌이 없었다.

그런데 지금 연우가 보인 동작들은 무공과는 전혀 궤를 달리하면서도, 그들이 배울 만한 것들이 많이 보였으니.

식객으로 머물면서 그의 많은 것들을 흡수하려는 것이었다.

연우도 이런 점을 대강 눈치챘기 때문에 마음 놓고 장을 제압할 수 있었다.

무엇보다.

외뿔부족은 강자존의 법칙을 따르는 곳이었다.

전사의 명예를 걸고 시작된 대련에서 승리자에게 더 마음이 기우는 건 당연한 일이었다.

연우는 무왕을 돌아봤다. 이제 끝났냐는 눈빛.

무왕은 크게 고개를 끄덕였다.

연우가 외뿔부족의 식객이 되는 순간이었다.

* * *

사람들이 연무장을 썰물처럼 빠져나갈 때.

판트와 에도라가 연우에게 다가왔다.

에도라는 다친 데 없냐는 눈빛으로 연우를 꼼꼼하게 살폈고, 판트는 입술을 삐죽 내밀면서 투덜거렸다.

"그새 또 얼마나 강해진 거요? 나 참, 괴물이 따로 없다니까."

그러면서도 판트의 입가는 방실방실 웃고 있었다. 평소 눈엣가시 같았던 장이 실컷 두들겨 맞았으니 속이 다 시원했다.
한편으로는 연우가 했던 말이 가슴에 와닿기도 했다.
형으로서 당연히 해야 할 일이라는 말.
에도라 외에는 다른 형제들로부터 이렇다 할 형제애를 느끼지 못했었기에, 묘한 느낌으로 다가왔던 것이다.
연우는 피식 웃으며 아무 말 없이 두 사람의 어깨를 두들겼다.
그러다 뒤쪽에서 무왕이 장로들과 함께 움직이는 걸 느낄 수 있었다.
"잠시만 기다려."
연우는 재빨리 무왕에게 다가갔다.
무왕은 장로들과 함께 자리를 뜨려다가 말고, 연우를 발견하며 피식 웃음을 터뜨렸다.
그리고 장로들에게 먼저 가서 기다리고 있으라 전한 뒤, 연우와 단둘만 남았다.
"하고 싶은 말이 많은 눈친데?"
"대답해 주셨으면 합니다."
"뭘?"
능청스러운 대답.
가면 아래, 연우의 눈살이 살짝 일그러졌다.
사실 연우는 자신과 아랑단 사이에 전혀 관계가 없었던

것처럼 모른 척 잡아뗄까 하는 생각도 잠깐 했었다.

하지만 무왕이나 되는 사람이 꺼낸 말이다. 게다가 그는 자신이 알고 있는 사실에 대해서 확신을 갖고 있었다.

그렇다면 단순하게 모른 척 잡아뗄 수 있는 사안이 아니었다.

피식.

무왕은 살짝 웃음을 터뜨리면서 대답했다.

"알았다. 알았어. 이거 참, 농담이 안 통하는 친구구만."

무왕은 고개를 절레절레 흔들면서 말을 이었다.

『네가 어떻게 아랑단을 쓰러뜨린 걸 알고 있었나, 그걸 묻는 거지?』

다른 사람들이 우연찮게라도 들을 수 있다고 생각한 걸까. 그는 마력 속에 의념을 실어 말을 걸었다.

"그렇습니다."

『사실대로 말하자면, 그건 내가 알고 있던 게 아냐. 난 그냥 전해 들었을 뿐이지.』

이건 또 무슨 소리지?

"누가, 말입니까?"

무왕이 익살맞게 미소 지었다.

『영매.』

"……!"

『영매가 말하더라고. 별자리를 봤는데, 아무래도 조만간 에 크게 사고를 치는 놈이 나타날 것 같다고. 그리고 우리와도 깊은 관련이 생길 것 같다고 말이야.』

"……."

『그래서 곰곰이 생각해 봤지. 과연 큰 사고라 할 만한 게 뭐가 있을까? 전쟁은 '사고'가 아니니, 딱 하나밖에 더 있나? 튜토리얼에서 아랑단이 전멸한 것.』

"……."

『그리고 우리와 관련이 있다 하니 자네일 테고. 그런 식으로 거슬러 올라가면 보이는 것이지.』

연우는 등골이 서늘해졌다.

영매라는 존재가 대단하다는 건 알고 있었지만, 이렇게 위험한 존재였었나?

가만히 앉아서 수많은 일들을 엿보고 추측해 내는 존재라니. 그런 게 가능이나 한 걸까?

아무리 갖가지 기현상이 벌어지는 탑이라지만, 영매라는 존재는 그의 예상에서 벗어날 수밖에 없는 존재였다.

『그래도 걱정 마라. 어디 가서 이 이야기를 떠벌리거나 하지는 않을 테니. 우리가 청화도 쪽에 선다고 해도, 필요에 의한 전략적인 제휴일 뿐이고. 우리에게 아무 득도 없어. 무엇보다.』

무왕이 피식 웃음을 흘렸다.

『내 자식들이 따르는 사람을, 굳이 해코지할 만큼 내가 나약하지는 않잖아?』

연우는 무왕의 모습에서 오만한 자신감을 느낄 수 있었다.

절대적인 존재만이 가질 수 있는 여유.

이 사람에게는 연우의 일조차도 그저 탑 곳곳에서 벌어지는 수많은 사건 중에 하나에 지나지 않았던 것이다.

그리고.

한편으로는 다른 확신도 가질 수 있었다.

'최소한 내 정체에 대해서는 전혀 파악하지 못하고 있다.'

그가 아랑단과 적대 관계에 있다고만 알고 있을 뿐. 그 원인을 단순히 칸, 도일과 관련이 있다고 짐작하는 것 같았다.

만약 그의 정체를 알았다면 이런 식으로 반응하지 않았을 테니까.

'정우에 대한 것만 확실히 들키지 않는다면, 다른 건 얼마든지 덮을 수 있어.'

그런 연우의 생각을 아는지 모르는지.

무왕은 계속 자신의 말을 이어나갔다.

『내가 이 사실을 알고 있다는 걸 드러낸 이유는 딱 하나. 네가 어떤 됨됨이를 갖고 있는지를 알고 싶어서였을 뿐. 다른 이유는 없어.』

'용마안이 보여 주는 모습은…… 진실.'

연우는 눈을 가늘게 좁혔다.

'거짓말은 없어. 하지만 정말 이게 전부일까?'

더 깊이 속내를 파내기란 어려울 것 같았다.

하지만.

한 가지만큼은 확실했다.

무왕이 자신에게서 뭔가를 보고자 한다는 것.

그게 무엇인지는 앞으로 같이 다니면서 지켜봐야 할 것 같았다.

그래서 생각의 화살을 다른 방향으로 돌렸다.

"……그렇게 말씀하시니 잘 알겠습니다. 그럼 말씀하신 세 명 중에서 다른 한 사람은 누굽니까?"

『올포원.』

전혀 생각지도 못했던 이름.

77층에 있을 그가 여기서 왜 거론되는 걸까?

『그 작자는 현재 플레이어들이 오를 수 있는 가장 최고층에 가만히 앉아서, 모든 걸 관망하며 신의 흉내를 내는 놈이야. 나도, 영매도, 그 빌어먹을 작자에 비하면 아무것도 아니지. 너라고 해서 피할 수 있을 것 같지는 않지?』

연우는 알겠다는 듯이 고개를 끄덕였다. 축지와 함께 밝혀진 올포원의 다른 스킬이 떠올랐다.

〈천리안〉.

인과율을 관조할 수 있는 스킬이라면. 탑에서 벌어지는 모든 일을 자기 손바닥 위에 있는 것처럼 '내려다' 볼 수 있을 테니까.

결국 연우는 모든 의문을 그렇게 접으면서, 마지막으로 질문을 던졌다.

"외뿔부족이 청화도에 합류하는 건 언제쯤으로 예정하고 계십니까?"

전쟁의 시기.

용병으로의 참전이 확정되었다면 그때까지 만반의 준비를 갖춰야 했다.

하지만 무왕은 그런 연우의 생각을 읽고, 시간이 빠듯할 거라는 눈빛을 보냈다.

"얼마 안 남았어."

무왕의 미소 사이로 송곳니가 훤하게 드러났다.

"닷새 뒤."

연우의 눈이 살짝 커졌다.

처음에는 자신이 잘못 들었나 싶을 정도였다.

닷새, 그러니까 5일 뒤라고?

그러다 연우는 냉정을 되찾아야 한다는 생각에 방망이질치는 심장을 억누르면서 물었다.

"그렇게 빨리 전쟁이 벌어진단 말씀이십니까?"

"왜? 무슨 문제라도 있나?"

"제가 왔던 11층에서는 아직 제대로 된 준비도 되지 않았던 것으로 기억합니다만."

히든 피스를 찾느라 스테이지를 숱하게 돌아다녀 봤기 때문에 잘 알고 있었다.

분명 전운은 감돌고 있었지만, 아직까지 이렇다 하게 직접적으로 부딪칠 만한 요소는 보이지 않았었다.

각 클랜의 랭커들도 모습을 드러냈다는 소문도 없었고.

그런데 이렇게나 일찍?

"맞아. 그러니 하는 거야."

"……?"

"전쟁을 여는 게, 우리일 거거든."

"……!"

연우는 그제야 무왕의 생각을 알 수 있을 것 같았다.

'아직 레드 드래곤은 외뿔부족의 참전을 모른다.'

아니, 참전할 거라고 생각도 하지 못하고 있겠지.

그런데 외뿔부족이 갑자기 불쑥 11층에 떠억 하니 나타나 버린다면. 아무런 경고도 없이 그들이 휘몰아치기 시작한다면.

'보나마나 한바탕 뒤집어지겠지.'

무왕은 시시각각 변하는 연우의 눈빛이 재미있었던지, 익살맞게 웃으면서 송곳니를 훤히 드러냈다.

"이왕에 나설 거라면. 누구보다 화려하고 멋지게 등장을 해야 하지 않겠어?"

*　　*　　*

'5일 뒤라.'

무왕을 뒤로하고 나서는 자리.

연우는 길을 걸으면서 천천히 생각을 정리했다.

예상했던 것보다 훨씬 앞으로 성큼 다가온 시일. 등골이 저절로 서늘해지는 걸 느꼈다.

두려워서가 아니었다.

희열.

전의(戰意)라는 감정이 가슴에서부터 스멀스멀 오르고 있었다.

'그때라면. 드디어.'

드디어…… 원수들에게 칼을 겨눌 수 있게 된다.

이보다 더 즐거운 일이 어디 있을까.

비록 전면에 나서지는 못한다는 게 아쉬웠지만, 그래도 한쪽에 서서 다른 쪽을 친다는 사실 자체가 한없이 기쁘게

다가왔다.

물론, 겉으로 드러낼 수는 없는 일.

그래서 최대한 담담한 척 냉정을 되찾으려고 했다. 이럴 때는 가면을 쓰고 있다는 사실이 다행이었다.

그 뒤로도 연우는 전쟁에 대해서 몇 가지 질문을 더 던졌고, 자세한 답변을 들을 수 있었다.

외뿔부족이 갖고 있는 계획은 아주 간단했다.

'레드 드래곤이 현재 차지하고 있는 11층 내 영역, 도시 쿠람을 치는 것.'

청화도와 마찬가지로 레드 드래곤도 11층 내에 조금씩 전선을 형성하고 있는 중이었다. 그래서 선택한 곳이 도시 버락에서 제법 거리가 떨어진 쿠람이었다.

연우도 몇 번씩 들락날락했던 곳.

성벽도 제법 높았고, 주둔해 있는 레드 드래곤 산하의 클랜들도 제법 많았었다.

그곳을 외뿔부족이 급습해서 차지한다면…….

'확실히 무왕이 원하는 대로 외뿔부족의 인상을 강렬하게 심어 주기에는 충분해.'

무왕은 바로 그 점을 노리고 있었다.

외뿔부족이 수십 년 만에 은거를 깨고 세상으로 나와 청화도를 돕기로 나섰다면. 이왕에 나선 것, 보다 화려하게 등장해서 청화도에 빚을 단단히 씌워 두는 게 좋다고 판단한 것 같았다.

'그때까지 내가 할 수 있는 게 뭐가 있을까?'

연우는 자신이 무엇을 준비해야 할지 되짚어 보았다.

맨티코어를 사냥하면서 망가졌던 무기들을 하루라도 빨리 수리해야 하고, 스킬과 아티팩트 옵션도 다시 한번 더 점검해 볼 필요가 있었다.

'가장 큰 문제라면.'

그러다 문득 연우는 수많은 실력자들이 날뛸 이번 전쟁에서, 자신이 얼마나 원하는 만큼 활약할 수 있을지가 궁금했다.

'단기간에 한 단계라도 실력을 더 끌어 올릴 수 있는 방법. 뭔가 없으려나?'

이미 사귀들은 거의 한계까지 강화를 시켜 둔 상태였고, 자신 역시 다른 아티팩트를 거의 완벽하게 다룰 수 있는 수준이었다.

아이기스가 아직 남았지만, 그건 조금 더 '격'이 상승해야만 자유롭게 다룰 수 있을 것 같았다.

그래서 본격적으로 전쟁에 뛰어들기 전에 조금이라도 더 전력을 향상시키고 싶었는데.

그게 쉬울 리는 없지만.

다행히 연우는 이곳으로 오면서 한 가지 힌트를 얻어 놓은 상태였다.

'진법.'

그것을 마력회로에도 똑같이 적용시킬 수 있다면.

실제로 여러 장로들과 호위무사들이 체내에 진법을 품고 있는 것을 볼 수 있었다.

연우는 그게 아마도 '무공'이 아닐까 하는 생각이 들었다.

외뿔부족이 타고난 힘을 완전히 제어하기 위해서 만들었다는 방식.

그것을 얻을 수 있을 만한 방법이 없을까?

'특히 무왕을 둘러싸고 있던 그 짐승은…… 그 무공이란 게 밖으로 개화된 형태가 틀림없어.'

그런 것을 가질 수만 있다면.

더 이상 두려워할 게 없을 텐데.

연우는 이따 에도라와 판트에게 한 번 물어봐야겠다는 생각이 들었다.

'그나저나.'

문득 다른 생각이 들었다.

'피닉스와 짹짹이한테는 어떻게 전하는 게 좋을까?'

둘에게는 금방 돌아갈 거라고 이야기를 했었는데.

아무래도 상황이 이렇다 보니 당장은 약속을 지키기가 어려울 것 같았다.

11층에 올라서 잠깐 짬을 내 봐야겠다고 생각했다.

* * *

“이거면 됐어, 마누라?”

연우가 떠난 자리.

무왕은 뒷머리를 벅벅 긁다가 고개를 들어 허공에다 질문을 던졌다.

아무도 없었지만, 그만이 들을 수 있는 목소리가 귓가에 꽂혔다.

『조금은.』

연우도 이 목소리를 들었다면 놀랐을 것이다. 호호운무진을 통과했을 때에 들었던 것과 똑같은 목소리였으니까.

무왕과 함께 외뿔부족의 정신적 지주라는 영매.

그리고 청람가의 가주이기도 한 여인의 목소리였다.

“정말, 저 아이가 그 아이일까?”

『틀림없어, 천기는. 혹시 내 말이 틀린 적 있어?』

“없지.”

무왕은 가만히 고개를 저었다.

확실히 그녀의 말마따나, 당대의 영매는 절대 틀린 예언을 한 적이 없었으니까.

외뿔부족이 이만큼 성세를 구가한 데에는 그녀의 덕도 컸다.

『그리고 자세한 건 앞으로 계속 지켜보면 될 일이고. 아니다 싶으면 그때 가서 관심을 거둬도 늦지 않을 거야.』

"하긴. 그도 그렇지. 우리로서는 나쁠 게 없으니까."

『무엇보다 아무런 힌트도 없이 혼자서 호호운무진을 돌파하고, 혜안을 가진 에도라의 환심을 산 아이야. 그것만으로도 이미 자신의 가능성은 충분히 보인 게 아닐까?』

무왕은 고개를 끄덕였다.

확실히 호호운무진을 홀로 통과했다는 말을 들었을 때는 자신도 놀랄 정도였으니까.

"하여간 저 아이란 말이지? 죽음의 축복을 받은 아이가."

무왕은 흥미 가득한 눈을 빛내며 손으로 턱을 쓰다듬었다.

그 눈빛은 욕심이었다.

인재에 대한 욕심.

"한번 제대로 키워 보고 싶단 말이지."

『제자로라도 삼게?』

무왕은 고개를 끄덕였다.

"가능하다면."

*　　　*　　　*

리언트는 속에서 울분이 터지는 것 같았다.

대체 이 짜증 나기만 하는 거지같은 상황을 어떻게 해야 하는 건지.

"저딴 머저리를 정말 같은 무신으로 받아들여야 하는 건가? 우스울 따름이야. 정말이지."

탑에서도 찾기 힘든 보라색 눈. 산양처럼 치솟은 뿔. 포악한 송곳니.

외뿔부족 출신이자, 청화도를 이끈다는 다섯 무신 중 창무신을 맡고 있는 플랑은 팔짱을 끼면서 크게 코웃음을 쳤다.

그리고 좌우에 앉아 있던 도무신(刀武神)과 궁무신(弓武神)은 가만히 고개를 끄덕였다.

그럴수록 리언트의 낯은 점점 일그러졌다.

그가 그동안 공석이었던 권무신(拳武神)의 자리에 오른 지 벌써 한 달이 흘렀다.

하지만 다른 무신들은 여전히 그를 인정하지 않고 있었다.

이유는 여러 가지가 있었다.

무사도의 정신을 강조하는 청화도에서, 기존 조직을 배신하고 전향한 리언트는 아무리 큰 공을 세웠어도 색안경을 쓰고 볼 수밖에 없는 인물이었다.

실력도 문제였다.

랭커 중에서는 상위권이라지만, 아직 하이 랭커라고 하기는 힘든 실력.

게다가 그마저도 청화도가 중시하는 '무기술'을 이용한 게 아니었다.

흔히 '잡기'라고 부르는 것들이 대부분이었으니.

리언트에게는 두 가지 별칭이 있었다.

스톰 브링거.

그리고 괴뢰술사.

폭풍을 부르고 다닐 때에는 그래도 봐 줄 만하지만, 단말을 심어 둔 수하들을 인형처럼 갖고 노는 잡기를 부릴 때면 인상이 저절로 찌푸려질 수밖에 없었다.

그래도 계속 무신의 자리를 공석으로 둘 수는 없는 노릇. 때문에 리언트를 그 자리에 앉히고 말았었는데.

문제는 리언트가 권무신이 되자마자 크게 사고를 쳐 버렸다는 점이었다.

바할의 습격. 그리고 패퇴.

청화도의 명예에 크게 먹칠을 하고 만 것이다.

그래도 클랜의 체면이 있어 레드 드래곤과 전쟁을 치를 준비에 들어가긴 했지만, 다른 무신들로서는 언짢은 게 사실이었다.

차라리 그 자리에서 장렬하게 전사하거나, 바할의 팔이라도 하나 뜯어 왔다면 모를까.

그것도 아니었으니. 고깝게 여길 수밖에.

리언트도 그런 주변의 시선을 알고 있기 때문에 아랫입술을 질끈 깨물었다.

'돌, 돌만 있었으면……!'

이럴 때일수록 튜토리얼에서 잃어버린 돌에 대한 갈망은 자꾸만 커져 갔다.

그는 이미 청화도 내에서의 기반도 거의 잃었다. 다른 무신들의 눈총도 따갑고, 레드 드래곤도 뭔가 냄새를 맡았다.

정말이지 미쳐 버릴 지경이었다.

"저런 놈을 회복시키고자 그 귀중한 환룡의 내단까지 써 버렸으니. 하!"

창무신은 힐난은 도무지 그치질 않았다.

처음부터 끝까지 리언트의 영입을 반대하는 입장을 고수했던 그로서는, 약점이 드러난 이상 너덜너덜해질 때까지 물어뜯을 생각이었다.

하지만 창무신은 생각과 다르게 힐난을 거기서 그쳐야

했다.

『창. 그만하도록.』

순간, 허공을 따라 목소리가 쩌렁쩌렁하게 울려 퍼졌다. 묵직하면서도 거역할 수 없는 힘이 담긴 목소리.

어기전성.

의지만으로 뜻을 상대에게 전달한다는 고급 스킬.

목소리는 네 무신이 앉아 있는 탁상에서 조금 떨어진 곳에서 퍼져 나오는 중이었다.

천장에서부터 대나무 발이 길게 처진 자리 아래. 그늘이 진 그곳에는 한 남자가 앉아 있었다.

검무신(劍武神).

탑을 지배한다는 '아홉 왕' 중 한 명이자, 청화도의 설립자이기도 한 그의 말은 절대적이다.

창무신은 영 마음에 들지 않는다는 표정이었지만, 뒤로 한 발자국 물러섰다.

그래도 여전히 보라색 눈동자만큼은 예리하게 리언트를 노려보고 있었다.

검무신이 나지막한 목소리로 말했다.

『찬성을 하였든 반대를 하였든, 이미 결정된 사안이고, 리언트는 이제 우리의 동료이며 같이 섬을 이끄는 자다. 여기에 대해 왈가왈부하는 것은 피했으면 하는데.』

창무신은 팔짱을 끼면서 홱 하고 고개를 옆으로 돌렸다. 도무신은 고개를 까닥였고, 궁무신은 별 관심 없다는 듯 가만히 눈을 감았다.

이것으로 앞으로 리언트의 자격을 운운하는 일은 없을 것이다.

하지만 리언트는 그런 상황이 더욱 굴욕적으로 다가왔다.

탁상 아래에 꽉 쥔 주먹에 힘이 잔뜩 들어갔다. 손등으로 실핏줄이 올라왔다.

『당장 우리에게 시급한 것은 레드 드래곤과의 전쟁을 앞으로 어떻게 치를 것이냐다. 그리고…… 다들 알다시피 전력적으로는 우리가 레드 드래곤에 비해 훨씬 열세지.』

네 무신은 입을 꾹 다물었다.

불편한 침묵이 흘렀다.

인정하고 싶지 않은 사실이었지만, 사실은 사실이었으니까.

레드 드래곤은 명실상부한 탑 내 최강의 클랜이었다.

비록 77층에 올포원이 앉아 있어 여전히 그의 아성을 뛰어넘지 못하고 있다지만, 그는 논외의 존재이니 제외.

그렇다면 사실상 탑을 지배하는 건 레드 드래곤이라고 할 수 있었다.

아무리 청화도도 같은 8대 클랜으로 꼽힌다지만, 정면으로 부딪친다면 녀석들의 팔 하나를 자르는 게 고작일까.

하지만 청화도에게도 레드 드래곤보다 나은 점이 딱 하나 있었다.

『하지만 우리에게는 저들에게 없는 '칼'이 있고, 그 칼만 있다면 오만한 '여름여왕'의 목에 칼을 박아 넣는 것도 무리는 아니라고 본다.』

칼.

그 말을 들은 무신들의 눈이 또렷하게 빛났다.

『해서 본격적인 전쟁에 들어가기에 앞서, 정지 작업이 필요할 것 같다.』

창무신이 검무신이 앉아있는 자리를 보면서 물었다.

"작업이라면?"

『4대 신수에 대한 정리.』

창무신은 일리가 있다는 듯 고개를 끄덕였다.

"확실히. 일단 변수가 될 만한 것들은 미리 정리해 둘 필요가 있지. 내단을 확보해 두는 건 덤이고."

만약 레드 드래곤이 4대 신수를 포섭하거나 제압을 마쳤다면. 전쟁이 발발했을 때 골치를 썩일 수 있었다.

이 점을 지적한 것이다.

그러다 창무신은 고개를 갸웃거렸다.

"하지만 신수를 정리하는 건 쉽지 않은 일이지 않나? 놈들은 저층 구간에 있는 보스 몬스터 치고는 너무 강하니까. 나로서도 꺼려지는 놈들인데."

그동안 수많은 랭커들이 4대 신수를 잡지 않은 건, 잡기가 너무 까다롭기 때문이었다.

그만큼 강했다.

하나하나가 하이 랭커에 비견될 만큼.

문제는, 그런 난이도를 가졌으면서도 저층 구간에 있어 주어지는 보상이 아주 적다는 점이었다.

당연히 50층 아래는 천민 취급하는 랭커들로서는 관심 밖의 일일 수밖에 없었다.

무엇보다.

신수는 환수의 정점에 선 녀석들. 죽더라도 일정한 시간이 지나면 '부활' 이나 '재생' 을 할 가능성이 높았다.

그리고 그렇게 깨어난 놈들이 복수를 하겠답시고 깽판을 치거나 일을 꾸민다면?

머리가 복잡해지는 것이다.

신수를 건드리는 건, 탑에서도 금기였다.

『그래도 해야 하는 일이지. 도무신.』

여태 말이 없던 도무신이 고개를 끄덕였다.

『'여섯' 과 '일곱' 의 개방을 허락하겠다. 전부 정리하고 오도록. 내단은 그대에게 주지.』

순간, 도무신의 눈가에 탐욕이 어렸다.

그동안 마력 부족으로 골머리를 싸던 그에게 이번 기회는 절호의 기회였다.

살짝 벌어진 입술 사이로 송곳니가 번들거렸다.

"그러지."

창무신이 조금 아쉽다는 듯 입맛을 다셨다. 궁무신은 여전히 눈을 감고 있었고, 리언트는 아무 말이 없었다.

『그리고 얼마 전에 외뿔부족이 곧 움직이겠다는 전갈을 보내 왔다.』

몇몇 무신들의 눈이 기묘한 빛을 띠었다.

『전쟁이 얼마 남지 않았다는 뜻. 도무신도 거기에 맞춰 움직이도록 하고. 그때까지 각자가 맡은 일에 충실했으면 한다.』

검무신의 목소리가 조금씩 가라앉았다. 마치 존재가 자리에서 멀어지듯.

『그럼 이것으로, 이번 회의는 폐(閉)하도록 하지.』

그렇게 검무신의 종적이 홀연히 사라졌다.

남은 네 무신은 너 나 할 것 없이 서로 동시에 자리에서 일어났다.

한자리에 계속 있을 만큼 그들 사이가 좋은 건 아니었다.

그때, 창무신이 문득 궁금증이 생겨 도무신을 불렀다.

"도."

"왜 그러지?"

"신수를 잡으러 간다면. 먼저 어디부터 갈 생각인가?"

도무신은 왜 그런 걸 묻느냐는 눈빛으로 창무신을 바라봤다.

창무신은 어깨를 으쓱거렸다.

"알다시피 내 형제들이 곧 11층으로 올라갈 예정이라. 괜히 루트가 안 꼬였으면 해서."

도무신은 별 관심 없다는 듯 몸을 돌리면서 말했다.

"남쪽. 피닉스."

*　　*　　*

둥! 둥!

두웅—

북을 세게 두들기는 소리가 마당을 가득 울린다.

부족원들은 북소리에 맞춰서 자리에서 일어나 화롯불을 따라 뱅글뱅글 돌면서 춤을 췄다.

한 손에는 술이 잔뜩 담긴 잔을 높이 들고.

장과의 대련이 끝난 뒤, 외뿔부족은 오랜만에 손님을 맞는다는 의미에서 가벼운 연회를 여는 중이었다.

물론, 연우를 위한 환영식이라는 말은 어디까지나 둘러댄 명분일 뿐.

사실은 전쟁에 들어가기 전에 마지막으로 여유를 즐기고 싶어서였지만.

외뿔부족은 싸움을 좋아하는 것만큼이나, 음주가무를 아주 사랑하는 일족이었다.

무왕도 그런 사실을 잘 알기 때문에, 오늘 하루만은 마지막으로 즐겁게 놀라고 못을 박아 뒀다.

둥—

둥—

'여긴 늘 웃음이 많구나.'

연우는 부족원들의 입가에서 떠나질 않는 미소를 보며 문득 그런 생각이 들었다.

'나와는 어울리지 않아.'

하지만 자신을 위해서 만들어진 자리라고 하니 쉽게 빠질 수도 없는 일.

그저 빨리 시간이 가길 바랄 뿐이었다.

몇몇은 연우에게 친근한 척 다가와 술을 권하기도 했다.

그러다 연우의 눈길을 사로잡는 곳이 있었다.

마당 한편에, 박투술을 벌이는 사람들이 있었다. 별다른 장비나 무기를 갖추지 않고, 오로지 맨몸으로만 실력을 겨루는 중이었다.

때문에 부상자 중에는 코뼈가 내려앉고 팔이 부러져 덜렁거리는 이도 있었지만, 뭐가 그리도 재미난지 그들은 겨루는 내내 웃음꽃이 만발했다.

'씨름, 이라고 했던가?'

외뿔부족의 씨름은 연우가 알고 있는 지구에서의 씨름과 비슷하면서도 꽤 많이 달랐다.

상대의 목숨을 위협하지 않는 선에서, 오로지 자신들의 기량으로만 승패를 가르는 승부.

여기까지는 비슷할지 모르지만, 뼈가 부러지거나 살갗이 터져도 웃으면서 넘긴다는 게 꽤 실전적으로 다가왔다.

결투를 좋아하고 명예로 여기는 일족다운 놀이였다.

물론, 연우에게는 크게 와닿지않는 놀이였지만, 다른 부분이 시선을 끌었다.

'동작이 하나같이 간결하고, 운용하는 마력들도 최소한으로 최대의 효율을 뽑아내고 있어.'

용마안을 활짝 연 연우의 시야에 비치는 것은 단순한 싸움만이 아니었다.

동작의 흐름, 마력의 운용, 그들의 사고와 판단 등이 빠르게 읽혔다.

장을 상대할 때에는 단번에 찍어 눌러 보이지 않던 것이, 이제야 하나둘씩 선명하게 보이는 것이다.

연우의 눈에는 진법과 진법이 부딪치는 것으로만 비쳤다.

신기한 점은, 마력을 운용하는 방식이 각자마다 천차만별이라는 점이었다. 그리고 그 방식에 따라 나타나는 효과도 가지각색이었다.

'이런 게 바로 무공이란 말이지.'

연우는 씨름을 보는 내내 눈빛이 묘하게 빛났다.

갈증이 났다.

자신도 여러 영약들을 섭취하면서 엄청난 양의 마력을 보유했다지만, 그만큼 효율적인 운용은 하지 못하고 있었으니까.

하지만 저 방식 중 하나라도 가져올 수 있다면.

'현재 마력회로의 출력을 몇 배 이상으로 증폭시킬 수 있어.'

그것만 해내더라도 전쟁 기간 동안에 더 큰 활약을 펼칠 수 있을 것 같았다.

그래서 한참 씨름을 지켜보는데.

"너로군? 이번에 별관의 막내로 들어왔다는 녀석이."

갑자기 누군가가 떡억 하니 시야를 가로막았다.

연우는 인상을 팍 찡그리면서 고개를 위로 들었다.

큰 덩치에 수염을 자글자글하게 길러 산적 같은 인상을 가진 남자였다.

이곳 마을에 들어와서 처음으로 보는 인간.

하지만 별반 관심이 없었기 때문에 가만히 쳐다보기만 했다. 앞이 보이지 않으니 비키라는 의미로.

남자가 인상을 와락 찌푸렸다.

"내 말이 들리지 않는 거냐? 막내가 되었으면 재깍재깍 와서 인사를 해야 할 것 아니냐? 선배가 찾아오게 만들어? 왕자 하나 이겼다고 콧대라도 세우는 거냐?"

연우는 그제야 상대가 누군지 알 것 같았다.

'식객이로군.'

별관에 자신 말고도 이미 아홉 명의 식객들이 있을 거라고 하더니.

그중 한 명인 것 같았다.

그런데 선후배를 운운한다는 말은 못 들었는데.

아니, 그보다 고작 식객밖에 안 되면서 선배 후배를 나누고 군기를 잡는다니. 참 우습기만 했다.

피식—

연우는 자기도 모르게 비웃음을 흘렸다.

"이 새끼가, 지금 웃어?"

"비켜. 안 보이니까."

"뭐? 하!"

남자가 눈을 부리부리하게 뜨며 연우에게 한 마디를 내뱉으려던 순간.

"무슨 문제라도 있나요?"

뒤쪽에서 에도라의 목소리가 들렸다.

남자는 살짝 긴장된 표정으로 고개를 돌렸다. 에도라의 싸늘한 눈빛과 마주쳤다.

"그게 아니라, 같은 별관의 식구가 생겼다고 해서 인사를……."

"별관으로는 제가 따로 안내를 할 테니 굳이 신경 쓰실 필요 없을 것 같네요. 인사는 그 후에 따로 시간을 가지셨으면 하는데. 안 되나요?"

한 마디로 비키라는 뜻.

남자는 한쪽 입술 끝을 씰룩거리다가 홱 하니 자리를 떠났다. 마지막까지 연우를 노려보는 건 잊지 않았다.

연우는 그런 남자의 시선을 무시하고, 자신의 옆에 나란히 앉는 에도라를 보며 말했다.

"굳이 그럴 필요는 없었는데."

에도라는 가볍게 한숨을 내쉬었다.

"알아요. 하지만 괜히 연회 잘 즐기고 있는데, 말썽 키우기는 싫어서요."

연우는 이해한다는 듯, 에도라가 건네는 잔을 받았다.

외뿔부족에서 특별히 담근 과실주가 담겨 있었다. 독특한 향이 감미로웠다.

"브락이라고, 30층대에서 '검은 황소'라는 이름으로 제법 유명한 플레이어예요. 장, 그러니까 백선가 쪽의 사람이죠."

"그렇군."

연우는 심드렁하게 대답했다. 백선가가 적이 되었다는 뜻이었지만, 어차피 그의 관심 밖이었다.

외뿔부족의 속사정은 그가 알 바 아니었으니까.

에도라는 그런 기색을 읽고 가볍게 피식 웃음을 터뜨렸다. 하긴 원래 이런 사람이었다는 생각이 들었던 것이다.

그래서 화제를 바꿨다.

"알은 일단 장로원으로 무사히 옮겨 뒀어요."

"고맙다."

"고맙긴요. 저희가 더 감사하죠. 장로님들의 눈이 얼마나 반짝거리셨는지 오라버니는 아마 모르실걸요?"

장로원에서는 연우가 전투에 참여하는 동안, 알을 보관하는 데 있어 그에게 많은 협조를 부탁했다.

사실 말이 좋아 협조였지, 거의 애걸에 가까운 수준이었다.

간만에 나타난 호기심의 대상.

당연히 하루 종일 장로원에서 죽치고 앉아 심심하게 시간이나 죽이던 장로들에게는 가뭄의 단비나 다름없었다. 게다가 허무룡이 태어난 것과 비슷한 케이스였으니 흥분은 배로 증가했다.

그래서 장로들은 알을 보호하는 동안, 여러 가지 조사를 따로 해봐도 되겠냐는 부탁을 했다.

절대 알에 해가 가거나, 새끼 환수가 스트레스를 받을 만한 짓은 하지 않겠다는 말까지 덧붙이면서.

그때 간절히 보내던 장로들의 눈빛은…… 딱히 떠올리고 싶지 않았다.

"이미 약재 창고에 있는 물품 수량도 확인하셨더라고요. 영약을 제조하신다는 걸 보니까 이것저것을 먹여 보고 싶으신 것 같은데, 아마 알에서 깨어나면 진짜 대단한 환수가 나오지 않을까요?"

"그런가."

에도라는 연우와 이런저런 이야기를 나누면서 그동안 못다 했던 이야기를 마저 나눴다.

지난 한 달 동안 뭘 하고 지냈었는지.

연우는 외뿔부족이 전쟁에 참여하면서 생긴 속사정을 알게 되었고, 에도라는 피닉스와 어울리면서 생긴 일들을 듣고 깜짝 놀랐다.

에도라는 역시 전혀 생각지도 못한 데서 일을 터뜨리는 사람이라는 생각을 했다.

그리고.

한편으로는 이렇게 작게 담소를 나눌 수 있다는 사실이 조금 기뻤다.

자신의 일 외에는 전혀 관심이 없어 보이던 사람이. 직접 그들을 찾아 여기까지 온 것만으로도 너무 반가웠으니까.

한동안 못 볼 줄 알았던 얼굴을 보게 되니 즐겁기만 했다.

그리고 '형'이라면서 박력 있게 자신을 가리키던 연우의 모습이 다시 떠올라 얼굴이 붉어졌다.

또다시 그런 모습을 볼 수 있을까.

에도라는 그런 두근대는 마음을 안고 슬쩍 연우의 옆모습을 바라봤다.

무심한 눈길은 화롯불이 피어오르는 정면에 향해 있었다.

'이 가면 너머는, 어떤 모습일까?'

에도라는 그런 궁금증을 안았지만 내색하지는 않았다. 연우가 가면을 벗지 않는 데는 그만한 사연이 있는 것 같았으니까.

그가 완전히 마음을 열고 속에 든 것을 내보여 줄 때까지는, 옆에 있기만 할 뿐 재촉은 하지 않을 생각이었다.

"그런데 판트는?"

이렇게 무신경한 면이 때로 아쉽긴 했지만.

"오빠는 아마 한동안 정신없을 거예요. 이번 쿠람 공략 때, 선봉을 서기로 했거든요. 거기에 대한 교육받느라 진땀 빼고 있을 걸요?"

피식.

확실히 판트와 머리를 쓰는 일이 안 어울리긴 했다.

연우는 골머리를 썩고 있을 판트를 떠올리면서 가볍게 웃음을 흘렸다.

"그런데 팔에 감고 계신 쇠사슬, 전에 못 보던 거네요."

그때, 에도라가 오른팔에 감긴 쇠사슬과 검은 팔찌를 보며 눈을 반짝였다.

연우는 그제야 칠흑왕의 절망에 생각이 미쳤다. 마을에 들어온 뒤로 줄곧 환수의 알과 무공에 정신이 팔리면서 잠시 잊고 있었다.

"안 그래도 이것에 대해서 너에게 부탁하고 싶은 게 있었다."

"뭔가요?"

"혜안으로 이 아티팩트를 확인해 줬으면 해."

"뭐가 궁금하신 건가요?"

"그냥 네게 보이는 것 전부만 말해 줘. 내가 확인할 수 있는 정보는 어느 정도 한계가 있어서. 아무래도 몇 가지 비밀이 있는 것 같아."

"음."

에도라는 눈을 가늘게 좁히면서 검은 팔찌를 바라봤다.

흑요석처럼 검은색 묵광(墨光)을 띠는 쇠사슬.

척 보기에도 범상치 않아 보이는 물건이었다.

연우는 에도라의 눈이 깊어지는 걸 보면서 생각에 잠겼다.

'에도라가 뭔가를 알아내면 좋을 텐데.'

사실 연우는 보상으로 얻은 아티팩트들을 에도라에게 공개하고 싶지 않았다.

아니, 정확하게는 세간에 아직 공개할 생각이 없었다.

신의 이름이 담긴 유니크 아티팩트는 랭커들도 쉽게 얻지 못하는 귀한 보구였다.

그런 것을 갓 10층을 통과한 풋내기가 갖고 있다는 사실이 알려진다면?

많은 사람들과 클랜의 표적이 될 수 있었다.

연우가 원하는 건 세간의 이목이지, 표적이 되는 게 아니었다. 높은 점수로 초심자 구역을 통과했다지만, 상위 계층에 있는 랭커들과 비교하면 아직 그는 부족한 점이 너무 많았다.

그래서 아이기스는 가죽으로 둘둘 감아 평범한 방패처럼 숨겼지만, 이 검은 팔찌는 훤히 드러나는 것이기 때문에 어떻게 숨길 수가 없었다.

팔에서 도무지 풀어지지 않기도 했고.

'당장 사귀들을 부리는 데 도움이 되긴 하지만. 그래도 더 자세하게 파헤쳐 봐야 해. 칠흑왕이 누군지도 확실히 알아내야 할 거고.'

아티팩트에 대한 정보는 깊게 알면 알수록 좋다. 더 많은 사용 방식을 터득할 수 있으니까.

게다가 쇠사슬과 팔찌가 연결된 형태는 조금 다른 모습으로 다가오기도 했다.

'보면 볼수록 수갑(手匣) 같단 말이지.'

아주 오랜 옛날, 극심한 죄를 지은 죄수들이 꼼짝 못 하도록 포박할 때 썼다는 형구 중 하나.

실제로 열람된 정보에도 '칠흑왕을 구속하던 형틀'이라는 문구가 있기도 했었다.

그래서 확인을 하려는 것인데.

"이거."

에도라는 한참 동안 관찰한 뒤에야 고개를 들었다. 두 눈이 깊게 가라앉아 있었다.

"수갑인 것 같아요. 그것도 아주 오래된."

역시 맞았구나.

"10층을 통과한 뒤에 받으신 보상, 맞죠?"

"맞다."

연우는 고개를 끄덕였다.

올림포스의 보고에 대해서는 굳이 이야기하지 않았다. 10층을 통과하고 보고에 들어간 건 사실이니 거짓말을 한 것도 아니었다.

에도라는 손으로 쇠사슬을 매만지면서 말을 이었다.

"재질은…… 특징만 보면 신진철인 것 같은데."

신진철?

"아니지. 그건 이제 탑에서도 아주 극소량만 남았고, 목격자도 거의 없다고 하니까 통으로 만들어졌을 리가……."

에도라는 알 수 없는 말을 혼자서 중얼거리다 고개를 가로저었다.

"우선 옛날 죄수들을 속박할 때 쓰던 수갑이 맞아요. 그것도 아주 흉악한 놈들만, 도저히 상대하기 힘든 놈들을 구속할 때 쓰던 것으로 보이네요. 재질은, 좀 더 살펴봐야 할 것 같아 정확히 알 것 같아요."

그러면서 연우에게 물었다.

"혹시 사용은 가능한가요?"

"기본적인 옵션만. 하지만 숨겨진 옵션이 더 많았다."

"그건 아마 아직 상태가 불완전해서 그런 걸 거예요."

"불완전하다고?"

연우의 눈이 살짝 빛났다.

에도라는 고개를 끄덕였다.

"네. 확실하지는 않지만, 아무래도 부품이 이것만 있는 건 아닌 것 같아 보여요."

연우는 설명창에 적혀 있던 '세 가지 형틀 중 하나'라는 대목을 떠올렸다.

에도라는 정확하게 검은 팔찌를 꿰뚫어 보고 있는 게 맞았다. 그래도 모른 척하면서 반문했다.

"그럼?"

"이음쇠로 봤을 때, 최소 두 가지가 더 있을 거예요. 남은 부품들까지 결합을 시켜야 쇠사슬이 완전히 분리되고, 진정한 아티팩트로서의 기능을 되찾을 것 같아요."

연우는 주먹을 꽉 쥐었다.

에도라의 설명이 계속 이어졌다.

"흔히 죄수를 속박하던 구속구는 세 가지 형태로 되어 있어요. 첫 번째는 오라버니께서 지금 차고 있는 것과 같은 수갑."

에도라는 손목을 가리키고.

"두 번째는 족쇄."

그 다음에는 발목을 가리키더니.

"마지막 세 번째는 목에 두르는 칼. 흔히 가(枷)나 항쇄(項鎖)라 부르는 것이죠. 아마 이 세 개가 모여야 할 것 같아요."

"그렇군."

마지막에는 목을 가리켰다.

연우는 무겁게 고개를 끄덕였다.

'세 개의 형틀이라.'

이것만 하더라도 연우에게는 큰 도움이 되었다. 에도라에게 직접 물어보는 게 정답이었다.

뿌연 안개에 둘러싸였던 머릿속이 조금 개운해지는 기분이었다.

남은 부품은 두 개. 현재 봉인되어 있는 옵션도 두 개.

숫자도 딱 들어맞으니 남은 부품들을 찾아야 봉인을 해제하고, 아티팩트의 기능도 향상시킬 수 있는 것 같았다.

아스트라페를 부수면서 만들어진 아티팩트이니 만큼, 완성체가 된다면 어떤 기능과 모습을 하고 있을지.

벌써부터 흥분되었다.

'문제는 다른 부품들에 대한 행방을 어디서 찾느냐는 건데.'

연우는 에도라를 보며 슬쩍 물었다. 지식이 뛰어난 그녀이니 혹시 알 수 있을까 싶어서.

"그럼 혹시 칠흑왕이란 존재에 대해서는? 들어 본 적 있나?"

에도라가 고개를 갸웃거렸다.

"음? 칠흑왕? 혹시 이 아티팩트와 관련된 이름인가요?"

"어. 칠흑왕의 절망이라는 이름을 가지고 있어."

"왕이란 단어가 들어갔으니 최소한 군주 출신인 것 같은데…… 저도 그런 이름은 들어 본 적이 없어요. 하지만 이런 물건을 둘 정도라면, 범상한 인물은 아니겠죠."

눈동자가 빛을 발했다.

"일족 내에 옛 자료도 많으니 따로 한 번 조사해 볼게요. 장로님들도 알 때문에 빚을 지셨으니 흔쾌히 도와주실 거예요."

"혹시……."

연우가 뭐라고 말하려 했지만, 에도라가 다 안다는 듯이 미소를 지으며 말을 꺼냈다.

"알아요. 되도록 입소문이 나지 않게 해 달라는 말씀이시죠? 그건 걱정하지 않으셔도 돼요. 저, 입 많이 무거우니까."

에도라의 미소에 연우는 피식 웃음을 흘렸다.

참 여러모로 고마운 아이였다.

"그리고 한 가지 더 부탁이 있는데."

그래서 조금 미안했지만, 그런 고마움을 좀 더 빌려야 할 것 같았다.

연우는 잠시 말을 끊고 여전히 씨름이 벌어지는 쪽으로 시선을 돌렸다.

마력의 순환과 순환, 진법과 진법, 무공과 무공이 열렬히 부딪치는 중이었다.

"무공을 배워 보고 싶은데. 혹시 방법이 있을까?"

"무공을요?"

에도라는 전혀 생각지도 못한 말을 들었다는 듯 눈을 동그랗게 떴다.

연우는 고개를 끄덕였다.

하지만 그는 요청을 하면서도 가능성을 낮게 봤다.

무공은 외뿔부족만의 고유 기술. 그래서 일기장에도 외부로의 유출을 상당히 꺼려 한다는 말이 명시되어 있었다.

그래서 수많은 랭커들이 외뿔부족에게 무공 비급을 요청해도 퇴짜 맞기 일쑤였고, 만약 허락 없이 이를 유출할 경우, 끝까지 추적하는 것으로도 유명했다.

이따금 외뿔부족과 깊은 관계를 맺거나, 오랫동안 식객으로 있던 사람들에게 감사의 뜻으로 주기도 한다고는 하지만.

그마저도 타인에게로의 양도나, 후손에게 물려주는 건 철저하게 금지된다고 했다.

에도라도 그것을 알기 때문에 선불리 대답을 하지 못했다. 검지로 볼을 긁적였다.

"날이 밝는 대로 아버지께 요청드려 볼게요. 하지만 쉽게 허락이 떨어질지는 장담하지 못해요."

"괜찮다. 나도 어려운 부탁이란 걸 알고 하는 거니까."

연우가 고개를 끄덕이자, 에도라도 부담을 주지 않으려 한다는 걸 깨닫고 안도에 찬 한숨을 내쉬었다.

물론, 연우는 말만 그렇게 했을 뿐. 완전히 미련을 거둔 건 아니었다.

'안 된다면, 시간이 많이 걸리더라도 혼자서 연구해 봐야겠지.'

연우는 호호운무진을 떠올렸다.

이미 호호운무진의 지식 상당수가 뇌리에 잡혀 있는 상태.

하지만 파악했다고 해도, 그걸 마력회로에 맞게 개량하고 적용하는 데는 큰 차이가 있기 때문에 엄두를 내지 않고 있었다.

하지만 무공 반출이 허락 안 된다면, 바로 호호운무진의 개량에 들어갈 생각이었다.

마력회로의 출력을 몇 배나 증폭시킬 수 있는 만큼, 절대 쉽게 포기할 수가 없었던 것이다.

'참고할 만한 것도 많고.'

어차피 전쟁이 벌어지는 내내 외뿔부족의 싸움을 숱하게 지켜볼 것이다. 그들을 시료로 사용하면 언젠가 개량이 끝날 거란 걸 잘 알고 있었다.

무공에 대한 갈증 때문일까?

연우는 바싹 마른 입술을 혓바닥으로 가볍게 축였다.

* * *

"무공? 카인이?"

무왕은 보고 있던 책에서 시선을 거두며 에도라를 돌아봤다.

밤이 깊어졌는데도 부랴부랴 찾아왔기에 무슨 일인가 싶었는데.

이런 어처구니없는 소리를 할 줄은.

그러다 눈을 가늘게 좁혔다.

"우리 딸, 정말 그 친구가 마음에 들긴 들었나 보네."

에도라는 살짝 미간을 찌푸렸지만, 지금은 자신이 아버지에게 잘 보여야 한다는 사실을 알기 때문에 고개를 끄덕였다.

"〈음검〉의 주인이 될지도 모르는 사람이니까요."

"호오. 그렇게까지 높게 평가한다는 거냐?"

"아버지께서도 그렇게 보고 계시지 않으셨나요?"

에도라의 눈이 요란한 빛을 발했다. 혜안. 무왕은 자신도 저 눈을 피할 수 없다는 것을 알기 때문에 양손을 들어야 했다.

"하여간 누가 영매의 딸 아니랄까 봐."

"아버지의 딸이기도 하죠."

"알았다. 알았어."

무왕은 피식 웃음을 터뜨렸다.

"네 말이 맞다. 카인, 그 아이 꽤나 잠재력이 대단하더구나. 깡도 제법이고. 튜토리얼부터 죄다 독식했다더니. 그럴 만한 자격이 있었어."

보통 랭커들은 아직까지 독식자에 대해서 그렇게 많은 관심을 두지 않고 있었다.

튜토리얼이 벌어질 때마다 매번 주목받는 많은 루키 중에 유독 눈에 띄는 사람이라고만 여길 뿐이었다.

하지만 무왕은 알고 있었다.

연우가 얼마나 대단한 일을 해냈는지를.

처음에는 자식들이 따르는 사람이라기에 어떤 녀석인가 싶은 마음에서 조사를 해 봤을 뿐이었다.

그런데 연우의 행적을 되짚어 보니 얕게 볼 게 하나도 없었다.

판트와 에도라, 칸과 도일, 바이람 등 여러 신예들이 경쟁하던 곳을 3주 만에 독파해 최종 승리를 거뒀다.

청화도가 배후에 있는 아랑단을 홀몸으로 부쉈다.

아카샤의 뱀을 잡아먹었고, 역대 통산 튜토리얼 최고 기록까지 갈아치웠다.

여기에 부족을 지키는 방어선인 호호운무진도 뚫었다고 한다.

자질, 배포, 독기. 여기에 명석한 두뇌까지.

아니, 한 가지를 더 추가해야 한다.

사람을 이끄는 마력도 있다.

강해지기 위한, 높은 존재가 되기 위한 5박자를 고루 갖춘 인재.

이런 건 외뿔부족 내에서도 찾아보기가 힘들었다.

일족을 이끄는 왕으로서 욕심이 생기지 않는다면 거짓말이겠지.

정말 마음 같아서는 연우를 붙잡아다가 에도라와 혼인을 시키고, 제자로 삼아 부족의 일원으로 거둬들이고 싶은 심정이었다.

하지만 무왕이 그렇게 나서지 못하는 이유는 한 가지였다.

연우의 눈.

'그건 절대 한곳에 묶여 있을 놈의 눈빛이 아니야.'

무왕은 그런 연우에게서 한 사람을 떠올릴 수 있었다. 도저히 품을 수 없는 그릇이기에 놓아 줘야만 했던 아이. 하지만 이제는 탑에서 영영 볼 수 없을 아이.

그래서 무왕은 당분간 판트 남매가 연우와 어울리는 걸 가만히 지켜볼 생각이었다.

인연이란 것은 원한다고 해서 강제로 묶을 수 있는 게 아니다. 일단 식객이라는 틀로 부족과 강제로 연은 맺었지만, 그게 계속 이어질지를 지켜볼 생각이었다.

그런데 다행히 하나가 더 연결될 모양이었다.

무공.

확실히 그런 거라면 구미가 당길 만하겠지.

"그 말씀은, 허락하신다는 건가요?"

"불가."

"그럼……."

"하지만 조건부 하에서는 허가."

무왕은 여느 때와 다르게 더 이상 장난기 섞인 말투가 아닌, 진지한 어투로 말했다.

"딸."

"……네."

"차기 영매에 얽히는 제약. 알고 있겠지?"

"잊지 않고 있어요."

"수백 년 만에 우리 일족의 비원이었던 혜안을 터득한 너다. 머지않아 영매의 자리를 물려받기도 할 테지. 그런 네가 선택한 사람이라면. 그만한 자격이 있다는 걸 증명해 보여."

"그 정도는 충분히 해내실 수 있을 거라 믿고 있어요."

에도라의 눈빛이 깊게 가라앉았다. 그녀는 단호한 눈빛으로 고개를 끄덕였다.

무왕은 그런 딸을 조금 안타까운 시선으로 바라봤다.

일족의 비원이라는 사슬에 묶여 있는 딸.

그 나이답지 않게 의젓하게 자라야 했고, 앞으로도 가시밭길만 걸어야 할 그녀가 안쓰럽기만 했다.

*　　*　　*

모든 연회가 끝난 뒤.

연우는 천천히 에도라가 가르쳐 준 길대로 걸었다.

'잘됐으면 좋겠는데.'

잘될 거란 큰 기대는 하지 않았다.

하지만 막상 무왕이 거절할 것 같지도 않았다.

'무왕은 분명히 내게서 뭔가를 바라고 있는 게 있어.'

그게 무엇인지는 모른다. 하지만 그게 있는 한 어느 정도 선에서는 부탁을 들어줄 것 같다는 예감이 강하게 들었다.

'그나저나.'

어차피 결론은 내일 아침은 되어 봐야 알 일.

연우는 생각을 정리하다가 검은 팔찌와 쇠사슬을 왼손으로 쓰다듬었다. 서늘한 감촉이 손끝을 따라 느껴졌다.

'정말 이거, 신진철일까?'

그의 머릿속에는 에도라가 흘리듯이 중얼거렸던 단어가 계속 맴돌았다.

신진철(神珍鐵).

수많은 영약이 마력의 증진에 큰 도움이 된다면, 그에 못지않게 아티팩트의 뛰어난 재료로 통하는 희귀 금속들도 영약만큼이나 아주 중요했다.

그중 최고라 불리는 게 바로 '신진철'이었다.

하지만 '신의 진귀한 쇠'라는 이름처럼, 과거 신을 가두기까지 했다는 쇠는 발견되는 일이 극히 드물었다.

존재 여부를 의심하는 자들도 아주 많았다. 올포원이 다량으로 갖고 있다는 소문도 돌았지만, 그 작자에 관련된 헛소문이 워낙에 많아서 말이지.

하지만 난 알고 있었다.

신진철이 실제로 존재한다는 것을.

날 이딴 꼴로 만든 게 바로, 그 빌어먹을 신진철로 만든 '칼' 이었으니까.

연우는 일기장의 내용을 되짚어 봤다.

동생을 다치게 만들기도 했던 칼의 원재료, 신진철.

그러나 그 속에도 신진철은 아주 극소량으로만 담겨 있었을 뿐. 그것만으로도 뛰어난 아티팩트를 만들어 낼 수 있을 만큼 대단한 재료였다.

그런 걸 통째로 사용해서 이런 수갑을 만들었다고?

물론, 에도라가 잘못 본 것일지도 모르지만, 연우는 그녀가 제대로 본 게 맞을 거라는 생각이 들었다.

그리고 궁금했다.

'대체 신진철로 가둬야만 할 정도라면…… 칠흑왕이라는 자는 뭘 하던 사람이란 거지? 그리고 그만한 강자라면 어째서 소문이 나지 않았던 거고?'

연우는 검은 팔찌를 손으로 쓰다듬었다.

죽은 망령을 다루는 특징을 가졌을 때부터 범상치 않다는 건 알고 있었지만.

피닉스가 경고를 할 때부터 대단한 내력을 갖고 있을 거란 예상은 했지만.

이 정도일 줄은 몰랐다.

'결국 자세한 건 남은 부품들을 마저 찾아서 연결을 해야 알게 되겠어.'

연우는 당분간 칠흑왕에 대한 의문을 묻어 둬야겠다는 생각이 들었다.

당장 다급하게 풀 수 있는 숙제는 아닐 것 같았다.

그렇게.

연우는 어느덧 마을 외곽에 위치한 별관으로 들어서서 문을 활짝 열었다.

자신에게 배정된 방은 3층의 2호. 거기서 여장을 풀고, 오늘 하루는 휴식을 취할 생각이었다.

그런데.

방문을 열고 들어가니, 허락 없이 거한이 다리를 꼰 채로 침상에 앉아 있었다.

연회에서 봤던, 브락이라는 녀석이었다.

"어이, 신입. 이렇게 늦게까지 싸돌아 다녀도 되는 거야, 어? 빠져 갖고 말이야."

외뿔부족의 '식객'이라는 개념은 조금 독특했다.

외뿔부족은 원래대로라면 외부와 교류를 잘 하지 않는 편이었지만, 그렇다고 해서 아예 배타적인 성격을 띠는 건 아니었다.

식객으로 초빙하는 데는 한 가지 조건이 있었다.

일족의 발전에 도움이 되는가?

뭔가 받아들일 구석이 있다면 받아들였고, 교류를 나누는 데 절대 인색하지 않았다.

일반 플레이어들도 외뿔부족의 식객으로 지냈었다는 전력이 있으면 커리어에 도움이 되었기 때문에 희망자가 많은 편이었다.

하지만 대부분은 시험을 통과하기도 전에 쫓겨나기 일쑤였다. 외뿔부족의 기준선은 너무 높았으니까.

게다가 오히려 외뿔부족을 잘 아는 랭커들은 대개 엮이기를 꺼려 하는 편이었다.

무공과 진법을 탐하러 왔지만, 괜히 자신들의 밑천만 털리는 경우가 대부분이었으니까.

그런데도 식객으로 있다는 뜻은 하나.

어느 한 분야에 출중한 실력을 갖고 있다는 뜻이었다. 실력이든, 기술이든지 간에.

브락도 분명 그런 뭔가를 가지고 있을 게 분명했다.

하지만.

연우가 봤을 때는 브락에게서 전혀 그런 걸 찾을 수 없었다. 보이지 않는 거겠지만, 찾을 생각도 없었다.

무엇보다.

'상대하기 귀찮아.'

연우는 말없이 저벅저벅 녀석에게 다가갔다.

"뭐? 해보자는……!"

브락은 발밑에 놔뒀던 핼버드를 들면서 으르렁거렸다.

연우는 아무 말 없이 주먹을 높이 들었다.

퍼억!

*　　*　　*

"자…… 못…… 했습다……."

브락은 판다처럼 두 눈이 시퍼렇게 멍든 채 무릎을 꿇고 양손을 들고 있었다.

얼마나 많이 울어 댔는지 눈물과 콧물이 질질 새어 나오고 있었다. 앞니도 두어 개 부러진 상태였다.

들어 보니, 녀석이 연우를 찾아온 이유는 아주 간단했다.

기죽이기.

서열 정리를 해서 연우를 이리저리 부려 먹을 속셈이었던 것이다. 백선가에서 특별히 부탁한 것도 있었던 듯했다.

그 외에 다른 목적은 없었다.

물론, 그것만으로도 브락은 먼지가 나도록 실컷 두들겨 맞아야만 했지만.

연우는 더 이상 상대하기 귀찮아 브락을 방에서 내쫓아 버리고, 겨우 잠에 들 수 있었다.

그리고 이튿날 아침, 날이 밝는 대로 방을 나섰다.

1층에는 브락이 로비를 청소하고 있었다.

여전히 두 눈이 시퍼렇게 멍든 채, 밀대로 바닥을 박박 문대고 있는 모습은 처량하기까지 했다.

보아하니 원래 청소나 설거지 같은 갖가지 잡무에 시달리다가, 연우에게 떠넘길 생각이었던 모양이었다.

뜻대로 되지는 않았지만.

로비에는 그 외에도 다른 식객들이 바 테이블에 둘러앉아 각자 개인 시간을 즐기고 있었다.

끼니를 먹는 사람, 커피를 마시면서 신문을 살피는 사람, 가볍게 담소를 나누는 사람들.

저마다 다른 쪽에는 시선도 두지 않았고, 입고 있는 옷차림은 물론 종족까지 천차만별이었다.

'엘프에 수인족, 하플링까지? 식객 치고 구성은 다양하군.'

개중에는 일기장에 기록되어 있는 자들도 있었다.

조용히 커피를 마시면서 신문을 보고 있는 마법사와 수다 떨기에 바쁜 하플링.

'트라비아와 사일론.'

각각 '전격술사'와 '노래하는 망치'라는 별칭을 가진 자들.

랭커에 해당하는 자들이었다.

아르티야가 건재하던 시절에 갑자기 사라져서 어디로 갔나 했는데, 외뿔부족의 식객으로 머물고 있었던 모양이었다.

각자 할 일을 하던 식객들은 계단을 내려오는 인기척을 느끼고, 하던 행동을 멈추면서 슬쩍 연우를 바라봤다.

그들의 눈가에는 갖가지 감정이 스쳐 지나갔다.

새롭게 찾아온 식객에 대해서는 그들도 어젯밤에 들었었다.

차기 왕으로 손꼽히던 후보, 장을 단번에 찍어 눌렀다는 말. 독식자라는 별칭으로 불린다더니 제법 그럴듯하다는 생각이 그들의 머릿속으로 공통되게 스쳐 지나갔다.

연우는 그들의 시선을 그냥 무시하고 로비로 들어섰다.

어차피 친하게 지낼 생각도 없었으니까.

"아, 안녕히, 주, 주무셨습니까요?"

브락은 어젯밤의 일이 생각나 차마 연우와 눈을 마주칠 생각을 하지 못하고 버벅대며 물러섰다.

연우는 대답도 않고, 바 테이블에 올려져 있던 빵 하나를 집어 입에 물고 별관을 나섰다.

"오셨어요, 오라버니?"

밖에는 에도라가 뒷짐을 지고 그를 기다리고 있었다.

"결과는?"

"칫. 보자마자 다른 것보다 그런 것부터 여쭈시는 건가요?"

에도라는 섭섭하다는 듯 입술을 삐죽 내밀었다가, 곧 배시시 예쁘게 웃었다.

"다행히 통과되었어요. 그것도 동급 무서고(武書庫) 전격 개방."

"무서고?"

"저희 일족이 대대로 탑에 머물면서 창안했던 모든 무공비급들을 한데 망라해 놓은 곳이에요."

"……!"

연우는 주먹을 꽉 쥐었다.

생각했던 것보다 무왕이 훨씬 많이 그를 배려해 줬다는 것을 알 수 있었다.

"무서고는 총 4개의 등급으로 이뤄져 있어요. 금, 은, 동, 철. 이중에서 동급은 원래 외부 인사에게는 절대 공개되지 않고, 상급 전사들에게나 공개되는 곳인데……."

살짝 미소가 번졌다.

"아버지께서 오라버니를 많이 신경 쓰시는 듯한 눈치셨어요. 장로들도 알의 연구를 돕는다면 그 정도는 해 줘야 한다면서 만장일치로 허락하셨고요."

연우는 무왕을 떠올렸다.

도저히 속을 짐작할 수 없었던 얼굴. 대체 그 속에는 무슨 생각을 하고 있는 걸까?

“다만.”

“……?”

“조금 이상한 조건이 하나 내걸렸어요.”

“조건?”

에도라는 난감하다는 표정으로 고개를 끄덕였다.

“저와 판트 오빠를 비롯해서 타인이 절대 도와주지 말 것. 오로지 오라버니 혼자서의 힘만으로 무공 서적들을 탐독하고, 깨달음을 얻으라고 하셨어요. 그리고 나흘 뒤에 아버지께서 직접 평가를 하시겠다고…….”

에도라는 말꼬리를 얕게 흘렸다.

무공은 절대 만만히 볼 수 없는 분야다. 원래 외뿔부족에게 허락된 힘이었고, 탑에서 통용되는 마력 개념과는 궤를 달리했다.

때문에 옆에서 해석해 줄 사람을 필요로 할 텐데. 무왕은 그러지 말라고 못을 박아 버렸다.

처음에는 그게 아버지의 또 짓궂은 장난인가 싶어 화를 내려고 했지만, 무왕이 뒤에 덧붙인 조건은 절대 장난이 아니라는 걸 말해 줬다.

“또한, 평가에서 기준점을 통과하시면, 전쟁 기간 동안 직접 아버지께서 무공을 옆에서 지도 편달해 주겠다고 약속하셨어요.”

“……!”

띠링—

[새로운 퀘스트가 생성되었습니다.]

[서든 퀘스트 / 무왕의 시험]

내용: 외뿔부족의 왕, 무왕 나유는 튜토리얼 때부터 매번 기적을 불렀던 당신에게 깊은 관심을 가지고, 한 가지 테스트를 해 보고자 합니다.

철급과 동급 무서고를 다니면서 자신만의 무공 방식을 ‘창안’하여 마력회로의 새로운 사용법을 터득하십시오.

제한 시간: 4일

보상:

1. 무왕의 지도

2. 무공서 <팔극권>

3. <음검>의 계승권 + ???

달의 씨앗을 얻기 위해 받았던 서든 퀘스트에 이어서 새로운 퀘스트가 떠올랐다.

'팔극권? 음검?'

보상 내역에 적힌 두 무공이 정확하게 무엇인지는 알 수 없었지만, 무왕이 직접 지도를 해 준다는 내용만으로도 충분히 매력적인 퀘스트였다.

하지만.

그만큼 기가 막힌 난이도여서 어이가 없을 지경이었다.

'새로운 무공을 창안하라고? 그것도 나흘 안에? 무슨 말도 안 되는…….'

아마 여기서 말하는 무공의 창안이라는 건, 자신만의 새로운 마력의 운용법을 터득하라는 의미였겠지만 절대 쉬운 일이 아니었다.

주어진 4일 동안 무공이 대한 기본 개념을 잡아야 할 뿐만 아니라, 응용 지식에까지 나아가야 했으니까.

만약 무공이 허락되지 않는다면 혼자서 시도해 볼 생각이긴 했다지만, 시간이 너무 빠듯했다.

'그래도 해야만 한다.'

연우는 주먹을 꽉 쥐었다.

사실 이런 일은 할 수 있다면 차라리 자신이 먼저 나서서 하고 싶다고 해야 할 일이었다.

또한, 무왕의 속내는 이제 어느 정도 알 수 있을 것 같았다.

이유는 알 수 없었지만, 무왕은 단순히 그를 자식들의 지인 정도가 아니라 그 이상으로 자신에게 관심을 두고 있었다.

무엇이 무왕의 관심을 끌었는지는 몰랐다.

그래도 시험이 주어졌고, 그만한 가치가 있는 이상에는 해 볼 수 있는 데까지는 해야만 했다.

이렇게까지 배려를 해 준다면, 기대를 배신하지 않고 그만한 가치를 보여야만 했다.

연우는 고개를 끄덕이면서 퀘스트를 수락했다.

에도라가 조금 걱정스러운 눈빛으로 그를 바라봤지만, 연우의 두 눈은 다른 어느 때보다 불타오르고 있었다.

"어디로 가면 되지?"

*　　*　　*

"여기에요."

에도라가 안내한 곳은 마을 외곽에 위치한 큰 건물이었다.

무서고는 마을 내에서 가장 큰 건물이었다.

엄청난 너비에 걸쳐서 크게 4개의 동으로 나뉘고, 곳곳에 배치되어 있는 전사들은 날카로운 기색을 띠고 있었다.

연우는 왕족인 에도라와 함께 움직였는데도 불구하고, 철저한 검문과 감시를 받은 뒤에야 겨우 통과를 허락받을 수 있었다.

"여기가 철급 무서고, 그리고 그 뒤에 있는 곳이 동급 무서고예요. 그 뒤부터는 호위병들이 철저하게 감시하고 있을 테니 호기심이나 실수로라도 절대 넘어가시면 안 돼요."

에도라는 몇 번이고 두 개의 건물만 이용할 것을 신신당부했다.

허락되지 않는 무서고에 발을 들이는 순간, 아무리 왕족이라도 추살되는 게 일족의 규율이라고 했다.

그렇게 여러 주의 사항을 들으면서 '철(鐵)'이라고 적힌 서고에 들어선 순간.

"아!"

연우는 자기도 모르게 탄성을 터뜨렸다.

책장이 끝도 없이 길게 쭉 이어지고, 위로는 최소 다섯 층을 넘을 정도로 높았다. 올라가려면 곳곳에 배치된 나선형 계단을 타고 쭉 올라가야만 하는 구조였다.

보는 것만으로도 저절로 압도될 만큼 어마어마한 양의 서적들.

외뿔부족이 얼마나 오랜 역사를 살아왔는지를 알 수 있는 대목이었다.

"시조이신 소호 금천께서 처음 일족을 이끌고 탑에 오셨을 때부터 만들어진 곳이라고 해요. 일족이 창안하거나 개량한 무공뿐만 아니라, 탑을 오르면서 구했던 희귀한 고문서나 스킬북, 연금술서 등 종류도 아주 다양하답니다."

무서고에 대해서 설명을 하는 내내, 에도라의 목소리에는 일족에 대한 자긍심이 가득했다.

연우는 그럴 만하다는 듯이 고개를 끄덕이다가도, 조금 암담한 심정을 느껴야만 했다.

'대체 책이 얼마나 많은 거지?'

대충 어림짐작하기에도 수십만 권은 되어 보인다.

그중에는 뛰어난 것들도 많을 테지만, 잡서는 그보다 훨씬 많을 것이다.

또 괜찮은 책자 중에서도 연우에게 필요한 것들을 고르는 데에만 4일이 부족할 게 뻔했으니.

문제는 여기가 불과 4개의 동 중에서도 가장 최하위 동이라는 점이었다.

그럼 동급은 또 언제 뒤져야 할까.

에도라도 연우의 그런 심정을 읽었는지 안타까워하는 눈빛이 되었다.

"오라버니, 저는……."

"안다. 도와주지 못한다는 것. 미안해하지 마. 여기까지 해 준 것만으로도 고마울 따름이니까."

무왕이 내건 제약을 어길 수는 없는 노릇.

연우는 소맷자락을 걷어 올렸다.

시간은 지금 이 시간에도 흘러가고 있었다.

한시라도 빨리 시작해야만 했다.

'일단은.'

연우는 서적들을 뒤지기에 앞서 두 가지 스킬을 동시에 발동시켰다.

[전투 의지]

[용마안]

순간, 연우의 사고 속도가 빨라지면서 그를 따라 흐르는 모든 시간이 느리게 흘러갔다.

여기에 용마안을 활짝 열자, 한없이 느려진 세상 위로 헤아릴 수도 없이 많은 결들이 잔뜩 나타났다.

'나흘 동안 여기에 있는 서적들을 모두 뒤지는 건 말이 안 돼. 아니, 시간이 많다고 해도 여기 있는 것들을 전부 뒤지려면 평생을 들여도 모자라.'

그렇다면 편법을 써야만 했다.

'이중 상당수는 잡서일 테고, 귀중한 것들은…… 그만큼 오랫동안 관심을 받아 사람의 손때를 탔을 게 분명하다.'

손때가 많이 묻었다는 건 그만큼 사념이 많이 어렸다는 뜻.

아니나 다를까.

그의 짐작대로 곳곳에 결이 잔뜩 뭉쳐 응어리가 지다시피 한 것들이 있었다.

연우는 재빠르게 움직이면서 결이 뭉친 책자들만 쏙쏙 골라내기 시작했다.

그중에는 들어온 지 얼마 안 된 새 책자도 있었고, 아주 오래된 낡은 고서도 섞여 있었다.

'한쪽 부분' 만 돌아다녔는데도 불구하고 어느 정도 뽑아내니 대략 3천여 권가량이 되었다.

그리고 연우는 골라낸 책자에서 다시 제목을 보면서 빠르게 분류하기 시작했다.

'당장 내게 필요한 건, 심법 계통이야. 검법이나 도법 같은 무기술 같은 건 전부 뺀다.'

무공에도 다양한 종류가 있었다.

병기를 사용하는 무기술, 몸을 움직이는 신법과 보법, 그리고 호흡에 따라 마력을 조절하는 심법.

연우는 이 중에서 심법만 골라내어 한쪽에 가득 쌓았다.

이따금 심법과 무기술이 혼합된 것들도 있었지만, 전부 제외시켰다.

그러자 3천여 권의 서적은 단숨에 1백여 권으로 양이 확 줄었다.

연우는 곧바로 제자리에 앉아 본격적으로 책자들을 읽기 시작했다.

가장 먼저 집은 건, 책자 중에서 결이 가장 많이 뭉쳐 있던 것.

책을 활짝 펼치면서 그대로 읽어 가기 시작했다.

'내공? 혈(穴)? 기맥은 또 뭐지? 단전과 소주천은 또 뭐고?'

어려운 단어가 너무 많아서 쉽게 읽히질 않았다.

외뿔부족은 폐쇄적인 성향만큼이나 탑에서 통용되는 것과 다른 단어를 많이 쓴다더니.

아무래도 거기서 빚어진 문제인 것 같았다.

'안 된다면, 그냥 외워 버린다.'

이해할 수 없다면 통째로 외우는 게 가장 좋았다.

당장 단어와 개념을 이해하지 못해도, 같은 종류의 많은 책을 계속 읽다 보면 자연스레 이해가 되는 게 독서의 세계였으니까.

다행히 암기는 자신이 있었다.

전투 의지가 발동되는 동안에는 사고 속도와 함께 기억력도 대폭 증가하기 때문에, 무식하기는 해도 그에게는 가장 알맞은 방법이었다.

"……."

연우는 금세 독서 삼매경에 빠졌다. 누가 업어 가도 모르는 게 아닐까 싶을 정도로 조용했다.

에도라는 그런 연우를 지켜보다가, 그의 집중이 깨지지 않게 조용히 움직여 골라낸 책자들을 슬쩍 확인했다.

그리고 살짝 놀랐다.

'어떻게 저런 것만 골라냈지?'

목록들은 에도라도 아주 잘 아는 것들이었다.

삼재심법, 육합공, 오행서, 자하공, 태청심법, 건곤공, 금정공, 천룡공…….

하나 같이 일족 내에서 갓 무공에 입문하는 어린 아이들에게 기초를 쌓게 해 줄 목적으로 권장하는 것들이었다.

아니, 기본공 중에서도 단연 최고라 불리는 것들.

하나하나가 버릴 게 없는 것들만 골라 왔다.

게다가 연우가 가장 먼저 보고 있는 건 더 놀라웠다.

<역근경>

'역근경이 원래 여기에 있었나? 아니, 그보다 이걸 어떻게 알고 집은 거지? 무공에 대해서 원래부터 어느 정도 알고 있으셨을까?'

역근경은 기본공 중의 기본공이며, 심법과 무기술을 비롯한 모든 무공의 모태(母胎)라고까지 불리는 심법이었다.

역근경은 육체와 단전을 동시에 다진다.

노폐물을 배출시키고, 근력을 강화시키며, 뼈마디를 단단하게 만들어 체질을 완성시킨다. 이후, 마력이 흐르는 통로를 자연스럽게 개통시키면서 심(心, 마음)과 신(身, 몸)의 조화를 자연스럽게 이끌어 낸다.

따라서 제대로 익힐 수만 있다면 탄탄한 기초 바탕을 만들 수 있었다.

하지만 그렇기에 많은 부족원들이 익히기를 꺼려 하는 무공이기도 했다.

완성을 이루는 데 너무 많은 시간을 필요로 했으니까.

차라리 그 시간에 다른 심법과 기본공들을 두루 섭렵하는 게 훨씬 빠른 발전을 이룰 수 있었다.

대부분의 무공이 역근경에서 출발한 만큼, 기본 교리는 그 속에 다 담겨 있었고, 세월이 지나면서 개량을 거듭해 효율성도 증대되었으니까.

역근경은 이제 거의 구시대의 산물로 여겨지고 있었다.

하지만 에도라는 알고 있었다.

많은 시간을 필요로 하는 만큼, 역근경으로 쌓은 기본 바탕은 아주 단단하다는 것을.

탄탄한 반석 위에 세운 건물이 천년을 가듯, 역근경으로 만들어진 육체와 단전은 모든 무공을 자연스럽게 받아들여 높게 세울 수 있었으니까.

그래서 에도라도 만약 시간이 충분하다면 연우에게 역근경을 추천해 주고 싶을 정도였다.

'하지만…… 당장은 오라버니에게는 독밖에 안 되지 않을까?'

그러나 문제는 연우에게 주어진 시간이 아주 적다는 점이었다. 괜히 발목만 잡는 꼴이 될 수도 있었다.

'그래도 간단한 심법 창안이라면 좋을 것 같기도 한데…… 잘 모르겠어.'

에도라는 결국 기대 반 우려 반 섞인 시선으로 연우를 지켜봐야만 했다.

*　　*　　*

역근경을 모두 정독한 뒤, 연우는 자하공의 비급으로 손을 뻗었다.

그사이에 머릿속은 빠르게 역근경의 내용을 정리하고 있었다.

여전히 뜻을 알 수 없는 많은 단어들이 뇌리를 왱왱 돌았지만, 그래도 얼추 전체적인 내용은 잡을 수 있었다.

'내용물을 무조건 많이 담는다고 해서 좋은 게 아니다. 그보다 가장 먼저 선행되어야 할 것은 단단하고 넓은 그릇을 빚는 것.'

단순히 마력의 효율적인 움직임만 고려했던 연우로서는 기존 생각을 완전히 뒤집어야 하는 내용이었다.

내용물은 마력을, 그릇은 마력회로에 빗댈 수 있다.

즉, 마력을 운행하는 데에 초점을 두지 말고, 마력회로를 보다 더 넓히고 강화시키는 데 집중해야 한다는 뜻이었다.

'일리 있는 말이야. 그동안 나는 마력을 더 많이 쌓는 데만 집중했지, 그것을 수용하는 마력회로를 확장할 생각은 전혀 하지 못했으니까. 곧 완성될 거라 믿었던 용체에만 의지했다.'

자하공의 비급을 펼치는 연우의 손에 힘이 실렸다.

'하지만 언제 용체가 완성될지 모르는 지금은, 그보다 먼저 마력회로를 더 강화시키는 데 집중해야 해. 그럼 제어력도 그만큼 올라가겠지.'

[마력회로에 대한 새로운 지식을 습득했습니다. 마력의 운용이 보다 손쉬워집니다.]

[마력이 2만큼 올랐습니다.]

[마력이 1만큼 올랐습니다.]

……

['마력회로' 스킬의 숙련도가 올랐습니다. 19.3%]

'일단은 마력회로의 강화에 초점을 두자. 마력의 운행은 그 뒤에 자연스럽게 따라오게 되어 있어.'

물론, 생각이 바뀌었다고 해도 당장 어떤 큰 변화가 있는 건 아니었다.

마력회로는 용종에게만 허락된 특별한 힘이다.

그것을 강화시킨다?

용체를 완성하는 것 외에 연우도 생각해 둔 바가 전혀 없었다.

그리고 그건 동생도 마찬가지였다.

여기서부터는 순수하게 연우 혼자서 연구하고 지식을 습득해야만 했다.

다음 책자를 읽어 나갔다.

다 읽은 다음에는 다른 책자를, 그것도 다 읽으면 그다음 책자를…….

처음에는 하나하나씩 읽는 속도가 느렸지만, 정독한 책자의 수가 점점 쌓일수록 가속도가 붙었다.

개념이 하나둘씩 머릿속에 잡혔다. 용어도 연우가 아는 단어로 저절로 해석되었다.

'단전은 마나홀, 내공은 마력, 기맥은 마력 통로, 원기는 마나 스트림.'

사고가 계속 이어진다.

'심법은 대기 중에 흐르는 원기(元氣)—마나 스트림에서 호흡법을 통해 마력을 끌어오고, 체내에 쌓는 것을 주목적으로 한다.'

'마력은 각 심법에 따른 다양한 통로를 통해 이동한다. 여기에는 시전자의 의념이 실리며, 운용할 수 있는 마력량이 많아질수록 신체가 강화된다.'

'마력을 통제하는 데 필요한 것이 바로 혈(穴)이다. 혈은 마력의 저장고 및 증폭제 역할을 겸비한다. 흐르는 통로에 각각 위치해 마력을 조절한다.'

연우는 쌓은 지식들을 하나둘씩 마력회로에 대입시켜 보았다.

'마력회로에는 '혈'을 담당하는 기관이 따로 없어. 그냥 흐르는 대로만 놔둘 뿐. 아니, 애초에 용종에게는 필요하지가 않아. 그들은 의지만으로 법칙을 구현하는 종족이니까. 하지만 난 다르다. 인간이고, 용종과는 너무 큰 차이가 있다. 그렇다면 혈을 필요로 해. 이것을 코어(Core)라고 하자.'

'마력이 흐르는 회로 곳곳에 코어를 설치하고, 이것의 개폐(開閉)를 뜻대로 할 수 있다면.'

연우의 눈동자가 빛을 발했다.

길이 보였다.

자신만의 심법을 창안할 수 있는 새로운 길이.

'마력을 의지대로 다루는 건, 문제는 아니야……!'

[마력회로의 새로운 개념을 정립했습니다. 용종도 개척하지 못한 새로운 분야를 개척했습니다.]

[위대한 업적을 달성했습니다. 추가 공적치가 제공됩니다.]

[공적치를 10,000만큼 획득했습니다.]

[추가 공적치를 15,000만큼 획득했습니다.]

……

[특성 '기인(氣人)'을 획득했습니다.]

[마력이 10만큼 올랐습니다.]

[마력이 15만큼 올랐습니다.]

……

[칭호 '개척자'를 획득했습니다.]
[힘이 10만큼 올랐습니다.]
[민첩이 15만큼 올랐습니다.]
[칭호 '마력의 축복을 받은'을 획득했습니다.]
……

[스킬 '기공(氣功)'이 생성되었습니다.]
……

쉴 새 없이 떠오르는 메시지.
그리고.

[98층의 여러 신과 악마들이 당신을 신기한 눈으로 바라보기 시작합니다.]

〈다음 권에 계속〉